Lorenas Geschichte

... und dann kamst du ...

und alles wurde besser ...

von

Jaliah J.

Impressum

Alle Rechte am Werk liegen beim Autor
J., Jaliah
Lorenas Geschichte 2
... und dann kamst du ... und alles wurde besser ...
Berlin, Juni 2018
Erstauflage
Lektorat: Günter Bast, Theresa, Carolin Kuttler
Cover/Bildgestaltung: Wolkenart – Marie - Katharina Wölk

© 2018
Herstellung und Verlag: BoD – Books on Demand, Norderstedt.
ISBN 978-3-7528-0423-2

www.jaliahj.de

... und dann kamst du ...

und alles wurde besser ...

Folgt mir erneut in die Welt von Lorena ...

Kapitel 1

»Ich liebe dich, Lorena.«

Liebe ist ein mächtiges Gefühl. Lorena hat dieses Gefühl schon verspürt, sie liebt Lia über alles, ihren Vater, ihre Mutter, ihre Freunde, aber das, was sie in dem Moment fühlt, als Jomar liebevoll die Arme um sie legt und sie zusammen in seinem Haus stehen und auf zwei kleine Kinder sehen, die im Garten toben, ist noch einmal etwas ganz anderes.

In diesem Moment, als sie sich zu Jomar umdreht und in seine schönen dunklen Augen blickt, ist es das erste Mal, dass sie dieses Gefühl tief und ehrlich für einen Mann verspürt.

»Ich dich auch, ich bin so glücklich.«

Jomar beugt sich zu ihr hinunter und küsst sie zärtlich. Lorena schließt die Augen, sie spürt seine Nähe, genießt das Gefühl seiner Lippen auf ihren und gleichzeitig beginnt ihr Bauch zu wachsen. Lorena bricht den Kuss erschrocken ab und sieht auf ihren Bauch, der größer und größer wird, und auch Jomar sieht dorthin und ihr dann entschuldigend in die Augen.

»Es hätte so schön sein können, tut mir leid, aber so geht es nicht.«

Lorena fasst sich an den Bauch, öffnet den Mund, um etwas zu sagen, doch es kommt kein Ton heraus, Jomar entfernt sich weiter, geht wieder zum Anfang der Terrasse, wo eine andere Frau steht, um die er jetzt den Arm legt und mit der er zusammen auf die spielenden Kinder blickt.

Lorena entfernt sich immer weiter von der Szene und ihr Herz zieht sich traurig zusammen, als sie mit immer größer werdendem Bauch auf Jomar und die andere Frau blickt, noch immer versucht sie etwas zu sagen, doch es geht nicht.

Erst als sie ihn kaum noch sehen kann, hat sie ihre Stimme wieder, doch dann weiß sie nicht mehr, was sie noch sagen soll. Was gibt es jetzt noch zu sagen?

Lorena setzt sich auf ihrer Couch auf. Sie ist völlig verschwitzt und atmet tief ein, bis sich ihr Puls wieder beruhigt hat. So ein Blödsinn, sie nimmt sich eines der Prospekte vom Tisch, die sie im Krankenhaus bekommen hat und blättert zu der Seite, auf der es um Sachen geht, die in der Schwangerschaft eintreten können. Als sie den Punkt Alpträume und Schlafstörungen gelesen hat, schließt sie das Prospekt wieder und steht auf.

Genau wie ihre heißen Träume von Jomar, ist auch das alles auf die Hormone zurückzuführen, nur dass, egal was für merkwürdige Träume sie hat, sie alle immer nur von einem Mann handeln und das bereitet ihr Bauchschmerzen.

Es ist jetzt zwei Tage her, dass sie die Wiege von Jomar bekommen hat und er ihr zu verstehen gegeben hat, dass das zwischen ihnen nun nichts mehr wird, sie werden sicherlich befreundet bleiben, aber es ist nicht mehr das, was es war, bevor Jomar von ihrer Schwangerschaft erfahren hat. Und Lorena versteht es.

Sie ist schwanger von einem anderen Mann. Es ist nicht die richtige Zeit, eine Liebesbeziehung einzugehen und Jomar hat sicherlich keine Lust, eine schwangere Frau zu daten, sie versteht das völlig, nur ihre schwangeren Fantasien scheinen das nicht ganz verstanden zu haben.

Lorena steht auf und beendet eine Näharbeit, bevor sie duschen geht. Sie hat gestern gearbeitet und sich sofort wieder krank gemeldet, sie hat nächste Woche einen Termin mit ihrem Chef und wird ihm dann sagen müssen, dass sie aufhören möchte. Nun muss sie sich richtig anstrengen, um genug Geld mit dem Nähen zu verdienen. Im Moment hat sie noch ein paar offene Aufträge von Nachbarn, unter anderem Kleider und Babysachen, damit möchte sie sich einen kleinen Puffer aufbauen.

Sie fährt heute mit Lia ins Dorf und gibt dort gleich ihre neuesten Arbeiten bei Mandelas Mutter ab. Sie sammelt alle Aufträge für sie und nimmt ihre Arbeiten entgegen. Lorena ist ihr sehr dankbar dafür, dass sie immer mehr Frauen findet, die Interesse an Lorenas Arbeit haben.

Lorena geht duschen und zieht sich ein langes weißes Strandkleid an, was mit türkisfarbenen Stickereien besonders schön aussieht. Man erkennt darunter ihren Babybauch nicht, doch so langsam wissen auch alle im Dorf darüber Bescheid.

Lia kommt und Lorena erkennt sofort, dass bei ihr etwas nicht stimmt. Trotzdem bestürmt sie Lia nicht direkt mit Fragen, sondern erzählt ihr vom ihrem Gespräch mit Jomar und sucht ihr einen langen weißen Rock und das passende Oberteil heraus.

Als sie sich dann beide im Spiegel betrachten, weiß Lorena, dass sie sich nicht zu verstecken braucht. Ihre Haare gehen ihr bis zur Schulter, ihre Haut hat einen schönen Karamellton und ihre mittlerweile richtig grünen Augen stechen hervor, auch ohne dass sie sich viel geschminkt hat. Sie trägt nur Lipgloss, Rouge, Wimperntusche und trägt ihre Haare offen. Lorena atmet tief aus. Sie sieht auf ihr Kleid, das alles versteckt, was ihre Schwangerschaft verraten könnte.

»Mein Busen wächst, mein Bauch wächst, ich habe das Gefühl, ich explodiere bald.« Lia lacht und fasst an ihren Bauch. »Dafür bekommst du einen kleinen Engel. Ich weiß, dass du traurig wegen Jomar bist, doch du hast keinen Grund, traurig zu sein. Konzentriere dich erst einmal auf das Baby, alles andere wird sich schon früher oder später ergeben.«

Lorena nickt. »Ich weiß, ich weiß auch, dass ich momentan gar nichts anfangen sollte. Ich brauch keinen unnötigen Stress und mit einem Mann wie Jomar würde der garantiert kommen. Doch in meinem Hinterkopf steht immer die Frage, ob etwas zwischen uns entstehen würde, wenn ich nicht schwanger wäre.

Was würde Jomar jetzt tun, wenn ich gerade kein Baby von einem anderen Mann in meinem Bauch hätte? Das ist alles, woran ich momentan denke, es ist nicht so, dass ich mir falsche Hoffnungen mache, ich weiß schon, was ich zu erwarten habe und was nicht.«

Lia streicht noch einmal über den Bauch und sieht dann wieder in den Spiegel. »Wir haben es nicht nötig, auf diese Brüder zu warten.« Lorena sieht sie verwundert an. »Brüder? Habe ich etwas verpasst?« Sie wusste, dass da etwas ist, schon als Lia hereingekommen ist, sie laufen langsam zur Bushaltestelle und Lia erzählt ihr dabei, dass Cruz und sie sich wieder näher gekommen sind, er sich seitdem aber nicht mehr meldet. In der Nacht seiner Geburtstagsfeier ist er noch zu ihr gekommen und hat bei ihr geschlafen. Lia erzählt, wie schön der nächste Morgen war.

Lorena hätte nicht gedacht, dass sie sich so schnell wieder versöhnen. So ist es dann ja auch nicht ganz, seitdem hat Cruz sich nämlich nicht mehr gemeldet, also einen Tag nicht und Lia fragt sich, ob das nur ein kleiner Rückfall war, so wie man es öfter hört, Sex mit dem Ex, Cruz war nicht ganz nüchtern und Lia macht sich seitdem Gedanken.

Das merkt auch Lorena, als sie losfahren, Lia sieht ständig auf ihr Handy, auch Lorena erwischt sich immer wieder dabei und als sie an der Bushaltestelle des Nechas-Gebietes halten, nimmt sie beide Handys an sich und schaltet sie aus.

»Du hast vollkommen recht, wir haben das nicht nötig, ständig sehen wir nach, ob sich die beiden melden. Wir werden uns unseren Tag nicht davon verderben lassen!«

Lorena hat das wirklich nicht vor, sie muss mit dem Thema Jomar abschließen, dass Cruz und Lia wieder richtig zusammenkommen werden, da ist sich Lorena sowieso sicher. Also kein Grund, sich den ganzen Tag deswegen Gedanken zu machen.

Sie gehen zuerst auf den Friedhof, wo sie sich eine Weile aufhalten. Lorena fragt Lia, was sie denkt, wie ihr Vater reagiert hätte, wenn Lorena schwanger vor ihm gestanden hätte, doch so gut sie ihren Vater kannten und auch einschätzen konnten, darauf hat auch Lia keine Antwort. Auf dem Weg ins Dorf sehen sie bei Edmundo vorbei und Lorena geht danach kurz in die Stadt zu Mandelas Haus, während Lia schon zu ihrer Freundin geht, bei der ihr Hund Baily nun lebt und wo auch die Hundewelpen sind, die er und die Hündin der Freundin bekommen haben.

Es ist ein merkwürdiges Gefühl, immer kam Lorena alles so langweilig vor, der Weg vom Dorf zur Stadt und zur Schule so lang, und jetzt, wenn sie hier langläuft, sieht sie auf die Weiten der Felder, nimmt diese beruhigende Stille auf und findet den Weg fast schon zu kurz. Wie schnell sich die Sicht auf das Leben doch ändern kann.

Lorena geht direkt zu Mandelas Mutter, sie bekommt das Geld und gibt ihre Arbeit ab, sie gehen zusammen zu einer Freundin von ihr, die auch schwanger ist und gerne von Lorena einiges genäht haben möchte. Als Lorena in das Haus kommt, stellt sich wieder dasselbe beklemmende Gefühl ein, das sie auch in ihrem Traum verspürt hat.

Eine glücklich schwangere Frau begrüßt sie und ein aufgeregter Mann weicht kaum von ihrer Seite. Sie bringen Mandelas Mutter und Lorena in ein Babyzimmer, was perfekt aussieht. Sie haben ein schönes Bett, die passenden Möbel, es steht ein Schaukelpferd in der Ecke, Spielzeug, der Schrank ist gefüllt mit Kleidung, die ihr die glückliche Frau zeigt.

Sie sieht auf Windeleimer, eine Wickelkommode, Tücher, Schnuller, Halstücher, kleine Jäckchen, Tragetücher, einen Kinderwagen. Lorena wird übel, sie hat außer der Wiege noch kaum etwas. Geld scheint bei den Leuten hier keine Rolle zu spielen und als der Mann erwähnt, dass er der Filialleiter des neuen Supermarktes ist, verwundert das Lorena überhaupt nicht.

Die Frau möchte Bettwäsche, Gardinen und eine passende Bettschlange haben, dazu noch Bettwäsche für Bettzeug für den Kinderwagen, für den Fall, dass es in Puerto Rico kalt wird, was sehr unwahrscheinlich ist, aber Lorena kann das egal sein.

Die Frau zeigt ihr Bilder und Lorena gibt ihr ihre Nummer, damit sie ihr diese schicken kann. Ihr Mann will die Stoffe in den nächsten Tagen abholen, sie wurden extra bestellt, und er wird sie dann bei Lorena vorbeibringen.

Lorena nennt einen höheren Preis, als sie es normalerweise tut, Mandelas Mutter neben ihr sagt zum Glück nichts dazu und der Frau ist der Preis recht. Ihr Mann wird die Anzahlung machen, wenn er die Stoffe bringt. Es ist gut, Lorena hat mit solch einem großen Auftrag fast einen Monat genug Geld, doch sie hat trotzdem ein schlechtes Gefühl im Bauch, als sie das Haus wieder verlässt.

So sollte es doch sein, wenn man ein Baby erwartet, nicht das, was sie dem Baby bieten kann.

Als sich Lorena von Mandelas Mutter verabschiedet, reden sie auch kurz von der Hochzeit, die in knapp einem Monat stattfinden wird. Mandela ist sehr aufgeregt und sie wollen sich nächste Woche in San Juan das Brautkleid noch einmal ansehen. Die Mutter fragt, ob Lorena nicht mitkommen möchte und sie sagt, dass sie das gerne tun kann, wenn Mandela das auch möchte. Sie ist mit Antoni bei irgendwelchen Terminen zur Vorbereitung, doch die Mutter sagt, dass sie mit Mandela sprechen wird.

Lorena holt noch Sonnenblumenkerne und läuft langsam zurück, sie überlegt, noch zu Emil zu gehen, doch dann bleibt sie bei Lias Freundin, wo auch Tabea mittlerweile ist und ihnen erzählt, wie schlecht es Yandiel und seiner Familie geht, nachdem der Supermarkt aufgemacht hat. An Tabea wiederum sieht man, wie eine Ehe auch schiefgehen kann und Lorena weiß wirklich nicht, wie sie besser dran ist, ob mit oder ohne Mann, doch am Ende wird sie sich darüber gar keine Gedanken machen müssen, da es ja nun so ist, wie es ist.

Sie verabschieden sich bald von Lias Freundinnen und gehen mit Baily zusammen zu ihrem alten Grundstück, auf dem ja nun der Supermarkt steht, der heute geschlossen hat.

Sie klettern über die Feuerleiter hinauf und nehmen Baily mit. Sie legen sich auf das Dach in den Schatten, lassen die Beine über den Rand des Daches baumeln, essen die Sonnenblumenkerne und es kommt Lorena, wenn sie die Augen schließt, fast so vor, als wären sie wieder zuhause und ihr Vater würde unten vor dem Fernseher sitzen.

Sie erzählt ihrer Schwester von den neuen Aufträgen und den Plänen, die sie noch hat. Auch wenn sie gerade in ihr Gespräch vertieft sind, ist es hier auf dem Dorf so still, dass sie sich verwundert aufsetzen, sobald sie einen Motor hören, den man sonst hier im Dorf nie hört.

Sie haben keine Ahnung von Autos, doch sie hören schon, bevor sie etwas sehen können, dass das nur Cruz sein kann, der ins Dorf einfährt und jetzt genau vor dem Supermarkt hält und zu ihnen hinaufsieht.

Doch nicht nur Cruz steigt dann aus dem Auto, auch Jomar ist bei ihm. Lorenas Herz schlägt sofort schneller, was sie ärgert. Kann ihr dummes Herz nicht ein wenig vernünftiger sein? Er trägt eine graue Jogginghose und ein weißes Shirt, Cruz trägt eine schwarze Sportshorts und ein rotes Shirt. Man sieht sofort, dass sie Brüder sind und es ist nicht zu leugnen, dass sie beide einfach nur gut aussehen, doch Lorena mahnt sich selbst, durchzuatmen und einen klaren Kopf zu behalten.

Jomar begleitet Cruz, der Lia gesucht hat, das ist alles.

Es wird nicht das letzte Mal gewesen sein, dass sie auf Jomar trifft, sie muss sich einfach daran gewöhnen, ihn als Freund zu sehen. Als Bruder von Cruz, mit dem Lia zusammen ist, mehr nicht.

»Hallo, ihr beiden Hübschen, hängt ihr oft auf Dächern herum?« Jomar und Cruz lachen beide und Lia zeigt zu ihnen hinunter.

»Nur wenn wir wissen, dass sich wieder ein paar Stadtleute hierher verirren.« Jomar lehnt sich gegen das Auto und sieht zu Lia. »Mein Bruder hat heute wie ein Wahnsinniger probiert, dich zu erreichen und als wir bei dir waren und uns dein ... merkwürdiger Freund gesagt hat, dass ihr hier seid, dachten wir, wir entführen euch beide zum Essen.«

Lia muss leise lachen, doch Cruz sieht sie ernst an. »Gibt es hier irgendwo eine Anweisung, sein Handy auszuhaben?« Lia erhebt sich, auch Lorena steht langsam auf. Baily protestiert und springt an ihnen hoch, Lorena würde auch am liebsten einfach liegen bleiben und streicht ihrem alten Freund verständnisvoll über das Fell. »Nein, aber wir wollten nicht ständig aufs Handy sehen müssen, ob sich mal jemand meldet.«

Jomar sieht zu ihr, doch Lorena weicht seinem Blick aus, während Cruz weiter mit Lia spricht. »Na, so habt ihr zumindest erreicht, dass wir jetzt direkt gekommen sind.« Lorena steigt zuerst die Treppen hinab. Cruz und Jomar halten ihr die Hände hin, sie hätte es zwar auch alleine geschafft, doch sie sagt nichts weiter und bedankt sich leise. Cruz nimmt Lia noch von der Feuerleiter in die Arme, während Baily zu Jomar und Lorena kommt und er ihn streichelt.

»Ist das euer Hund?« Baily stupst Lorena mit seiner kalten Schnauze an und Lorena tätschelt seinen Kopf. »Ja, aber er lebt weiter hier auf dem Dorf.« Jomar sieht ihr in die Augen. »Wie geht es dir?« Lorena weicht seinem Blick wieder aus. »Gut, danke und dir? Wie war die Feier noch?« Sie hofft, dass sich das nicht zu verbissen angehört hat und lächelt ihn an.

»Es war okay.« Cruz begrüßt Lia mit einem Kuss, womit sich Lias Bedenken, dass das nur ein kleiner Rückfall war, in Luft aufzulösen scheinen und ihre Schwester wieder strahlen lässt. Diese Brüder haben eine viel zu starke Wirkung auf sie beide.

»Also, wie sieht es aus? Gehen wir etwas essen?« Cruz sieht von Lia zu Lorena, die nickt. Sie hat Hunger. »Ich habe wahnsinnigen

Hunger.« Cruz nimmt Lias Hand und verschränkt ihre Finger. »Na dann los, wo wollt ihr etwas essen? Hier oder in San Juan?«

Lia sieht ihrer Schwester in die Augen und beide haben wohl den gleichen Gedanken. Sie sollten den verwöhnten Stadtjungen mal zeigen, wie schön das Leben auf dem Land sein kann. Auch wenn Lorena das, als sie hier gelebt hat, nie richtig genießen konnte, doch jetzt schätzt sie es umso mehr.

»Wir zeigen euch, wo man auf dem Land ein richtig gutes Essen genießen kann.«

Kapitel 2

Lorena wird in Zukunft öfter mit Jomar zu tun haben, sie muss einfach darüber hinwegkommen, dass nichts mehr zwischen ihnen sein wird, als dass ihre Geschwister zusammen sind und sie kann heute damit anfangen.

Lia und Lorena sitzen hinten, nachdem sie Baily wieder zu seiner neuen Familie gebracht haben. Cruz fährt zu dem leckeren Restaurant, in dem sie immer ihre Geburtstage gefeiert haben, als sie noch kleiner waren und ihre Mutter noch da war.

Das Essen ist dort besonders gut und als Jomar fragt, ob sie sich darum kümmern wollen und Cruz und Lia um den Rest, stimmt sie zu, so kann sie sich am besten daran gewöhnen, Jomar nur noch als Freund zu sehen. Ihre Oma hat immer gesagt, wenn du eh nass wirst, kannst du auch sofort reinspringen, statt erst deine Zehen ins Wasser zu halten.

Zusammen betreten sie das ältere Restaurant, während ihre Schwester und Cruz eine Decke, Getränke und alles weitere im Supermarkt besorgen gehen. Die Besitzerin kennt Lia und Lorena natürlich, sie fragt Lorena ,wie es ihnen geht und wie genau sie jetzt leben. Lorena erzählt die Kurzfassung, natürlich erwähnt sie ihre Schwangerschaft nicht.

Jomar hat sich währenddessen die Karte angesehen und fragt Lorena, worauf sie Appetit hat. Die Besitzerin erklärt, dass sie heute frisch gemachten Fisch mit Reis, aber auch gegrilltes Fleisch mit Gemüse haben. Lorena läuft das Wasser im Mund zusammen und sie sagt Jomar, welche Nudelsorten hier am besten sind.

Die ganze Zeit beobachtet er sie nur lächelnd, sie überlässt es ihm zu wählen, und sieht sich die leckeren Torten an. Doch statt aus allen Vorschlägen von Lorena zu wählen, bestellt Jomar von allem etwas, dazu noch Erdbeer- und Schokoladentorte, die Lorena probieren durfte und in die sie sich hineinlegen könnte, so gut sind sie.

Sie warten etwas aufs Essen und setzen sich so lange an einen Tisch und trinken Limonade.

»Danke nochmal für die Wiege, ich konnte mich am Telefon gar nicht richtig bedanken. Sie ist wirklich wunderschön.« Jomar sieht Lorena einen Moment ins Gesicht und wirkt dabei fast ein wenig traurig. Er blickt ihr in die Augen und dann erst lächelt er leicht. »Kein Problem, ich hoffe wirklich, dass du dich auf deine Tochter freust und ja … die Zeit genießt.«

Lorena mag es nicht, um den heißen Brei herumzureden. »Ich freue mich auf das Baby, es hat mich überrascht, dass es ein Mädchen ist, doch ich wollte eigentlich auch immer zuerst eine Tochter. Eine Tochter, die Amalia heißt wie meine Oma und danach einen Sohn, der Amando heißt. Nur ist das ganze Drumherum nicht gegeben. Aber es ist eh selten im Leben etwas perfekt, es muss auch nicht perfekt sein, es reicht, wenn es schön ist und das versuche ich jetzt hinzubekommen.«

Jomar und sie wissen beide, dass diese Schwangerschaft zwischen ihnen steht. Die Dinge würden wahrscheinlich anders laufen, wäre sie jetzt nicht schwanger, da macht sich keiner etwas vor, doch es sollte vielleicht einfach nicht sein, und Lorena wie auch Jomar versuchen nun offensichtlich, aus der Situation das Beste zu machen und freundschaftlich miteinander umzugehen.

Das Essen ist fertig und Lorena kann nicht anders, sie probiert schon jetzt von fast allem und schließt verzückt die Augen, bevor Jomar und sie alles zum Auto hinausbringen, wo Lia und Cruz schon warten.

Es sind viele Pakete, sie haben viel zu viel gekauft. »Wenn du eine Schwangere fragst, worauf sie Appetit hat, wird das wirklich lustig.« Lorena lacht und stößt Jomar leicht in die Seite, sie hat nicht darauf bestanden, das alles zu kaufen, auch wenn es eine großartige Idee war. Sie setzen sich alle zurück ins Auto und zeigen den Brüdern den Weg zu ihrer Lieblingsstelle am Fluss. Im Schatten, unter ihrem Kletterbaum, machen sie es sich bequem.

Während sie anfangen zu essen, fragen die Brüder Lia und Lorena ein wenig über das Leben hier aus. Für sie muss es unvorstellbar sein, hier aufzuwachsen.

Sie erzählen ihnen ein wenig vom Leben auf dem Dorf, besonders die Geschichten und Mythen, die es um den Fluss und diese Stelle hier gibt. Die Geschichte des Liebespaares, das sich hier das Leben genommen hat, davon, dass viele versuchen, hier ein Kind zu zeugen, weil es dann besonders gesegnet sein soll.

Es gibt einige Geschichten zu dieser Stelle und diesem Fluss. Wahrscheinlich liegt das daran, dass das Leben auf dem Dorf nicht viel zu bieten hat und sich die Leute daher viel ausdenken, um es etwas spannender zu gestalten. Und wenn es das Erzählen von Mythen und Geschichten ist.

Sie leeren zusammen alles und Jomar und Cruz geben zu, dass das Essen wirklich gut war. Ihre Handys klingeln hin und wieder, doch die Brüder ignorieren das fast immer. Es kommt Lorena so vor, als entscheiden sie am Anrufer, ob es wichtig ist oder nicht.

Es ist wirklich gemütlich. Lia und Lorena sitzen an den Baum gelehnt, Jomar sitzt Lorena gegenüber und sieht ihr immer wieder in die Augen, während sie erzählen. Cruz hat sich hingelegt und seinen Kopf auf Lias Beine abgelegt. Sicherlich wird es eher selten der Fall sein, dass sich die Anführer der Nechas so entspannt geben, man merkt, dass sie alle sich wohlfühlen.

Vielleicht holt in diesem Moment auch diese mächtigen Männer aus San Juan das langsame und ruhige Dorfleben ein wenig ein, sie scheinen die Zeit jedenfalls auch zu genießen.

Lorena ist satt, sie blickt immer wieder in Jomars schöne Augen und würde am liebsten die Zeit anhalten, um diesen schönen Augenblick noch länger zu genießen.

Nachdem sie ein wenig von sich erzählt haben, beginnt Lia, Cruz und Jomar über ihre Kindheit auszufragen. Sie erzählen, dass die Nechas früher nicht so wie heute gelebt haben, sie haben eher einige Straßenteile in San Juan gehabt, die fast ausschließlich von den

Familien bewohnt wurden, die zur Familia gehörten. Als Jomar und Cruz noch jünger waren, durften sie diese Straßen so gut wie nie verlassen.

Sie sind sehr behütet aufgewachsen, und auch wenn die Leben von den beiden und Lia und Lorena nicht unterschiedlicher hätten sein können, wissen sie doch alle, was es heißt, eingeschränkt zu sein und sich nicht frei bewegen zu können.

Ihnen hat es an nichts gefehlt, doch sie hatten Einschränkungen durch die Gefahr, dass jemand sich durch sie an der Familia rächen will. Es gab extra eine Schule in ihrer Gegend, auf die ausschließlich die Kinder der Familia gegangen sind, sie haben da nicht nur die normalen Schulfächer gehabt, sondern auch viel darüber gelernt, was sie für ein Leben in der Familia wissen müssen.

Erst als sie etwas älter waren und sich selbst verteidigen konnten, sind Cruz und Jomar zu einer normalen Schule gegangen und durften sich frei bewegen. Lorena fragt sich, ob es sie eigentlich stört, dass sie von klein auf in diese Richtung gedrängt wurden. Wenn man den beiden so zuhört, gab es für sie nie eine andere Wahl, als den Weg zu gehen, den ihr Vater und die Familia für sie vorgesehen hatten.

Den Weg, dass auch sie die Familia anführen müssen. Hat keiner von ihnen mal daran gedacht, etwas ganz anderes zu tun? Lorena interessiert das wirklich, doch sie traut sich nicht, danach zu fragen.

Irgendwann wurde es für die Familia aber zu eng und umständlich, in San Juan zu leben und sie haben diese separate kleine Vorstadt bauen lassen, in der die engsten Mitglieder leben. Die kleine Familia ist ein riesiges Unternehmen mit ganz neuen Strukturen und viel mehr Mitgliedern geworden. Alles hat sich geändert, ändert sich noch immer, doch wenn man die beiden so ansieht, scheinen sie keine Probleme damit zu haben, das alles im Griff zu behalten.

Lorena kann sich trotzdem nicht die Frage verkneifen, wann sie das erste Mal Waffen in der Hand hatten und ob sie für immer so leben wollen, ob sie irgendwann mal etwas anderes machen möchten.

Jomar erklärt, dass sie mit ungefähr dreizehn Jahren angefangen haben, Aufgaben in der Familia zu übernehmen und dann auch in alles eingewiesen worden sind. Mit dreizehn, Wahnsinn, die beiden durften nicht lange Kinder sein und hatten schon so früh viel Verantwortung.

Cruz und Jomar zögern allerdings keine Sekunde, als sie erklären, dass dieses Leben in der Familia niemals aufhören wird und nichts ist, was man aufgibt. Sie sind dahinein geboren und werden darin sterben.

Jomar nutzt die Gelegenheit und fragt Lorena gleich, ob sie noch im Restaurant arbeitet. Sie erzählt von den vielen neuen Aufträgen und dass sie somit hoffentlich langsam dort aufhören kann.

Jomar und Cruz erzählen, wie oft sie mit solchen Läden zu tun haben und dass Lorena da wirklich schnell aufhören sollte. Sie alle genießen diesen Nachmittag einfach nur und Lorena ist unendlich erleichtert, dass Jomar und sie so normal miteinander umgehen und auch, dass sie endlich mal etwas mehr Zeit mit Cruz verbracht hat.

Sie mag Lias Freund, sie mag ihn besonders, weil sie sieht, wie er mit ihrer Schwester umgeht, wie er immer wieder ihre Hand in seine nimmt, sie ansieht, aufpasst, dass es ihr gut geht. Er liebt sie, daran besteht kein Zweifel und Lorena glaubt nicht, dass er sie absichtlich verletzen würde. Wenn es passiert, dann sicherlich nicht, weil Cruz das möchte.

Als sie schließlich alles zusammenpacken und zurückfahren, haben sie fast drei Stunden am Fluss verbracht. Lia und Lorena unterhalten sich über ihre Lieblingsserie, die sie heute verpasst haben. Lorena hat eh schon zwei Folgen vorher nicht sehen können, da sich ihre Sender nicht mehr richtig einschalten lassen.

Ohne dass Lorena ihn darum gebeten hat, sagt Jomar sofort, dass er sich das mal angucken kann, deswegen setzen sie Cruz und Lia bei Cruz ab und Jomar fährt Lorena nach Hause.

Waren sie gerade noch komplett entspannt, ändert sich das ziemlich schnell, als sich Lorena neben Jomar nach vorne setzt und sie alleine im Auto nach San Juan einfahren.

Lorena atmet durch und versucht, sich selbst zu beruhigen. Das bedeutet gar nichts, sie muss einfach genau wie vorher versuchen, ihn als Freund zu sehen. Immer wieder passiert es ihr, dass Jomar etwas tut oder macht und Hoffnung in ihr aufkeimt, aber das darf sie nicht zulassen.

Deswegen wendet sie sich zu ihm um und fragt ihn ein wenig darüber aus, was er über Lia und Cruz denkt. Jomar fährt sehr schnell, das ist ihr das letzte Mal schon aufgefallen, Cruz ist vorhin gefahren und er fährt ein wenig ruhiger. Jomar hingegen gibt mehr Gas. Er wirkt absolut sicher, doch trotzdem macht sich die Geschwindigkeit sofort in Lorenas Bauch bemerkbar, der momentan natürlich besonders empfindlich ist.

Er antwortet nicht sofort, was Lorena noch neugieriger macht, fast so, als würde er seine Worte gut abwägen. Sie betrachtet das Kreuz an seinem Hals, sein Profil, die langen Wimpern. Er ist solch ein hübscher Mann, doch mittlerweile und aus den vielen Gesprächen mit Lia und Stipe, die das Phänomen Nechas-Männer des Öfteren diskutiert haben, weiß sie, dass es das allein nicht ist, was die Frauen so stark auf sie reagieren lässt. Es ist die Mischung, die Frauen anzieht.

Es ist die Mischung aus gutem Aussehen, Unnahbarkeit, Macht und Reichtum. Auch Lia und Lorena sind dem verfallen, doch Lorena weiß, dass Lia nicht das angezogen hat, im Gegenteil.

Ihre schüchterne Schwester hat all das eher abgeschreckt, sie war viel zu vernünftig um sich auf den Anführer der Nechas einzulassen, doch selbst sie konnte es am Ende nicht verhindern und hat sich in Cruz verliebt.

Lorena wird allerdings alles daran setzen, dass sie nicht auch nur eine der vielen Frauen ist, die für Jomar schwärmt.

Sie muss versuchen, sich nicht so sehr von seiner Präsenz beeindrucken zu lassen, was sicherlich schwer wird. Schon beim ersten Aufeinandertreffen war sie schwer beeindruckt, doch trotzdem ist Lorena sich sicher, dass sie sich da besser beherrschen kann als andere, wenn sie sich nur ein wenig mehr Mühe gibt, deswegen wendet sie den Blick ab und sieht wieder aus dem Fenster.

»Das ist schwer zu sagen. Ich freue mich für Cruz. Er liebt deine Schwester wirklich, ich habe ihn noch nie so erlebt und es hat auch niemand erwartet, dass er jemals eine feste Beziehung eingehen würde.

Ich habe allerdings auch mitbekommen, wie sehr er mit sich selbst gegen die Gefühle für sie gekämpft hat, als sie gegangen ist. Wenn alles so ist wie jetzt, ist alles in Ordnung, aber ich habe ihn eben auch gesehen, als nicht alles gut gelaufen ist, als sie Streit hatten und er nicht mehr er selbst war. Das ist es, was mir ehrlich gesagt ein wenig Sorgen macht.

Ich habe nie gesehen, dass Cruz etwas große Sorgen macht oder ihn zumindest wirklich fertigmacht, er hat immer alles im Griff, so kenne ich ihn, doch die Sache mit Lia hat er nicht immer im Griff und ich glaube, dass ihn das wirklich kaputtmachen könnte. Es gibt nicht viel, was Cruz Nechas gefährlich werden könnte, aber diese Liebe hat die Macht dazu.

Ich hoffe einfach, dass es ab jetzt gut mit den beiden läuft und es nicht dazu kommen wird, dass sie sich noch einmal trennen.«

Er hält vor Lorenas Haustür und sie atmet dankbar aus. Die rasante Fahrt hat zum Glück nicht so lange gedauert. Sie steigen aus und laufen zusammen die Treppen hoch. »Das kann man doch gar nicht verhindern … natürlich wird es noch Streit geben, Jomar. Es ist doch ganz normal, dass man sich streitet, besonders wenn man sich so etwas Festes aufbaut, was Cruz und Lia zur Zeit offenbar versuchen.«

Sie bleiben vor ihrer Haustür stehen. »Ja, aber wenn man sich entschlossen hat, zusammenzubleiben, verstehe ich dieses Hin und Her nicht. Ich glaube, ich bin nicht gemacht für all diesen Beziehungskram und verstehe es deshalb auch nicht.«

Lorena lächelt, was auch ihn lächeln lässt. »Das sagst du nicht mehr, wenn die richtige Frau da ist.« Sie will seine Reaktion gar nicht erst sehen, sie weiß ja, dass sie das garantiert nicht werden wird, deswegen schließt sie auf und lässt Jomar zum ersten Mal in ihr kleines Reich eintreten.

Nein, richtig, das erste Mal ist es nicht. Er war hier drinnen, um Lia und sie zu retten, doch dass er sich dabei ihre Einrichtung angesehen hat, bezweifelt sie.

»Es ist gemütlich hier.« Sie erzählt ihm, wie sie an die Wohnung gekommen ist, als er sich umsieht. Es ist nicht die Traumwohnung, die Lorena sich immer gewünscht hat, sie hat ja noch nicht einmal ein richtiges Bett und natürlich ist es niemals mit dem Luxushaus zu vergleichen, in dem Jomar lebt, doch Lorena fühlt sich trotzdem wohl.

Auch Jomar zieht sich die Schuhe aus und sieht sich gleich den Fernseher an, während Lorena in die Küche geht und Eisschokolade macht. Sie liebt es und da es noch so heiß ist, ist es genau das Richtige. Sie haben das im Dorf oft im Sommer getrunken, ein großes Glas mit Kakao und Vanilleeis drin, diese Mischung ist einfach die Beste.

Noch bevor Lorena die beiden großen Gläser fertig hat, laufen alle Sender wieder. Er erklärt ihr, dass hier wegen der vielen Stromkabel öfter mal die Leitungen zusammenbrechen und man dann quasi alles neu zurücksetzen muss. Das muss passiert sein, ohne dass Lorena es mitbekommen hat.

Lorena bedankt sich, während im Hintergrund leise ein Programm läuft, setzen sie sich zusammen auf die Couch und trinken den Kakao.

»Das schmeckt sehr gut, ich habe das vorher noch nie getrunken.« Jomar sieht zur Babywiege und fragt Lorena aus, was sie jetzt für Pläne hat, was für Vorstellungen, wie sie das alles machen wird.

Sie versucht sich im Kopf Antworten zurechtzulegen, die man jetzt geben könnte, doch dann zuckt sie einfach nur leicht die Schultern und ist ehrlich. »Ich weiß es nicht. Ich habe noch keine Antwort darauf. Ich versuche zu arbeiten und Geld zur Seite zu legen. Ich werde das Baby bekommen und alles versuchen, damit es ihr gut gehen wird, das ist der Plan, mehr habe ich zur Zeit noch nicht.«

Lorena weiß, dass Leute wie das Ehepaar von heute sicherlich alles durchdacht und durchgeplant haben, Konten eröffnet haben, auf denen sie Schulgeld für die Kinder sparen, alles bereit ist, doch sie ... kommt nicht einmal dazu, etwas für ihre Tochter zu nähen.

Ihr Handy klingelt, Stipe ruft an und fragt nach Lia. Sie sagt ihm, dass Lia bei Cruz ist und sobald sie aufgelegt haben, fragt Jomar sie wegen Stipe aus, doch im selben Moment werden im Fernseher Ausschnitte aus dem Video von Desue gezeigt und gesagt, dass morgen die Premiere des neuen Musikvideos ist.

Lorena war zu sehen und sie schließt die Augen, nein, das hat sie ja komplett vergessen. »Warst du das gerade?« Jomar lacht und nun ist Stipe erst einmal vergessen und sie erzählt ihm, wie es dazu gekommen ist, sie sprechen von Mexiko, er erzählt, dass er mal mit einem Model aus Mexiko für einige Tage etwas hatte und dass die Nechas generell viel mit Mexiko zu tun haben. Ein Model aus Mexiko, genau das was Lorena gerade hören möchte.

Sie ist müde, zwingt sich aber, das nicht zu zeigen. Lorena genießt jede Sekunde, in der Jomar und sie so eng zusammen sitzen, sich ansehen und miteinander reden. Für sie beide scheint es so einfach zu sein, es gibt kein krampfhaftes Suchen nach Themen, sie lachen viel und Lorena spürt erneut, wie gerne sie mit Jomar Zeit verbringt.

Das hat nichts damit zu tun, wie er aussieht oder wer er ist, sondern einfach mit der kleinen Tatsache, dass sie ihn wirklich mag.

Auch er hat offenbar kein Interesse zu gehen, doch irgendwann klingelt sein Handy immer wieder, auch wenn es schon nach Mitternacht ist. »Ich muss langsam los, tut mir leid...«. Lorena bringt ihn noch zur Tür.

Sie wünschte wirklich, er könnte noch bleiben und als er sich zu ihr hinunterbeugt und ihr einen liebevollen Kuss auf die Wange gibt, weiß sie, dass er es auch schön fand, aber es nichts an den Tatsachen ändern wird, die zwischen ihnen liegen.

Natürlich schläft Lorena in der Nacht nicht gut, immer wieder wird sie wach. Sie träumt davon, dass sie als Model gebucht wird, sie soll in einem Video mitspielen, in dem Jomar mit einem wunderschönen mexikanischen Model im Bett liegt. Da sie hochschwanger ist, darf sie nur die Champagnerflaschen ans Bett bringen.

Lorena ärgert sich am nächsten Morgen über sich selbst, kann sie all das nicht einfach besser verarbeiten? Ihr Handy piepst, eine Nachricht von Jomar. Er schreibt einen Textzeile aus dem neuen Song von Desue mit einem lachenden Smiley. Lorena schaltet den Fernseher an und, egal auf welchem Sender, fast überall wird das Video gespielt, hier in Puerto Rico liebt jeder diesen Sänger.

Lorena sieht sich selbst im Fernseher und muss sagen, dass es noch besser geworden ist, als sie dachte. Besonders als sie sich am Buffet unterhalten und wie sie zum Schluss zusammen tanzen.

Lorena sieht auf ihr Outfit, ihre Figur, da war sie gerade frisch schwanger, das fühlt sich schon so lange her an, dabei liegt es gerade mal ein paar Wochen zurück.

Noch einmal sieht sie auf die Nachricht von Jomar, er hat ihr den Refrain mit einem lachenden Smiley geschrieben 'und ich wusste vom ersten Moment bis zu meinem Tod, dass sie, diese Schönheit, die Einzige für mich ist.'

Lorena lacht leise, er hat ihre Reaktion gestern gesehen und nun läuft es im ganzen Land auf allen Sendern.

Auch sie schreibt ihm ein lachendes Smiley zurück.

'Guten Morgen'

Kapitel 3

Lorena schaltet den Fernseher schnell wieder ab und auch nicht wieder an, nachdem sie von Stipe und zwei ihrer Kolleginnen aus dem Restaurant einen Anruf bekommen hat, dass sie gerade überall zu sehen ist. Bevor sie sich an die Arbeit macht, geht sie erst einmal einkaufen. Sie würde gerne bei Lia vorbeigehen, doch die ist bei Cruz, deswegen geht Lorena danach direkt nach Hause und näht.

Sie versucht, so viele Aufträge wie möglich fertig zu bekommen, um sich dann auf den großen Babyauftrag zu konzentrieren. Zu leiser Musik am offenen Fenster arbeitet sie bis zum späten Nachmittag, dann macht sie eine Pause. Sie bereitet sich Reis und Scampis zu und würzt das alles mit den leckeren Gewürzen aus dem indischen Restaurant. Sie sieht immer wieder zu ihrem Handy, aber Jomar meldet sich nicht mehr.

Das Schlimme an der Arbeit mit der Nähmaschine ist, dass man immer genug Zeit zum Nachdenken hat und gerade ist das nicht gut. Lorena sollte nicht so viel nachdenken.

Sie muss das mit Jomar entweder komplett vergessen oder locker sehen, doch das fällt ihr sehr schwer, deswegen schaltet sie irgendwann ihr Handy aus, bevor sie ständig darauf sieht, um zu sehen, ob sie eine Nachricht erhalten hat.

Es ist schon fast Abend, als Lorena durch ein Klopfen an ihrer Haustür aufschreckt und die Tür öffnet. Seit der Sache mit Pascal hat sie jedes Mal ein schlechtes Gefühl, wenn sie die Tür öffnet, sie hofft, dass sich das legt, leider hat sie nicht so einen Türspion, den einige Haustüren haben.

Doch vor der Haustür wartet keine Gefahr, dort steht ein aufgedrehter Stipe in Jogginghosen und engem Top, singt das Lied von Desue und lässt dazu die Hüften kreisen. Lorena muss lachen und lässt den besten Freund ihrer Schwester, und mittlerweile auch ihren, herein. »Komm drüber weg, ich bin in dem Video.«

Stipe lacht und schaltet den Fernseher wieder ein und sofort läuft das Video. »Das Lied ist sofort auf Platz eins eingestiegen, ich schätze, damit hast du noch eine ganze Weile zu kämpfen.« Lorena verdreht die Augen. »Das ist nicht dein Ernst, oder?« Es klopft wieder und Lia kommt mit einer Tüte und einem Karton Kuchen herein. Sie waren nicht verabredet, doch genau solche Treffen sind die besten.

Lia hat noch nichts von dem Video mitbekommen und sieht es sich zusammen mit Stipe an, während Lorena Getränke und Gabeln für den Kuchen holt. Ihre Schwester ist völlig begeistert, auch Stipe sagt, dass Lorena das unbedingt weiter machen sollte, wenn sie Amalia zur Welt gebracht hat, doch Lorena winkt ab, für sie ist dieses Kapitel beendet.

Lia und Cruz haben für Lorena zuckersüße Babysachen gekauft. Lorena kann gar nicht genug davon bekommen, die kleinen Söckchen, die kleinen Strampler und die weichen Tücher anzusehen und anzufassen. Besonders ein weißes Kleid mit gelben kleinen Sonnen drauf und einem passenden Stirnband ist so süß, dass auch Stipe es an sich drückt und zu träumen beginnt.

Er möchte auch Kinder haben und wenn er keine adoptieren kann, findet er, dass Lorena oder Lia sie für ihn bekommen sollten.

Lia erzählt ihnen von Cruz und wie sie jetzt doch wieder richtig zusammengefunden haben. Sie haben sich ausgesprochen und wollen es noch einmal miteinander versuchen, was absolut richtig ist. Nun ist es eine völlig andere Basis, die sie haben, Lia lebt ein anderes Leben, kann freie Entscheidungen treffen, muss sich nicht verstecken und hat die Möglichkeit, zum ersten Mal eine ganz normale Beziehung zu führen, soweit man mit einem Mann wie Cruz Nechas eine normale Beziehung führen kann.

Lorena erwähnt nur kurz, dass Jomar gestern noch eine Weile da war und dann aber nach einem Anruf gegangen ist, sie lässt es so unbedeutend klingen, wie sie es gerne hätte, wie es sich leider in ihrem Herzen aber nicht anfühlt.

Trotzdem genießt sie den ruhigen Abend. Sie sitzen zu dritt an ihre Couch gelehnt auf dem weichen Teppich, essen Kuchen und quatschen, bis es fast Mitternacht ist und Lia und Stipe langsam zu sich gehen.

Als Lorena kurz danach schlafen geht und ihr Handy wieder anschaltet, hat sie noch immer keine Nachricht. Sie muss das unbedingt besser in den Griff bekommen, diese ganze Sache mit Jomar.

Die nächsten zwei Tage arbeitet Lorena an der Nähmaschine und bekommt fast alle Aufträge fertig, bevor sie die Stoffe für den großen Babyauftrag bekommt.

Als sie am Morgen aufwacht, sieht sie auch schon gar nicht mehr aufs Handy, Jomar meldet sich nicht und das ist in Ordnung für sie. Zumindest schafft sie es, sich jetzt einzureden, dass es in Ordnung ist.

Sie telefoniert hin und wieder mit Lia oder Stipe, ansonsten arbeitet sie und nur deswegen kann sie jetzt auch schon alle Aufträge abgeben. Lorena zieht sich ein langes korallfarbenes Sommerkleid an, unter dem sie auch noch schön den Babybauch verstecken kann, bringt die Sachen zu den Nachbarn, die bei ihr bestellt hatten und lässt sich gleich das Geld geben, dann läuft sie zum Strand und geht in den Laden, in dem nun auch einige ihrer Kleidungsstücke hängen.

Die Ladenbesitzerin trinkt mit ihr einen Tee, es haben sich schon drei Oberteile und ein Kleid von Lorena verkauft, zum Glück hat Lorena zwei neue Kleider und ein Oberteil für den Laden angefertigt. Auch hier bekommt sie ihr Geld und geht danach in den Brautladen, in dem Mandela und ihre Mutter auf sie warten.

Lorena hat sich wirklich gefreut, als Mandela sie selbst angerufen und gefragt hat, ob sie sich das Brautkleid ansehen möchte.

Lorena hat auch zwei Oberteile für Mandelas Mutter dabei, die sie ihr gibt und sie begrüßt, während Mandela noch angezogen wird. Als jetzt auch noch das Geld dazukommt, hat Lorena wirklich einiges in der Tasche, am liebsten würde sie shoppen gehen, doch sie weiß, dass das nicht geht. Sie braucht das Geld für Babysachen, für Untersuchungen und für Schwangerschaftskleidung. Die Zeit, in der sie unvernünftig handeln kann, ist vorbei.

Es dauert eine Weile, bis Mandela als Braut zu ihnen kommt und Lorena treten Tränen in die Augen. Sie ist wunderschön, das Kleid ist wunderschön, sie selbst hätte es nicht besser für Mandela aussuchen können. Sie umarmt ihre beste Freundin lange.

»Du bist wunderschön, ich glaube, das Dorf hat noch nie solch eine schöne Braut gesehen.« Mandela lacht und küsst Lorenas Wangen, sie ist glücklich und das ist die Hauptsache, sie wird das mit Antoni schon hinbekommen und solange sie so strahlt, ist alles andere doch egal.

»Haben wir dir noch gar nicht gesagt, dass wir nicht im Dorf sondern in Seca heiraten? Wir dürfen auf dem Marktplatz feiern, aber alle aus dem Dorf kommen auch, es wird fantastisch. Lia und du, ihr kommt doch?« Lorena nickt. »Du denkst doch nicht, dass ich dich das alleine machen lasse?« Sie lacht und Mandela sieht zu Lorenas Bauch.

Natürlich weiß jeder inzwischen, dass Lorena schwanger ist, dass sie keinen Mann zum Baby hat und dass sie einiges falsch gemacht hat, doch das ist in Ordnung. Lorena weiß, dass man Fehler machen darf, dass niemand perfekt ist und die, die am meisten mit dem Finger auf dich zeigen, die schlimmsten sind. Jomar hat ihr das gesagt und Lorena kann ihm deswegen mittlerweile nur zustimmen.

Sie sind noch ein wenig im Laden, sie suchen die passenden Accessoires heraus und reden über die geplante Feier, doch irgendwann verabschiedet sich Lorena, weil sie ein unheimlich schlechtes Gewissen plagt. Sie hätte schon längst wieder nach Kata sehen müssen, der Laden muss doch mittlerweile wieder geöffnet haben.

Sie läuft den Weg bis zu Wilmers Juwelierladen, der auch tatsächlich geöffnet hat, doch es ist kein Juwelier mehr. Es ist ein Obstladen. Lorena geht in den Laden, um nach Wilmer zu fragen und findet auch wirklich die Verkäuferin, die damals in seinem Laden gearbeitet hat und nun offenbar in diesem Obstladen arbeitet.

Als sie nach Wilmer und Kata fragt, erzählt die Frau ihr, dass der Laden pleite gegangen ist und Wilmer ihn verkaufen musste. Was mit Kata ist, weiß sie nicht, sie hat sie nicht gesehen. Sie schreibt ihr eine Adresse auf, wo Wilmer zuletzt gewohnt hat, am liebsten würde Lorena sofort dorthin fahren, doch sie muss nach Hause, der Mann kommt gleich, um ihr die Stoffe vorbeizubringen, die seine schwangere Frau bestellt hat, damit Lorena mit den Arbeiten beginnen kann.

Sie muss sich auf dem Rückweg beeilen, hält noch kurz bei einem Copyshop und lässt sich die Bilder ausdrucken, die die Frau ihr als Vorlage geschickt hat. Gerade als sie zuhause die Tür hinter sich schließt, etwas trinkt und sich die Hände wäscht, klopft es und der Mann, den sie mit seiner Frau in seinem schönen Haus gesehen hat, kommt mit einem großen Karton herein.

»Das ist aber viel!« Lorena lacht, als er den großen Karton auf den Boden stellt. Es ist ein und derselbe Stoff und wirklich viel davon. »Meine Frau ist immer gerne vorbereitet, falls Verschnitt ist. Ist mit den Bildern alles verständlich?« Der Mann ist vielleicht Mitte zwanzig, noch relativ jung, dafür, dass er bereits Filialleiter und verheiratet ist und ein Baby erwartet.

Er sieht sich in der Wohnung um und zu Lorena, er ist ganz schön aus der Puste, das Paket scheint schwer zu sein. Lorena holt ihm ein Glas Wasser. »Ja, ich weiß, was Ihre Frau alles möchte, das wird kein Problem sein. Ich weiß noch nicht, ob ich alles in einer Woche schaffe, aber ich schreibe dann einfach Ihrer Frau.« Der Mann trinkt und setzt sich auf die Couch.

Lorena hat gedacht, er wird gleich wieder gehen, aber okay, vielleicht braucht er kurz eine Pause. Sie geht zum Paket und hebt die Stoffe heraus.

Sie sind wirklich schön, es gibt Stoffe, denen sieht man an, wie teuer sie sind, man muss sie noch nicht einmal dafür berühren und das ist so einer. Lorena legt sie sich auf den Haufen mit Stoffen neben der Nähmaschine und spürt selbst, dass sie wirklich schwerer sind, sie schafft es immer nur, eine Bahn nach der anderen zu nehmen.

»Sag bitte Du zu mir, so weit sind wir doch gar nicht auseinander. Und du wohnst hier alleine? So eine Hübsche wie du hat keinen Freund?«

Lorena sieht auf, während sie die nächste Bahn Stoff ablegt. Das sagt er doch jetzt hoffentlich nur, um ein Gespräch aufzubauen, worauf Lorena gar keine Lust hat. »Ähmm, ja, ich wohne hier alleine.« Der Mann steht wieder auf und holt auch eine Bahn und bringt sie Lorena, dabei tritt er sehr nah an sie heran. »Ist das alles, was du tust? Nähen? Ich bin der Filialleiter eines großen Supermarktes und ich bin mir sicher, dass ich da gute Arbeit für dich finde. Was denkst du?«

Der Mann steht so nah bei ihr, dass wenn sie sich umdreht, ihre Nasen sich berühren würden, sie schließt die Augen. Was für ein Arschloch und das, während seine Frau schwanger zuhause sitzt. Er ahnt nicht, dass Lorena auch schwanger ist. Der Mann legt die Bahn auch auf den Haufen, dabei berührt er Lorena und das sicherlich mit Absicht. Seine Hand fährt ihre Seite hinab, Lorena tritt zur Seite und gewinnt so Abstand.

»Nein danke, ich komme gut zurecht und ich würde jetzt gerne anfangen zu arbeiten. Sie wollen doch nicht, dass ihre Frau warten muss, oder?« Den Mann scheint die Anspielung auf seine Frau nicht zu beeindrucken. Er hält ihr seine Visitenkarte hin. »Überlege es dir, ich bin sehr sehr großzügig. Sag mir Bescheid, wenn ich die Sachen abholen kann.«

Lorena nimmt die Karte und folgt dem Mann zur Haustür, die sie schnell hinter ihm schließt. Als er draußen ist, schüttelt sie sich vor Ekel und streichelt über ihren Bauch. Vielleicht ist es sogar besser, dass sie das hier alleine macht, wenn sie sich die Männer alle so ansieht, ist es wahrscheinlich einfacher. Sie ist gerade in genau der gleichen Situation wie diese Frau.

Wenn du schwanger bist, bist du in solch einem Gefühlschaos, dass man das nicht verstehen kann, wenn man nicht selbst einmal schwanger gewesen ist. Man ist unheimlich glücklich, freut sich, ist ungeduldig, möchte alles planen, alles vorbereiten, man ist ab dem Zeitpunkt, wo man es erfahren hat, nicht mehr allein, man ist sich des Babys bewusst und es gibt nichts Wichtigeres.

Gleichzeitig aber fühlt man sich auch hilflos, es geschehen Sachen mit deinem Körper, die du nicht verstehst, deine Hormone spielen verrückt, alles ändert sich, du bist so erschöpft und müde, dass dir vieles schwerfällt, was du sonst nebenbei erledigt hast, all das macht dich verletzlich, viel verletzlicher, als du es sonst bist.

Manchmal würde sich Lorena am liebsten einfach im Bett ein- igeln und niemanden mehr an sich heranlassen, und wenn ihr dann so etwas passieren würde, ihr eigener Mann sie so hintergehen würde … da ist es doch besser, alleine zu sein. Schon all das, was mit Jomar ist oder besser gesagt nicht ist, verletzt sie, was sicher- lich auch mit der Schwangerschaft zu tun hat.

Er ist ein sehr beeindruckender Mann und Lorena mag ihn, sie mag ihn sehr, doch sie ist sich sicher, wäre sie nicht schwanger und er würde sich nicht melden, so wie jetzt wieder, würde sie darüber lachen und das wars.

Jetzt gerade trifft es sie ungewöhnlich hart, sie sieht sich im Spiegel an, weiß, was für Frauen Jomar umschwärmen und dass ihr Leben sich nun so verändert, dass alle Männer, ob gute oder schlechte, auf Abstand gehen werden, sie weiß um diese Tatsache, sie muss sie nur noch verarbeiten.

Lorena macht sich direkt an die Arbeit, sie geht am Abend lange allein am Strand spazieren und am nächsten Morgen fährt sie dann mit dem Bus ans andere Ende von San Juan, wo sie noch nie war und wo jetzt Kata leben soll.

San Juan ist eine schöne Stadt, Lia und sie wohnen in keiner sehr reichen Gegend, doch Lorena gefällt es dort, sie sind am Meer und ihre Wohnungen sind in Ordnung.

Als der Bus jetzt aber auf diese Seite San Juans fährt, sieht sie das erste Mal, dass es hier auch eine andere Seite gibt. Die Straßen werden immer schlechter, man sieht den Gebäuden und auch den Menschen an, dass sie in eine immer ärmere Gegend fährt. Als sie schließlich aussteigt, ist da nichts außer drei riesigen Hochhäusern, aus deren Fenstern überall Satellitenschüsseln heraushängen und es stinkt. Lorena würde sich am liebsten die Nase zuhalten, hier stinkt es wirklich.

Viele Straßenhunde rennen herum und suchen etwas zu essen, man hört ein Gemisch aus lauter Musik und Kindergeschrei. Hier gibt es nicht einmal einen Spielplatz, keinen Supermarkt, nichts, nur diese drei Hochhäuser. Das letzte Geschäft, was Lorena gesehen hat auf der Busfahrt, ist mit einem mindestens zehnminütigen Fußweg zu erreichen.

Lorena ist auch mit sehr wenig Geld groß geworden, doch das hier ist noch einmal etwas ganz anderes. Sie sucht die Hausnummer, wo Kata leben soll und betritt dann unsicher einen der riesigen Türme, anders kann man es nicht nennen, es gibt achtundzwanzig Etagen. Sobald man die Haustür öffnet, steht man vor den großen Fahrstühlen und alles riecht nach Urin.

Ein betrunkener Mann liegt auf den Treppen, Lorena atmet tief durch, ihr wird übel, doch sie reißt sich zusammen und sucht auf einer riesigen Namenstafel nach dem Nachnamen von Wilmer, den seine ehemalige Mitarbeiterin ihr zum Glück auch genannt hat.

Kata wohnt im achtzehnten Stock, Lorena ist in ihrem Leben noch nie Fahrstuhl gefahren. Ja, es klingt unglaubwürdig, sie wird immerhin einundzwanzig.

Lorena muss automatisch an ihren letzten Geburtstag denken, nur ein paar Tage, nachdem sie San Juan verlassen hatte. Niemand wusste davon, sie hat Pascal nichts gesagt und es war ein Tag wie jeder andere, doch das war für Lorena nicht schlimm, sie hat schon lange ihren Geburtstag nicht mehr gefeiert.

Wenn sie einundzwanzig wird, soll laut errechnetem Geburtstermin Amalia schon einige Tage auf der Welt sein. Ein Jahr, und so viel hat und wird sich noch ändern. Lorena versucht, sich selbst abzulenken, als sie in diesen riesigen Kasten geht und die Nummer 18 drückt.

In ihrem Dorf gibt es keine Fahrstühle, in der Stadt auch nicht und in San Juan ist sie auch noch in keinem gewesen. Wenn es mal einen gibt, geht sie trotzdem zu Fuß, doch bei achtzehn Stockwerken wird das nicht machbar sein.

Als sich der Fahrstuhl in Bewegung setzt, kommt Panik in Lorena hoch. Sie versucht, ruhig zu atmen und schließt die Augen, doch das macht es nur schlimmer. Lorena beginnt leise zu zählen und sieht dabei zu, wie sie von Stockwerk zu Stockwerk fährt. Als sie endlich bei Nummer 18 ankommt und sich die Fahrstuhltür öffnet, eilt sie schnell hinaus und steht direkt vor Katas Haustür, zumindest hofft sie, ihre Freundin dahinter zu finden.

Lorena klopft an die Tür und wartet, als sich nichts tut, klingelt sie noch einmal und dann hört sie, dass sich etwas bewegt. Es dauert noch eine Minute, dann geht die Tür auf und sie sieht in Katas müde Augen, die sich bei Lorenas Anblick ungläubig aufreißen.

»Was … oh mein Gott, du bist wieder da? Wie hast du mich gefunden?« Lorenas Herz schlägt sofort schneller, als sie ihr kleines Kletteräffchen wieder im Arm hat, was gar nicht so leicht ist, denn Kata hat einen beachtlichen Bauch. Auch wenn ihrer noch winzig ist, treffen sich die Bäuche, als Lorena und Kata sich umarmen.

»Ich bin schon länger zurück, Kata, niemand weiß, wo du steckst, wieso bist du abgehauen? Ich habe nur herausgefunden, wo du lebst, weil ich in Wilmers Laden war, du bist … was ist los?«

Lorena sieht Kata von oben bis unten an, als sie die Umarmung lösen. Kata ist hochschwanger und doch wirkt sie sehr ausgemergelt, sehr müde und außer ihrem Bauch sehr knochig.

Sie sieht älter aus, als hätten die letzten Monate sich in Jahre verwandelt und in ihren Augen ist eine erschreckende Leere. Doch sie strahlt Lorena an und sie weiß, dass sich Kata wirklich freut, sie wiederzusehen. »Komm erst mal rein. Wilmer ist gerade erst los zur Arbeit, das heißt, wir haben genug Zeit.«

Kata zieht Lorena in die Wohnung und wieder stockt Lorena. Es ist ja nicht so, als wäre Lorena Luxus gewohnt, von allem im Dorf war ihre Hausausstattung immer die einfachste, sie haben seit dem Weggang ihrer Mutter nie wieder etwas Neues gekauft, doch es war alles immer in Ordnung und sauber … das hier ist … Die Wohnung ist zusammengeramscht. Sie steht in einem leeren Flur, wo nur ein paar Schuhe auf dem Boden liegen, sie sieht in eine kleine Küche, wo kaum mehr ein Schrank eine Tür hat und sich das Geschirr stapelt.

Es ist heiß hier in der Wohnung, weil die Sonne durch das Fenster ins Zimmer strahlt. Lorena sieht, dass noch ein Bad und ein Schlafzimmer abgehen, doch sie folgt Kata in ein Wohnzimmer, wo ein Fernseher steht, der fast auseinanderbricht, ein grünes Sofa mit roten Decken darauf und ein alter Holztisch. Es ist stickig hier drinnen und Lorena öffnet die Tür zum kleinen Balkon.

»Manchmal denke ich, dass man von hier unser Dorf sehen kann.« Kata geht in die Küche und Lorena sieht aus dem Balkon, sie sind so hoch, dass man weit auf San Juan sehen kann, doch nicht so weit wie zu den Dörfern.

Als Kata mit zwei Gläsern und einer kalten Wasserflasche zurückkommt, setzt sich Lorena neben sie und fasst an ihren Bauch. »Du bist schon so weit, wann kommt das Baby und wie ist das alles passiert? Was ist mit Wilmer und … du musst mir alles erzählen.«

36

Kata lacht leise und sieht in Lorenas Augen. »Du hast dich gar nicht verändert, obwohl, du siehst noch hübscher aus, was hast du in der weiten Welt getrieben? Du hast sicherlich schönere Geschichten zu erzählen als ich. Du weißt ja, dass Wilmer und ich nicht die Finger voneinander lassen konnten und bevor ich ihn jemandem vorstellen konnte, war ich schwanger.

Wilmer hat gesagt, ich soll zu ihm kommen, er kümmert sich um mich. Ich habe meiner Mutter gesagt, dass ich schwanger bin und Lorena, sie ist so ausgeflippt. Ich wusste, dass sie sauer wird, aber … sie hat mir all meine Sachen hinterhergeworfen und gesagt, ich soll verschwinden.«

Lorena hatte gedacht, dass Katas Eltern erst später von der Schwangerschaft erfahren haben, doch scheinbar ist das nicht so. »Ich bin dann zu Wilmer, der genau da das Geschäft nicht mehr halten konnte, die Kosten waren einfach größer als die Einnahmen, er musste kurz danach auch die Wohnung aufgeben, es war alles so chaotisch und am Ende sind wir hier gelandet. Wilmer arbeitet jetzt in einer Fabrik, in der Modeschmuck hergestellt wird, immer neun Stunden und wir kommen gerade so über die Runden.«

Lorena nickt. »Okay, aber wieso hast du nicht nochmal mit deinen Eltern gesprochen, als sie sich beruhigt haben oder wenigstens zu Emil oder so Kontakt gehalten?« Kata treten Tränen in die Augen. »Weißt du, manchmal machst du Fehler in deinem Leben, die dich so beschämen, dass du dich gar nicht mehr richtig traust, auf dein altes Leben zurückzublicken. Wir wollten immer nur weg, Lorena, doch jetzt würde ich alles dafür geben, zurückzukönnen.«

Lorena lächelt mild, sie weiß genau, wie Kata sich fühlt und beginnt, ihr alles zu erzählen. Sie hat niemandem wirklich alles gesagt, alle Einzelheiten erzählt, auch nicht Lia, doch jetzt bei Kata tut sie es. Sie weiß, dass sie ihr all das erzählen kann, was sie erlebt hat.

Als sie ihr von Amalia erzählt und wie es ihr jetzt geht, dass sie wieder mit Lia Kontakt hat, näht, die Wohnung hat und das Baby alleine bekommt, fasst Kata ihr freudig an den Bauch.

»Weißt du noch? Wir wollten immer zusammen Kinder bekommen und nun ist es ja irgendwie so.« Lorena lacht, Kata holt Kekse, weil sie beide langsam Hunger haben und schiebt eine Fertigpizza in den Ofen.

Sie erzählt Lorena, dass Wilmer sich sehr verändert hat, von dem fürsorglichen Mann am Anfang ist nicht viel übrig geblieben. Er ist sehr eifersüchtig, hat Angst, dass Kata jemand jüngeren findet und engt sie so sehr ein, dass es Kata krank macht. Er kontrolliert alles, obwohl sie zu niemandem außer ihm Kontakt hat.

Auch er hat das Problem mit dem Alkohol, sobald er etwas getrunken hat, wird er anders, er sagt manchmal, dass Kata sein Leben zerstört hat, seit sie da ist, ist alles andere kaputt gegangen, dabei ging es seinem Laden schon schlecht, als er Kata kennengelernt hat.

Er würde ausflippen, wenn er wüsste, dass Lorena da ist, er will, dass Kata das Dorf und alles andere vergisst. Er schlägt sie öfter und will auch jetzt noch, dass sie alles für ihn tut, auch wenn sich Kata nicht mehr zu allem in der Lage fühlt. Ihr Sohn soll in sechs Wochen zur Welt kommen, so genau wissen sie es nicht, sie geht nur sehr selten zum Arzt, weil es so teuer ist.

Lorena und Kata unterhalten sich lange und Lorena spürt sofort, wie gut es Kata tut, vor allem auch, dass sie sieht, dass man es auch alleine schaffen kann und dass doch wieder alles gut werden kann.

Lorena verlässt das Hochhaus, als es langsam dunkel wird. Es fällt ihr sehr schwer, Kata dort zurückzulassen, besonders nachdem sie immer mehr Einzelheiten erfahren hat, was Kata mit Wilmer erleiden muss. Pascal war schon ein Mistkerl, doch Wilmer hat sich als perverser Psychopath entpuppt.

Lorena und Kata haben sofort angefangen, Pläne zu schmieden, so wie sie es früher schon immer getan haben und deswegen geht Lorena nun auch mit einem besseren Gefühl nach Hause.

Sie hat ihre Kata wieder und wird ihr nun aus allem heraushelfen. Kata weiß nicht, ob sie Wilmer wirklich verlassen würde, doch sie möchte zumindest erst einmal Abstand haben und über alles nachdenken. Lorena bietet ihr an, dass sie zu ihr kommen kann, doch Kata will, wenn überhaupt, dann ganz aus San Juan heraus, zumindest am Anfang, falls Wilmer wirklich ausflippt und sie sucht, sollte sie ihn verlassen.

Sie haben beschlossen, dass Lorena noch niemandem davon erzählt, dass sie Kata gefunden hat. Kata wird nächste Woche zu ihr kommen, sie wird sich wegschleichen, wenn Wilmer arbeiten ist. Außerdem wird Lorena beim nächsten Besuch im Dorf mit ihren Eltern sprechen und vorsichtig anfragen, was sie nun wegen Kata denken.

Sie ist sich sehr sicher, dass sie ihrer Tochter verzeihen und genau wie Lorena alles daran setzen werden, sie aus diesem Horror da oben herauszuholen.

Kapitel 4

Am nächsten Tag trifft sich Lorena mit ihrem Chef. Kata schreibt ihr, sobald Wilmer aus der Wohnung ist, so weiß Lorena wenigstens, dass es ihr gut geht.

Lorena sagt ihrem Chef, dass sie schwanger ist. Sie hat keine andere Wahl, es ist nicht mehr so wirklich zu verstecken. Sie hätte damit gerechnet, dass er wütend reagiert und ihr sofort kündigt, doch er sieht sich nur ihre Figur an und sagt teilnahmslos, dass sie arbeiten kann, bis man mehr sieht.

Umso besser, zwar hat Lorena immer mehr Aufträge, doch so eine Sicherheit ist auch nicht verkehrt. Deswegen arbeitet Lorena fünf Tage hintereinander, sie kann immer mal wieder zwischendurch eine Pause machen und Ballerinas tragen und so klappt es ganz gut. Abends setzt sie sich immer noch zwei oder drei Stunden an die Nähmaschine und fertigt die Babysachen an.

Lorena ist zwar sehr müde und kommt zu nichts anderem, doch sie schafft es, schreibt hin und wieder mit Kata, Mandela und Lia, doch ansonsten arbeitet, isst und schläft sie, mehr nicht.

Als sie am letzten Arbeitstag nach Hause kommt, will sie sich eigentlich nur kurz hinlegen und weiter nähen, doch es klopft plötzlich und ihre Mutter steht vor der Tür. »Du hast offensichtlich die gleichen Probleme mit der Müdigkeit wie ich.«

Lorena kann gar nicht richtig reagieren, ihre Mutter kommt in die Wohnung und legt eine große Einkaufstasche ab. »Mama, was machst du hier?«

Lorena geht ihr hinterher und ihre Mutter wirbelt zu ihr um.

Auch wenn sie sie sieben Jahre nicht gesehen hat und noch relativ klein war, als sie gegangen ist, kennt sie diesen Blick von ihr. »Tu mir einen Gefallen, leg dich hin, hier, guck mal.« Ihre Mutter schiebt Lorena zur Couch, sie legt ihr ein weiches Kissen unter den Kopf und eines, worauf sie ihre Füße bettet, dann geht sie ins

Bad und kommt mit einem Handtuch wieder, sie hantiert damit in der Küche herum und legt es Lorena lauwarm auf die Füße.

Im ersten Moment erschreckt Lorena sich, doch dann riecht sie die Kamille und spürt, wie gut es ihren Füßen tut. Lorena schließt die Augen und hört, wie ihre Mutter in der Küche zu arbeiten beginnt.

»Ich mache dir eine Hühnersuppe, das hat alle Vitamine, die du brauchst. Du bist wie ich, mir ging es in der Schwangerschaft eigentlich immer gut, doch mein Körper war sehr geschwächt. Du brauchst Ruhe, dein Körper arbeitet momentan auf Hochtouren. Hier, trink das.«

Lorena öffnet die Augen wieder, ihre Mutter hält ihr ein Glas Orangensaft hin. Lorena trinkt das Glas in einem Zug leer, während ihre Mutter das Handtuch entfernt und eine dünne Decke auf Lorena ausbreitet. »Mama, du denkst doch nicht, dass Lia und ich all das, was passiert ist, einfach so vergessen, nur weil du herkommst und Hühnersuppe kochst?«

Lorenas Stimme ist nur noch ganz leise, sie ist wahnsinnig müde. Es ist einfach nur merkwürdig, egal wie lange sie weg war, wenn die eigene Mutter um einen herum ist und für einen kocht und sich um einen kümmert, entspannt man sich ganz automatisch, selbst wenn die Dinge so stehen wie zwischen ihnen.

»Nein, Lorena, ich weiß, dass ich das nicht wieder gutmachen kann, das bedeutet aber nicht, dass ich nicht jetzt anfangen kann, für euch da zu sein, und vielleicht hört ihr euch dann auch mal meine Sicht der Dinge an.«

Lorena sagt nichts dazu, sie ist zu müde und sie will auf so etwas auch gar nicht eingehen. Wer weiß, ob ihre Mutter das überhaupt ernst meint, vielleicht meldet sie sich hiernach auch nie wieder, sie wird nicht so dumm sein und einfach wieder ihren Worten Glauben schenken.

Die Müdigkeit siegt und Lorena schläft ein. Als sie wach wird, ist es bereits mitten in der Nacht. Lorena steht auf, sieht sich in der Wohnung um, ihre Mutter ist weg.

Die Wohnung ist aufgeräumt, es riecht alles frisch gewischt, auf dem kleinen Esstisch stehen Blumen, auf dem Herd steht ein großer Topf Suppe und die Teigtaschen, die Lorenas Mutter früher immer gemacht hat.

Ihr Magen knurrt und Lorena isst zwei Teigtaschen, dabei schließt sie genüsslich die Augen, sie waren schon immer die besten. Sie isst noch einen Teller voll Suppe und fühlt sich wieder topfit. Sie geht noch einmal durch die Wohnung, ihre Mutter hat wirklich alles aufgeräumt.

Sie sieht, dass ihre Schwester noch online ist und ruft sie an. Als sie Lia am Telefon von ihrer Mutter erzählt, kann ihre Schwester es gar nicht glauben, was Lorena ihr erzählt. Lia hat momentan auch viel zu tun, sie kommen kaum dazu, sich zu sehen und Lorena vermisst ihre Schwester, obwohl sie nur wenige Minuten voneinander entfernt wohnen, kommen sie trotzdem nicht dazu, sich zu sehen.

Lia sagt Lorena, dass sie sich am Wochenende in zwei Wochen nichts vornehmen soll und Lorena erinnert sie daran, dass zwei Wochen später Mandelas Hochzeit stattfinden wird. Lorena setzt sich noch einmal zwei Stunden an die Nähmaschine, bevor sie sich wieder schlafen legt und bis zum nächsten Mittag schläft.

Danach arbeitet Lorena den ganzen Tag, sie schafft es so, alles fertigzustellen. Da sie ja morgen ins Dorf möchte, kann sie dann gleich alles abgeben. Sie schreibt mit Kata, die sie unbedingt nächste Woche besuchen möchte.

Als Lorena am Abend auf der Couch liegt und sich einen Liebesfilm ansieht, holt sie ihr Handy heraus und sieht sich das Bild von Jomar und ihr am Strand an. Wüsste sie, ob ohne ihre Schwangerschaft etwas aus ihnen geworden wäre, wäre es vielleicht einfacherer, so schwebt ständig diese Frage 'Was wäre, wenn ...?' über allem.

Als sie am nächsten Tag aufsteht, geht sie duschen, bindet sich einen Zopf, zieht sich ein weißes Strandkleid an und fährt in ihr Dorf. Wollte sie früher nur weg von hier, so ist es jetzt wie ein kleiner Urlaub.

Sie ist ausgeschlafen, geht auf den Friedhof, besucht ihren Vater und setzt einige Pflanzen ein, die sie noch schnell gekauft hat.

Sie geht Edmundo besuchen und sitzt bei ihm auf der Veranda in der Sonne. Sie erzählt ihm von ihrer Mutter und dass sie bei ihr war. Edmundo hat nie schlecht von ihrer Mutter gesprochen und während sie da sitzen und Zitronenlimonade trinken, erzählt er ihr, dass sie immer eine gute Mutter war. Sie soll sehr liebevoll zu Lia und Lorena gewesen sein, daran kann sich Lorena auch noch erinnern.

Edmundo weiß aber, dass es oft Schwierigkeiten zwischen ihrer Mutter und ihrem Vater gab, dass sie dann einfach gegangen ist und Lorena und Lia zurückgelassen hat, hat auch er nie verstanden.

Er findet, sie sollten sich zumindest einmal anhören, was ihre Mutter zu sagen hat, Lorena weiß es nicht so genau, sie hat sie nicht gerade mit offenen Armen empfangen, doch gestern hat es wirklich so gewirkt, als wolle sie wieder etwas gutmachen. Lia allerdings dazu zu bekommen, ihre Mutter anzuhören, wird kaum möglich sein.

Lorena geht als Nächstes zu Katas Eltern, die beide gerade aus der Kirche kommen. Sie sind sehr gläubige Menschen und gehen manchmal sogar mehrmals am Tag zur Kirche, sie helfen bei allem mit und sind schon immer sehr darauf bedacht gewesen, was die Leute über sie denken.

Als Lorena jetzt bei ihnen auf der Veranda steht, ahnen sie vermutlich schon, worum es geht. Die Mutter bringt Kuchen und Kaffee und sie setzen sich in den Schatten. Sie fragen, wie es Lia und ihr geht. Lorena sagt ihnen alles ganz ehrlich, sie wissen eh schon, dass Lorena auch schwanger ist und Lorena will ihnen so zeigen, dass Kata nicht die Einzige ist, die in solch eine Situation geraten ist und dass es Schlimmeres gibt.

»Ich war bei Kata.« Sie haben einige Minuten um alles herumgeredet, Lorena sieht dann einfach Katas Mutter und Vater in die Augen und sagt es ihnen direkt. Man sieht den Eltern an, wie sehr sie darunter leiden. Die Mutter, die früher nur ein paar graue Strähnen hatte, ist mittlerweile komplett ergraut und man erkennt, dass beide oft schlaflose Nächte haben. Kata ist ihr einziges Kind und sie sollten ihren Stolz vergessen und wieder den Weg zu ihrer Tochter finden.

»Ach wirklich? Niemand sonst weiß, wo sie steckt oder wie es ihr geht.« Lorena atmet tief aus, Katas Vater erinnert sie in diesem Moment so sehr an ihren eigenen Vater. Die Männer aus den Dörfern sind wahrscheinlich noch einmal viel stolzer und sturer als andere. Sie haben so eine eigene Art an sich und wehren sich gegen alles Neue und Offene.

»Ich habe sie gefunden, sie bekommt bald einen Sohn. Es geht ihr so weit ganz gut, aber sie vermisst ihre Familie sehr. Es ist nicht einfach, ein Kind zu bekommen und wenn man dann nicht seine Eltern hinter sich hat, ist es nochmal schwerer.« Katas Mutter räuspert sich.

»Wieso ist es so schwer für euch junge Frauen, euch ein wenig an unsere Traditionen zu halten? Was ist so schlimm an diesem Leben? Wieso konnte sie uns diesen Mann nicht einfach vorstellen, ihn heiraten und dann ein Kind bekommen? Hat sie nicht einmal daran gedacht, wie es uns dabei geht?« Lorena kennt das alles nur zu gut.

»Sie hat das mit dem Baby nicht geplant, so etwas passiert manchmal und ich meine, diese Traditionen sind nun auch nicht immer das Wahre oder denkt ihr, Tabea oder sonst einer Frau, die hiergeblieben ist und geheiratet hat, geht es so viel besser? Kata ist doch nicht einmal um die Welt gereist, sie lebt in San Juan, eine

Stunde vom Dorf entfernt. Ich verstehe bis heute nicht, wieso die Leute hier so tun, als wäre das eine ganz andere Welt.«

Die Mutter sieht ihr in die Augen. »Weil es das ist, Lorena, du lebst doch da, du weißt das doch nun. Wie ist ihr Mann, behandelt er sie gut?« Lorena weiß nicht, ob es schlau ist, ihnen alles zu erzählen.

»Es wäre gut, wenn Kata wissen würde, dass sie hier noch immer ein Zuhause hat und sie jederzeit hierher zurückkommen kann. Ich weiß, dass das alles nicht leicht ist und auch, dass sie euch großen Kummer gemacht hat, aber Kata ist doch immer noch eure Tochter und ihr bekommt jetzt einen kleinen Enkel. Ich erwarte auch nicht sofort eine Antwort von euch, aber denkt wenigstens einmal darüber nach.«

Die Eltern sagen nichts weiter dazu, der Vater schweigt während der restlichen Zeit ihres Besuches komplett, die Mutter und Lorena unterhalten sich noch ein wenig über die Hochzeit von Mandela, bevor Lorena geht.

Sie läuft langsam in die Stadt zum Haus der schwangeren Frau und ihrem Mann. Sie hat zwei große Tüten dabei, die, da es ja nur Bettdecken, Decken, Kissenbezüge und eine Bettschlange sind, nicht sehr schwer sind. Sie haben ihr angeboten, dass der Mann die Sachen abholt, doch Lorena hat darauf verzichtet. Sie möchte nicht nochmal mit ihm alleine sein.

Lorena hat Glück, nur die Frau ist da. Sie zeigt ihr alles und die Frau ist mehr als zufrieden. Sie gibt Lorena das restliche Geld, und nun hat sie wirklich genug für die nächste Zeit. Die Frau erklärt, dass eine Freundin von ihr, die auch frisch schwanger ist, einen ähnlichen Auftrag für sie hat und Lorena bittet sie, dass sie ihr die Handynummer geben soll.

Sie machen dann einen Termin für die Besprechung, entweder in der Stadt oder aber in Lias Laden in San Juan, aus. Sie wird in Zukunft den Laden öfter für solche Sachen nutzen, es ist praktischer und auch sicherer, nicht immer alle Leute zu sich nach Hause zu bestellen.

Die Frau strahlt zufrieden und Lorena würde es niemals übers Herz bringen, ihr zu sagen, dass ihr Mann versucht hat, mit ihr zu flirten, doch sie hofft einfach, dass der Mann sie nicht betrügt, nicht jetzt, nicht so.

Eigentlich sollte sie langsam zurückfahren, doch sie nimmt ihr Handy heraus und schreibt Emil und Mandela, 'Bin in zehn Minuten am Fluss!' mit einem lachenden Smiley. Herrgott, sie hätte nie gedacht, wie all das ihr mal fehlen könnte.

Keine halbe Stunde später sitzen Mandela, Emil und Lorena unter dem Kletterbaum und essen selbstgemachte Paella, die Mandela noch in der warmen Pfanne mit drei Gabeln mitgebracht hat. Ihre Mutter hat heute viel zu viel gekocht und nun leeren sie zusammen die Pfanne, wobei Mandela sich zurückhält. Sie hat Angst, nicht mehr ins Hochzeitskleid zu passen.

Die beiden erzählen Lorena den neuesten Tratsch aus dem Dorf, es ist so beruhigend, wieder hier zu sitzen und sich all den Blödsinn anzuhören.

Als sie sich danach entspannt neben Mandela an den Baum lehnt, legt Emil seine Hände auf Lorenas Bauch und versucht, das Baby zu spüren. Lorena erklärt ihm, dass sie selbst das Baby nicht spürt und er es auch noch nicht spüren kann, doch er versucht es trotzdem und erzählt Lorenas Bauch, dass Onkel Emil immer auf Amalia aufpassen wird.

Lorena und Mandela beobachten das lächelnd, auch Mandela streicht über Lorenas Bauch und sagt, dass sie und ihre Mutter schon was für die Kleine gekauft haben, aber Lorena das noch nicht bekommt.

Emil war schon immer ein wenig in Lorena verliebt, doch sie beide sind viel zu sehr miteinander befreundet, als dass sie dem jemals eine Chance gegeben hätten. Lorena liebt Emil als guten Freund und möchte das Risiko, ihn wegen einer Beziehung als Freund zu verlieren, gar nicht eingehen, außerdem sind die Gefühle einfach viel zu freundschaftlich. Auch wenn Emil immer wieder mit Lorena flirtet, weiß er das auch genau.

Doch Emil ist ehrlich und er ist ein Mann, es wird langsam dunkel und Lorena nutzt die Gelegenheit. »Sage mal, du als Mann, würdest du mit einer schwangeren Frau eine Beziehung eingehen können?« Emil lässt ihren Bauch los, setzt sich neben sie und legt den Arm um sie. »Mit dir? Immer!«

Lorena lacht und legt ihren Kopf an seine Schulter. »Nein, nicht mit mir. Wenn du mich nicht kennen würdest, oder jemand anderen. Du lernst sie kennen und magst sie, doch dann sagt sie dir, dass sie schwanger ist ... wie würdest du reagieren?«

Emil denkt einen Moment nach, dann räuspert er sich.

»Ganz ehrlich, ich könnte mir das nicht vorstellen. Ich meine, du bist natürlich was anderes für mich, aber jemand anders, den ich noch nicht wirklich kenne? Und auch, wenn ich sie mag, sie hat das Baby eines anderen Mannes im Bauch.

Ich könnte nicht mit ihr schlafen oder sie in der Zeit als ... sexy Frau ansehen, verstehst du, was ich meine? Und auch, wenn das Baby da ist, diese Zeit ist so hart, besonders am Anfang und es ist nicht einmal dein Kind.

Du willst ja eigentlich eine Frau kennenlernen und das dann mit ihr zusammen machen.«

Mandela schnauft leicht auf. »Emil, ich bitte dich. Die Frau ist doch nicht krank, sie bekommt ein Baby. Sie ist doch immer noch eine Frau, auch wenn sie ein Baby in sich trägt. Daran kannst du sehen, wie ernst es ein Mann meint.« Lorena hört beiden zu, doch sie weiß, dass Emil nur das ausspricht, was die meisten Männer denken werden.

»Aber so sind wir Männer nun mal. Wir haben nicht solche komplexen Vorstellungen wie ihr. Wir sehen eine Frau und es gibt zwei Möglichkeiten, entweder wir wollen Sex mit ihr oder sie kommt in Betracht, etwas Festes zu sein, eine Frau, die man heiraten kann.

Eine schwangere Frau fällt bei beidem raus - kein Sex und jeder Mann möchte doch selbst eigene Kinder mit der Frau, die er liebt und nicht das Kind eines anderen großziehen.

Also ich denke, falls du vorhast, dir jetzt einen Freund zu suchen, lass es sein. Warte, bis die Kleine aus dem Gröbsten raus ist, dann sieht das Ganze wieder anders aus. Es sei denn, du kommst zu mir. Ich versorge dich und Amalia und mache dir gleich vier weitere.«

Lorena kneift Emil lachend in den Arm und auch Mandela muss lachen, sie wissen ja, dass er im Grunde recht hat, Lorena macht sich da gar nichts vor.

Sie sieht das ja auch an Jomar, es ist nicht die Zeit, an eine Beziehung zu denken, sie wünschte sich nur, dass sie dann auch einfach aufhören könnte, so viel über ihn nachzudenken, doch egal wie sehr sie versucht, ihn zu vergessen, oder zumindest alles was ihn betrifft zu verdrängen, er kommt immer wieder in ihre Gedanken.

In dieser Nacht träumt sie auch wieder von ihm und ist dementsprechend müde, als sie zur Arbeit ins Restaurant kommt.

Ihr Chef ist da, Lorena zieht sich die kurzen Shorts und das etwas weitere Top an und arbeitet den halben Tag, bis der Chef sie zur Seite ruft und ihr sagt, dass das nicht mehr funktioniert, sie sei einfach zu fett geworden und die Männer können nichts mehr mit ihr anfangen. Ohne noch eine Erklärung abzugeben oder Lorena zu Wort kommen zu lassen, zahlt er sie aus.

Am liebsten würde Lorena ihm sonst etwas an den Kopf werfen, doch leider treffen seine Worte sie viel zu sehr. Sie zieht sich um und geht nach Hause. Gerade als sie sich unter die Dusche stellen will und die ganze Welt verfluchen möchte, klingelt ihr Handy und Lia ist dran.

Ihre Schwester bittet sie, ein Kleid abzuändern, sie fragt, ob sie im Laden vorbeikommen kann.

Lorena nimmt sich ihre Handtasche und geht, alles ist besser, als jetzt hier alleine zusammenzubrechen, doch all das, die Worte des

Chefs, das Verhalten von Jomar und auch die Wahrheit, die Emil ihr klargemacht hat, verletzen Lorena so sehr, dass sie die nächste halbe Stunde, die sie damit verbringt, ein Kleid abzustecken, das sie für eine von Lias Kundinnen umnähen wird, ihre Tränen zurückhalten muss.

Natürlich merkt ihre Schwester das und sobald die Kunden draußen sind, fragt sie was los ist. Lorena bricht in Tränen aus.

Sie erzählt ihr, was ihr Chef gesagt hat. Aber auch wenn Lorena Emil und Jomar nicht erwähnt, weiß Lia sicherlich trotzdem, dass da einfach viel aufeinandertrifft, was Lorena zur Zeit zu schaffen macht.

Lia reagiert sofort, sie schließt den Laden und sie gehen zu Lia nach oben. Ihre Schwester bestellt leckere Pizza, sie reden viel über zukünftige Projekte und auch darüber, dass Lorena sich im Laden eine kleine Ecke einrichten soll, wo sie arbeiten und ihre Kunden empfangen kann, außerdem soll sie ihre Sachen auch im Schaufenster aushängen.

Dabei lackieren sie sich die Finger- und Fußnägel und Lorena ist dankbar, wieder ein wenig lachen zu können. Als sie beide irgendwann müde einschlafen, weiß Lorena zumindest eines ganz genau:

Es hat sich vieles geändert und es ändert sich viel, doch manche Dinge werden sich zum Glück niemals ändern.

Lorena kuschelt sich an Lia und schläft seit Langem das erste Mal wieder richtig gut.

Kapitel 5

Die Sonne kitzelt Lorena am nächsten Morgen wach. Lia ist bereits weg, also frühstückt sie und geht duschen, räumt ein wenig bei Lia auf und sucht sich aus ihrem Kleiderschrank ein weißes Strandkleid, das ihr bis zu den Knien geht und das unten weiter wird, aber ein schönes Dekolleté macht. Es hat korallfarbene Steine, die ein orientalisches Muster um das Dekolleté ergeben.

Die Worte ihres Chefs, Emils Einschätzungen hinsichtlich ihrer derzeitigen Situation, der Mann der schwangeren Frau, Jomar und auch Katas Situation, all das frustriert sie, es beschäftigt sie und Lorena beschließt, sich von all diesen Dingen nicht die Laune verderben zu lassen. Denn sie kann es eh nicht ändern.

Wenn ihr Chef meint, sie wäre zu fett geworden, ja, wird er recht haben, sie wird noch mehr zunehmen, eine Tatsache, die sich nicht ändern lässt und mit der Lorena nun klarkommen muss.

Emil hat recht, in ihrer jetzigen Situation auf eine Beziehung aus zu sein wäre völlig unrealistisch, und wozu auch? Lorena ist doch bisher auch wunderbar ohne Beziehung klargekommen. Natürlich, sie mag Jomar, mehr als das, wahrscheinlich ist sie dabei, sich in ihn zu verlieben, doch auch das liegt nicht in ihrer Hand. Jomar meldet sich nicht, er kommt mit der Situation, in der Lorena sich befindet, nicht klar, was sie natürlich verstehen kann, aber auch das kann sie nicht ändern.

Ob Kata Wilmer verlässt oder nicht, muss sie am Ende selbst entscheiden, doch wichtig ist, dass die Eltern wieder hinter ihrer Tochter stehen und sie weiß, dass sie immer einen Platz hat, zu dem sie zurückkehren kann. Natürlich kann sie auch zu Lorena, doch das ist nicht das Gleiche und das weiß gerade Lorena am besten, sie hat sich schrecklich gefühlt ohne Lia.

Sie hat mit den Eltern gesprochen, sie ist für Kata da, was als Nächstes passiert, liegt nicht in ihrer Hand.

Und ja, die schwangere Frau hat einen Mistkerl als Mann, der seine Frau hintergeht, wenn sie gerade am verletzlichsten ist, doch ob er sich jetzt zusammenreißt oder so weitermacht, auch das liegt nicht in ihrer Hand und sie kann es nicht ändern, also wieso sollte sie sich von alldem herunterziehen lassen?

Lorena nimmt Lias Schminke und betont ihre Augen, dann steckt sie sich noch passende Ohrringe an und bindet ihre Haare zu einem strengen Dutt nach hinten. Wenn sie ihre Haare so trägt, kommen ihr Gesicht und besonders ihre Augen immer am besten zur Geltung, die Fotografen haben das am meisten an ihr gemocht.

Nachdem sie Lias Wohnung verlassen hat, klingelt sie bei Stipe, doch der ist nicht da. Allerdings ruft in dem Moment die Freundin der schwangeren Frau an, sie würde ihr gern einen ähnlichen Auftrag geben. Sie lebt in San Juan und gar nicht weit weg von Lias Laden, deswegen bittet Lorena sie, direkt dorthin zu kommen.

Sie öffnet den Laden, nimmt sich Lias Laptop und sucht einige Bilder heraus. Als die Frau kommt, einigen sie sich schnell auf einen Stoff, den Lorena gleich bestellt und in den Laden schicken lässt. Ansonsten möchte die Frau genau das Gleiche wie ihre Freundin, sie bezahlt den Stoff schon und macht eine Anzahlung für die Arbeit, und als Lorena eine Stunde später den Laden wieder schließt, findet sie die Idee, sich den Laden mit Lia zu teilen, immer besser und schreibt das ihrer Schwester auch sofort.

Kata ruft an und sagt, dass sie übermorgen zu Lorena kommen wird. Wilmer hat solange frei und dann eine Doppelschicht, deswegen kann sie entspannt den Tag genießen. Einen ganzen Tag mit Kata, Lorena freut sich schon drauf. Sie möchte eigentlich noch etwas unternehmen, doch da keiner Zeit hat, geht sie in den Laden, in dem Stipe arbeitet. Es ist nicht viel los und Stipe erzählt Lorena alles von seiner neuesten Eroberung. Wenn man ihn so reden hört, hat man das Gefühl, zwischen Männern ist es nicht so kompliziert wie zwischen Männern und Frauen.

Sie erzählt ihm ein klein wenig, was bei ihr los ist, von ihrem Chef, von dem Mann, der sie angebaggert hat und auch von Jomar.

Natürlich wird auch Stipe nicht müde zu erwähnen, wie sexy Lorena ist, doch sie weiß, dass er sie nur aufmuntern möchte, auch wenn man ihren Bauch noch immer nur ein wenig sieht, fühlt sich Lorena alles andere als sexy.

Doch diese Ablenkung tut ihr gut, mit Stipe kann man nur lachen, erst als sein Chef in den Laden kommt, geht Lorena wieder, da ist es aber schon später Nachmittag, langsam wird sie auch wieder müde. Sie läuft langsam nach Hause, als ihr Handy klingelt und Lorena das Bild von Jomar und sich angezeigt wird, was sie mit seiner Nummer zusammen abgespeichert hat.

Dummes Herz, hör auf wie wild zu schlagen.

Lorena räuspert sich, bevor sie ans Handy geht. »Ja?«

»Hi Lorena, wie geht es dir?« Wie sie diese Stimme liebt.

»Gut. Und selbst?« Man hört sein Lächeln.

»Sehr gut, ich bin gerade bei dir in der Nähe und wollte fragen, ob du Lust hast, etwas essen zu gehen?« Lorena weiß, dass sie das vermeiden sollte, sie sollte versuchen, Jomar so gut es geht aus dem Weg zu gehen.

»Ähm, um ehrlich zu sein, bin ich schon den ganzen Tag unterwegs und habe jetzt gar keine Lust mehr, mich fertigzumachen. Ich sehe gerade eher so aus, als wollte ich zum Strand ...« Jomar unterbricht sie.

»Kein Problem, gehen wir am Strand essen, du musst dich nicht fertigmachen, wo bist du? Ich hole dich ab.« Muss er es ihr so schwer machen? Natürlich will sie auch gerne Zeit mit ihm verbringen, aber offenbar aus anderen Gründen als er.

Auch wenn sie weiß, wie unvernünftig es ist, nennt sie ihm die Straße, wo sie gerade ist und keine drei Minuten später hält Jomar neben ihr und Lorena steigt in sein Auto.

Er lächelt, als sie sich zu ihm beugt und ihn auf die Wange küsst und sieht ihr in die Augen. Lorena hat so krampfhaft versucht, sich Jomar die letzten Tage, seit er bei ihr war, aus dem Kopf zu schlagen, dass sie sein Anblick wieder völlig einnimmt.

Er ist dunkler geworden, als wäre er einige Tage am Strand gewesen, seine Haare sind kurz geschnitten und er hat einen leichten Dreitagebart. Seine Augen funkeln noch dunkler als sonst und er kommt ihr noch breiter vor, was sicherlich nicht so ist, doch sie ist eine schwangere Frau mit zu viel Hormonen und Fantasien. Jomar trägt eine graue knielange Jogginghose und ein weißes Shirt darüber, einfach und doch so sexy.

Eine Sekunde und Lorena hat alle Vorsätze, Überlegungen und Bedenken vergessen und muss sein wunderschönes Lächeln erwidern. »Ich weiß gar nicht, was du hast, du bist wunderschön. Ich könnte jetzt mit dir ins teuerste Restaurant San Juans gehen und niemand würde bezweifeln, dass du da hingehörst und du würdest alle Frauen übertreffen.« Lorenas Augen werden zu leichten Schlitzen und sie lächelt ihn verschmitzt an.

»Das ist sooo lieb von dir, Jomar, übertrieben gelogen, aber lieb.« Sie muss lachen und auch Jomar lacht, während er Gas gibt und in Richtung Strand fährt. »Nein, ich meine das ernst. Die letzten Tage habe ich ständig gehört, wie schön du bist, alle die das Video gesehen haben, haben von dir gesprochen und Cruz hat jedes Mal, wenn er mich gesehen hat, das Lied gesungen, um mich zu ärgern.« Wieso hast du dich dann nicht gemeldet?

Lorena lächelt immer noch, sie hat das alles so gut es geht verdrängt und weil alle gespürt haben, wie sehr es sie nervt, hat sie auch niemand mehr wegen des Videos angesprochen. Jomar fährt weiter, doch nicht zu dem Strandabschnitt, an dem sie wohnt, sondern in die andere Richtung.

»Wohin fährst du?« Jomar sieht zu ihr. »Lass dich überraschen, was hast du die Tage gemacht? Gibt es etwas Neues?« Lorena lehnt sich in das weiche Leder zurück, so langsam gewöhnt sie sich daran, wie schnell Jomar fährt.

Am liebsten würde Lorena die Augen verdrehen, wenn sie an alles denkt, was so passiert ist. »Das willst du alles gar nicht wissen, viel zu viel.« Jomar lacht und sieht wieder zu ihr. »Doch, ich möchte das alles wissen. Ich habe letztens mit Cruz darüber gesprochen. Wir sind die Anführer der Nechas und trotzdem schaffen Lia und du es, öfter in Schwierigkeiten zu geraten als wir.«

Lorena muss auch lachen und sieht zu ihm. Sie liebt es, ihm in die Augen zu sehen. »Da könnte sogar etwas dran sein, wir sind wahrscheinlich wirklich nicht für so ein Großstadtleben gemacht.«

Jomar hält an einem Strandabschnitt, den Lorena nicht kennt. »Dafür sind wir ja jetzt da und passen auf euch auf.« Er steigt aus und hält ihr die Tür auf. Lorena sieht auf den Strand. Er ist vollgestellt mit gemütlichen Loungemöbeln, alle mit Vorhängen, damit man etwas ungestörter ist und in gutem Abstand zu den anderen. Es werden gerade überall Fackeln angezündet und die Kellner laufen von der Strandpromenade bis zum Strand und servieren Essen. Wow, so etwas hat Lorena noch nie gesehen.

Jomar lächelt über ihren Blick und greift nach ihrer Hand. »Komm, lass uns etwas essen gehen.« Als sie über den weichen Sand laufen, zieht Lorena ihre Schuhe aus. In einigen abgetrennten Loungemöbeln sitzen Leute, doch durch die seidigen Tücher um die Möbel herum erkennt man nicht, wer es ist.

Einer der Kellner erkennt Jomar und kommt sofort zu ihnen gelaufen. Er bringt sie zum vordersten Bereich. Dort setzen sie sich auf eine Liege und Sitzfläche, die in der Mitte einen Tisch hat. Sie hat aber drei Teile, sodass sie zum einen gegenüber sitzen können, wenn sie am Tisch essen, aber sich auch ausstrecken und zum Meer schauen können.

Der Kellner zündet auch bei ihnen einige Fackeln an, er bringt Öl, Salat und Brot sowie die Karten. Es sind mehrere, offenbar beteiligen sich mehrere Restaurants an diesem schönen Strandrestaurant und das ist wirklich praktisch. Jomar bestellt sich eine Pizza, während Lorena sich einen in Puerto Rico sehr beliebten Auflauf aus Gemüse und Hühnchen bestellt. Der Kellner schließt die Tücher um sie herum und sie haben einen freien Blick zum Meer, alles andere ist nun aber abgetrennt.

»Es ist wunderschön, bist du öfter hier?« Jomar lehnt sich zurück und streckt die Beine aus. »Hin und wieder, es ist sehr entspannend.« Lorena sieht zum Meer und streckt auch ein wenig die Beine aus. Der Himmel beginnt sich rot zu färben. »Also, was war die Tage bei dir los?« Er sieht zu Lorena und sie hebt die Hand. »Nein, nein, nicht schon wieder. Was war die Tage bei dir los?«

Jomar lacht und sieht ihr in die Augen. »Ich hatte wirklich anstrengende Tage. Es gab Probleme mit einem neuen Großkunden und ich musste mich um einige Sachen kümmern. Aber das ist jetzt vorbei.« Ein klein wenig Hoffnung keimt in Lorena auf. Jomar hatte in den vergangenen Tagen viel zu tun, vielleicht hat er sich deswegen nicht gemeldet, jetzt wo weniger los ist, hat er sich ja sofort gemeldet. Vielleicht ist sie einfach nur zu ungeduldig.

Er sieht sie erwartungsvoll an. »Ich bin gekündigt worden und ich habe meine Freundin Kata wiedergefunden, ein Mann hat versucht, mit mir zu flirten, obwohl er eine hochschwangere Frau zuhause hat und mir jeglichen guten Glauben an die Männer genommen hat.« Jomar lacht leise. »Du wolltest doch eh dort aufhören, wer ist Kata? Und du weißt genau, dass ein Mann nicht alle Männer widerspiegelt.«

Lorena lässt das Thema mit dem Mann lieber sein, sonst müsste sie Jomar ja gestehen, dass sie sein Verhalten wahnsinnig macht. »Ja, ich wollte aufhören, aber mein Chef hat mich rausgeschmissen, weil ich ihm zu fett geworden bin.« Jomar legt den Kopf ein wenig schief. »Man sieht dir nicht einmal an, dass du schwanger bist. Wenn ich dich so sehen würde und es nicht wüsste, würde ich es niemals vermuten. Das siehst du doch an dem Mann, der versucht hat, mit dir zu flirten. Lass dir so etwas nicht einreden, du bist wunderschön, Lorena. Komm mal her.«

Er deutet ihr, zu ihm zu kommen und sie tut es auch, neugierig, was er vorhat. Er setzt sich auf, als sie vor ihm steht. Er nimmt ihr Kleid ein wenig zurück, sodass es eng anliegt und die Rundung an ihrem Bauch genau zeigt. Er lächelt mild und legt seine Hand an ihren Bauch. Er hat dunkle große Hände, sie mag seine Hände. Lorena weiß nicht wieso, doch in diesem Moment treten ihr Tränen in die Augen.

Jomar berührt ihren Bauch nur mit Stoff darüber, so viele Männer haben ihren Bauch in letzter Zeit angefasst, Emil, Stipe, selbst sein Bruder Cruz, den sie letztens bei Lia getroffen und mit ihm gesprochen hat, hat ihren Bauch kurz angefasst und sie gefragt, wie es ihr geht.

Doch das hier ist für Lorena etwas ganz Besonderes, vielleicht, weil sie sich insgeheim wünscht, dass es auch für ihn diese besondere Bedeutung hat.

»Du bist nicht fett, Lorena, ich würde sogar sagen, dass er noch etwas zu klein ist, dein Bauch. Spürst du sie eigentlich schon?« Lorena schüttelt den Kopf. »Nein, es müsste aber bald soweit sein.« Jomar lässt ihren Bauch los und lehnt sich wieder zurück, Lorena bleibt bei ihm und setzt sich genau neben ihn. Auch sie streckt ihre Beine aus und macht es sich gemütlich.

Jomar legt den Arm hinter ihr an die Lehne und ihr Herz schlägt schneller, als sie wie ein vertrautes Pärchen dort sitzen, inmitten der Fackeln, auf diesen großen Loungemöbeln, beide mit ausgestreckten Beinen und zum Meer blickend. »Wer ist Kata?« Jomar holt sie wieder aus ihren Träumereien.

Nun ist er ihr so nah, dass ihr Herz noch schneller schlägt, gleichzeitig fühlt sie sich aber auch sehr wohl und entspannt sich, ein Widerspruch, der wie bei fast allem, was Jomar betrifft, steht.

Lorena liebt seinen Duft und schließt die Augen, während sie ihm von Kata erzählt, wie lange sie sich kennen, was sie alles verbindet, von Wilmer und wie sie beide immer versucht haben, aus dem Dorf zu kommen und was bei ihr daraus entstanden ist. Gerade als sie endet, bringt ein Kellner ihr Essen und noch mehr Getränke.

Eigentlich sollten sie sich richtig hinsetzen, doch Jomar und sie bleiben beide so gemütlich sitzen, nur dass er den Arm herunternimmt. Sie waren sich schon mal so nah, auch am Strand, und Lorena spürt wieder, wie gerne sie diese Nähe hat.

Beide haben ihre Teller auf dem Schoß, fast so, als würden sie auf dem Sofa vor dem Fernseher essen.

Lorena nimmt einen Bissen und schließt genüsslich die Augen, sie fordert Jomar auf, dass er unbedingt probieren muss und gibt ihm etwas von ihrer Portion ab. Auch sie nimmt sich ein Stück seiner Pizza. Beide scheinen sich einfach mit dem anderen wohlzufühlen, beinahe so, als würden sie sich schon ewig kennen.

Lorena erzählt ihm die Geschichte mit Kata zu Ende und auch, wie sie jetzt lebt, dass sie eine Auszeit braucht und was sie nun vorhaben und dass sie noch niemandem von Kata erzählt hat. Sie erwähnt auch, dass Kata sie morgen besuchen kommen will, und obwohl sie nebeneinander sitzen, spürt sie Jomars Blick auf sich und sieht zu ihm hoch.

»Du weißt selbst, denke ich, dass das gefährlich für dich werden kann, Lorena. Was ist, wenn der Typ dahinterkommt, dass Kata von ihm weg will und ausrastet und du bist da? Du bist schwanger, Lorena, aber auch so ist das viel zu gefährlich und das weißt du auch.«

Der Auflauf war so lecker, dass Lorena ihre Portion aufgegessen hat und auch Jomar hat seine Pizza bereits gegessen, wobei er Lorena immer wieder etwas angeboten hat. »Es ist egal, ob es gefährlich ist oder nicht, es ist Kata und ich kann sie nicht auch noch im Stich lassen. Sie hat sonst niemanden. Würdest du etwa einen deiner ältesten Freunde im Stich lassen?«

Jomar nimmt ihre beiden Teller und stellt sie auf den Tisch. »Nein, würde ich nicht, aber ich bin auch jemand anderes als du. Ich sage nicht, dass du ihr nicht helfen sollst, doch dass du aufpassen sollst. Willst du noch einen Nachtisch?« Er setzt sich zurück und lehnt sich wieder an, sein Arm ruht auf der Lehne, doch Lorena lehnt sich nicht zurück, sie bleibt dicht bei ihm sitzen, ihm zugewandt, sodass sie sich in die Augen sehen können. »Ich passe schon auf.«

Jomar lächelt und sieht Lorena einen Moment lang an. »Nur ich weiß davon, dass du und Kata das planen?« Sie nickt. »Und warum weiß es deine Schwester nicht? Ihr scheint sonst keine Geheimnisse voreinander zu haben.« Eher selten. »Haben wir auch nicht wirklich, doch … Lia liebt mich sehr, sie hat sich schon immer Sorgen gemacht und besonders jetzt würde sie das alles sicherlich nicht gutheißen und mich daran hindern wollen.«

Jomar legt den Kopf ein wenig schief, als hätte er Lorena bei etwas erwischt. »Und wie kommst du dann darauf, dass ich das zulassen werde?«

Lorena stockt, was will er ihr damit sagen, dass er ähnliche Gefühle für sie hat? Sicherlich nicht. Sie setzt an, etwas zu sagen, doch Jomar ist schneller. »Versprich mir einfach, dass du mir sagst, wenn ihr etwas unternehmt, was dich in Gefahr bringen könnte. Du musst es niemand anderem sagen, aber sage mir vorher Bescheid.«

Er scheint das wirklich ernst zu meinen. »Okay, mache ich.« Sie muss lächeln, wie soll man sich nicht in ihn verlieben? Wie? Jomars Handy klingelt erneut, nicht das erste Mal, doch er sieht immer aufs Display und legt es beiseite. »Du wirkst heute sehr entspannt.« Jomar trägt dieses zufriedene Grinsen im Gesicht, was Lorena besonders gerne mag.

»Ja, um ehrlich zu sein … bin ich jetzt gerade auch richtig entspannt. Ich bin genau da, wo ich sein sollte.« Lorena lächelt und legt sich wieder neben ihn, sein Arm umfasst sie und dieses Mal legt sie ihren Kopf an seine Schulter. Wieso sollte sie nicht auch zeigen, dass sie diese Nähe genießt? Und es ist auch noch nicht so intim, als wären sie schon zusammen, diese Geste würde sie auch bei einem guten Freund wie Emil machen.

In Gedanken ermahnt sich Lorena selbst, sie muss aufhören, alles, was mit Jomar zu tun hat, bewerten zu wollen. Sie denkt über alles nach, über jede Handlung, jedes Wort, welche Bedeutungen die kleinsten Dinge haben und das einfach, weil sie das erste Mal in ihrem Leben unsicher ist. Noch niemals hat ein Mann sie unsicher gemacht, doch hier und jetzt erkennt sie, dass Jomar es tut. Alles, was mit Jomar zu tun hat, fühlt sich viel zu gut an und das macht sie unsicher, weil sie sich noch niemals zuvor so gefühlt hat.

Mit ihrem Finger streicht sie über das Kreuz an seinem Hals. »Hast du eigentlich noch mehr Tattoos?« Jomar hebt langsam sein Shirt hoch. Auf seiner Brust steht 'Bereue nichts!'.

Darunter direkt an seinem Herzen 'Nechas'. Lorena hat Cruz schon ohne T-Shirt gesehen und weiß, wie gut gebaut die Brüder sind, auch mit Shirt sieht man das, doch als sie jetzt auf Jomars Brust sieht, erkennt sie erst, dass wirklich alles trainiert ist, aber genau richtig, nicht zu viel, wie es bei manchen Männern der Fall ist.

Es sieht perfekt aus, hart, und doch sieht die goldbraune Haut darüber so weich aus, er hat nur unter seinem Bauchnabel dunkle Haare, die in seiner Hose verschwinden und besonders durch die Tattoos wirkt das alles sehr sexy.

»Wie du es mir damals gesagt hast, bereue nichts.« Als sie das erste Mal zusammen essen waren beim Inder, hat Jomar ihr das gesagt und offenbar ist es wirklich eine Lebenseinstellung von ihm. Jomar lässt sein Shirt wieder herunter und Lorena hofft, dass er nicht gemerkt hat, wie beeindruckend sie seinen Körper findet. »Ja, ich denke das Leben ist zu kurz, um irgendetwas zu bereuen.«

Wieder klingelt sein Handy, doch als er dieses Mal darauf sieht, nimmt er an, wenn auch genervt. Er spricht mit jemandem und sagt dann, dass er kommen wird. Die Sonne ist schon lange untergegangen und sie sind auch schon eine Weile hier, doch Lorena möchte noch nicht gehen.

Auch Jomar wirkt nicht sonderlich glücklich darüber. »Es tut mir leid, ich muss zu einer Bar etwas klären, eigentlich wollte ich noch irgendwo mit dir einen Nachtisch essen gehen, aber ...«

60

Lorena greift nach ihrer Tasche. Sie will diesen Abend genießen, wer weiß, wann sie Jomar wiedersieht. »Ist es gefährlich? Kann ich nicht einfach mitkommen? Ich habe noch keine Lust, nach Hause zu gehen.«

Er sieht sie einen Moment an, als würde er in seinen Gedanken abwägen, ob es eine gute Idee ist, sie mitzunehmen, doch dann drückt auf einen Knopf am Tisch, der dem Kellner offenbar anzeigt, dass er kommen soll, er steht auf, legt Geld auf den Tisch und hält Lorena seine Hand hin.

»Solange ich bei dir bin, ist nichts gefährlich für dich, dafür sorge ich schon.«

Kapitel 6

Sie laufen über den Strand an den Fackeln entlang auf die Straße zurück, direkt zu Jomars Auto. Lorena zieht sich die Schuhe wieder an und Jomar hält ihr die Tür auf.

Sie klappt die Sonnenblende herunter und sieht im Spiegel nach, ob sie noch einigermaßen so aussieht, dass sie in eine Bar gehen kann. Zum Glück hat sie sich bei Lia ein wenig geschminkt, doch als sie jetzt in den Spiegel blickt, sieht sie, dass sie das gar nicht hätte tun müssen.

Ihre Augen glänzen, ihre Wangen sind leicht gerötet und sie weiß, dass das allein an der Tatsache liegt, dass sie mit Jomar zusammen ist, sich unglaublich wohlfühlt und die Zeit mit ihm genießt. Sie schließt den Spiegel wieder und sieht erst jetzt, dass Jomar zu der Bar fährt, aus der er das erste Mal gekommen ist, als sie aufeinandergetroffen sind.

Lorena war selbst schon zweimal da, tagsüber ist es ein Café, abends wird es zu einer gemütlichen Bar, es scheint hier sehr beliebt zu sein. Jomar hält in einem Halteverbot und öffnet Lorena wieder die Tür. Schon jetzt hört man laute Musik aus der Bar. »Ich liebe das Lied.« Downtown von J. Balvin dröhnt laut nach draußen.

»Bleib bei mir, okay?« Jomar greift an Lorena vorbei ins Handschuhfach, zieht dort eine Waffe heraus und steckt sich diese in den Hosenbund, bevor er die Autotür schließt, Lorena in die Augen sieht und ihre Hand in seine nimmt.

Es ist dieser winzige Moment, in dem für Lorena plötzlich all ihre Gefühle der letzten Zeit wieder einen Sinn ergeben.

Sie hat sich in Jomar verliebt, es ist mehr als nur ein leichtes Schwärmen, mehr als dass sie sich wohl fühlt, als er da vor ihr steht, ihre Hand hält und ihr in die Augen sieht, dieses Lied ... es ist dieser Augenblick, als sie begreift, dass sie zum ersten Mal in ihrem Leben ihr Herz für einen Mann geöffnet hat.

Eine unglaubliche Angst überkommt sie, doch gleichzeitig ergibt so vieles nun Sinn. Sie sieht in seine dunklen Augen und lächelt, bevor sie ihre Finger miteinander verschränkt. »Okay!«

Sie laufen nebeneinander in die Bar hinein. Es ist wie ein leichter Wind, der plötzlich durch die Räume fegt, fast jeder sieht auf und zu ihnen, was sicherlich an Jomar, seiner Präsenz und seinem Bekanntheitsgrad liegt.

Die Musik ist in der Bar genau so laut, dass man am liebsten gleich tanzen würde, aber sich trotzdem noch gut unterhalten kann. Es gibt einen kleinen Bereich, auf dem einige sehr hübsche Frauen eng aneinander zu diesem schönen Lied tanzen.

Lorena sieht auf ihre engen Kleider, die schönen Figuren und fragt sich, wann und ob sie überhaupt jemals wieder so ein Kleid tragen kann.

Wie oft haben Kata und Lorena davon geträumt, in eine Bar oder eine Disko zu gehen und die Nacht durchzumachen? Nun sind sie beide schwanger in San Juan und waren nicht ein einziges Mal tanzen, das nennt man dann wahrscheinlich Karma.

Jomar führt Lorena zu einem Tisch, an dem mehrere Männer sitzen, die ein wenig überrascht aufsehen, als Jomar mit ihr auftaucht. Er bleibt stehen, einige der Männer stehen auf, drei andere bleiben sitzen und grinsen Jomar frech an.

»Deswegen bist du nicht an dein Handy gegangen, du Sack!« Jomar deutet zu dem Mann, der gesprochen hat, der hellste hier am Tisch, doch trotzdem erkennt man eine gewisse Ähnlichkeit zu Jomar und zu Cruz. »Lorena, das ist mein Cousin Dariel.« Dariel nickt ihr zu.

Er deutet zu dem Mann daneben, genau das Gegenteil von Dariel, er ist dunkelhäutig, aber auch er hat irgendwie etwas Vertrautes an sich. »Mein anderer Cousin, Caleb.« Lorena lächelt, die Familie scheint sehr bunt gemischt zu sein. Daneben sitzt ein weiterer gutaussehender Mann, der Lorena zuzwinkert. »Und das ist mein bester Freund Luis.«

Luis legt den Kopf ein wenig schief und Dariel rutscht, damit sich Lorena hinsetzen kann, neben sie setzt sich Jomar, auch die anderen Männer, die Jomar nicht vorgestellt hat und die er selbst noch nicht mal richtig eines Blickes gewürdigt hat, setzen sich wieder.

»Ich kenne dich doch, wir haben uns schon mal gesehen.« Dariel lächelt sie an, doch Lorena weiß es gar nicht so genau. »Kann sein.« Ein Kellner kommt und Jomar fragt Lorena, was sie möchte, beide bestellen sich etwas zu trinken, dann sieht Jomar zu seinen Cousins.

Natürlich hat er mittlerweile ihre Hand losgelassen, doch er sitzt sehr nah bei ihr und die Art, wie er ihr zugewandt ist, lässt niemanden daran zweifeln, dass sie mit ihm hier ist. »Sie ist Lias Schwester, sie war schon mal bei uns, du hast sie sicher mit ihrer Schwester gesehen.«

Caleb lacht auf und schüttelt den Kopf. »Wow, da haben sich die Nechas-Brüder die hübschesten Schwestern gesucht. Ihr habt nicht noch zufällig eine Schwester oder eine Cousine …?« Lorena lacht leise. »Schwestern nicht und unsere Cousinen leben in Mexiko.« Auch sie hat die anderen Männer schon fast vergessen, doch Jomar setzt sich ein wenig auf und sieht nun zu den vier Männern, die mit am Tisch sitzen und den anderen, die einen Tisch weiter sitzen und alles genau beobachten.

Bisher sind sie Lorena noch gar nicht aufgefallen. »Und das sind die Männer, die uns bei unserem Essen gestört haben.«

Der älteste der Männer räuspert sich. »Wir wussten nicht, dass du so beschäftigt bist.« Caleb lehnt sich lachend zurück. »Wir auch nicht.« Doch Jomar scheint nicht zum Lachen zumute zu sein, er sieht dem Mann in die Augen.

»Ich bin beschäftigt gewesen, wie ist doch völlig egal. Wo liegt dein Problem, Don Omar? Erkläre es mir! Wieso bin ich jetzt hier?«

Der Mann versucht zu lächeln, doch man sieht ihm deutlich seine Unsicherheit an. »Das ... also wir wollten nur ganz sicher gehen, ob auch alles so abgesegnet ist, wie wir das vereinbart haben. Wir müssen uns ja auch ein wenig vergewissern und ...«

»Ist das dein Ernst?« Jomar unterbricht ihn so abrupt und so hart, dass auch Lorena sich ein wenig erschreckt. »Ich habe dir hier meine Cousins und meinen besten Freund geschickt, normalerweise kommt nur einer von ihnen. Nach meinem Bruder und mir kommen Dariel, Caleb, Ian, Luis und Hector, das sollte selbst euch bekannt sein und wenn sie ein Geschäft absegnen, hat das genauso einen Wert, wie wenn Cruz oder ich das tun.

Hast du eine ungefähre Vorstellung davon, mit wie vielen Leuten wir Geschäfte machen? Denkst du, da tauchen Cruz und ich jedes Mal auf? Denkst du im Ernst, dass wenn einer meiner Cousins ein Geschäft mit dir ausmacht, ich ihm im Nachhinein in den Rücken fallen würde und das nicht akzeptieren würde?«

Sie bekommen ihre Getränke und der Kellner verschwindet schnell wieder, als er merkt, was für eine Stimmung hier gerade herrscht.

Auch Lorena ist ein wenig überrumpelt. Sie weiß, wer Jomar ist und macht sich da auch nichts vor, doch diese Art an ihm hat sie noch nie erlebt. Es ist kein Wunder, dass die Brüder so viel Macht haben. Würde Lorena ihn nicht kennen, hätte auch sie in diesem Moment Angst vor Jomar.

»Nein, das denke ich nicht, aber ...« Jomar spricht nicht einmal laut, es ist die schneidende Art, wie er spricht, sein kalter Blick dazu. Alle anderen am Tisch sind ruhig. »Also, dann erkläre mir nochmal, warum bin ich jetzt hier, statt mit ihr am Strand zu sein?« Der Mann atmet tief aus, er scheint zu spüren, dass er dazu nichts mehr sagen kann.

»Und was genau soll das hier werden, Don Omar?« Er deutet auf die Männer hinter ihm. »Wolltest du mich damit irgendwie beeindrucken? Sehe ich beeindruckt aus?« Der Mann schüttelt den

Kopf. »Nein, nur wir machen auch nicht jeden Tag Geschäfte mit den Nechas und ich wollte mich einfach ein bisschen absichern.«

Jomar lacht leise auf und lehnt sich zurück. »So sieht es aus. Man macht nicht einfach so Geschäfte mit uns. Das ist ein Privileg und du kommst mir viel zu unsicher dafür vor. Geschäfte zu vereinbaren, hat auch immer ein wenig mit Vertrauen zu tun und ich habe nicht das Gefühl, dass das zwischen uns vorhanden ist.«

Der Mann trinkt sein Glas mit einem Schluck leer. »Nein, nein, das hast du falsch verstanden, Jomar, ich meinte das nicht ...«

Jomar lässt den Mann nicht zu Wort kommen. »Nein, ich habe es richtig verstanden. Nimm deine Männer und geh, Don Omar.

Denke noch einmal genau darüber nach, ob du auch wirklich bereit bist, Geschäfte mit uns zu machen und dann melde dich nochmal. Gerade bin ich nicht mehr dazu bereit. Du wolltest, dass ich entscheide, ich habe mich entschieden!«

Lorena schluckt, das war hart. Der Mann ihnen gegenüber sieht Jomar an, man sieht ihm an, dass er noch einiges sagen möchte, doch er steht auf, gibt seinen Männern ein Zeichen und geht. Lorena senkt den Blick, sie hat wirklich ein wenig Mitleid mit dem Mann. Als die Männer draußen sind, rutschen alle ein wenig auf, nur Lorena und Jomar bleiben so nah aneinander sitzen.

»Ich wollte ihn gleich wegschicken, aber Caleb wollte ihn unbedingt weiterreden lassen.« Jomar sieht zu seinem dunkleren Cousin. »Ich fand das irgendwie niedlich. Ich habe schon immer gehört, dass die Männer aus der Dominikanischen Republik lebensmüde sind, ich wusste nur nicht wie sehr.« Jomar lacht, auch Lorena muss lächeln, trotzdem tun ihr diese Männer leid. »Wo steckt Cruz eigentlich?«

Luis deutet dem Kellner, dass er kommen soll und gleich kommen auch drei Frauen zu ihnen, vielleicht waren sie vorher schon da und sind nur wegen des Gespräches weggegangen, sie wirken allerdings sehr vertraut mit den Männern und eine zwinkert auch Jomar zu, was Lorena zu ignorieren versucht, sie sind nicht zusammen, er ist ein freier Mann und Jomar macht auch nicht den Eindruck, als würde ihn das irgendwie interessieren.

»Der hat sehr schlechte Laune, es soll irgendetwas mit Lia sein, er ist mit Ian bei den Häfen, Ware checken.« Jomar nickt nur. Haben Lia und Cruz Streit?

Sie weiß von nichts. Sie bleiben noch eine Weile bei den anderen sitzen, die Männer unterhalten sich über Don Omar und was für Konditionen sie ausgehandelt hatten, doch Lorena hört nur mit einem Ohr zu.

Sie kann nicht anders, auch hier beobachtet sie die Frauen mit ihren perfekten Figuren, ihren schönen Kleidern, während sie hier im Strandkleid sitzt und bald nur noch rollend vorwärts bewegt werden kann.

Es ist erschreckend für Lorena, sie war noch nie der Typ, der Selbstzweifel hatte. Niemals, aber diese Schwangerschaft nagt doch mehr an ihr, als sie es gedacht hätte.

»Sage ich doch, egal wo ich mit dir reinkomme, du bist die Schönste.« Lorena lächelt, als Jomar sich zu ihrem Ohr beugt und ihr die Worte leise und wirklich liebevoll zuflüstert. Das ist garantiert nur Mitleid, doch trotzdem tut das gut und es bildet sich eine leichte Gänsehaut auf ihrem Nacken, als sein warmer Atem auf ihre Haut trifft.

»Du bist so ein charmanter Lügner.« Jomar lacht auf. »Nein! Was ist los mit dir? Ich meine das ernst.« Lorena lacht leise und lehnt sich ein wenig an ihn. Er ist ihr gerade sehr nah und sie mag das. Sie mag dieses Gefühl wirklich. »Wie siehts aus? Wollen wir noch den besten Nachtisch aus San Juan essen gehen?« Na klar, füttere die rollende Tonne noch mehr. »Ja, aber kannst du jetzt wieder weg?« Lorena trinkt ihr Glas aus, das von Jomar ist schon leer. »Ja, das Problem hat sich ja erledigt.«

Er steht auf und sieht zu seinen Cousins und seinem besten Freund. Lorena lächelt sie alle noch einmal an. »Wir sind weg.« Caleb zwinkert Lorena noch einmal zu. »Ich hoffe, dass du Jomar nicht so oft schlechtgelaunt zurücklässt wie Lia Cruz in letzter Zeit.«

Lorena legt den Kopf ein wenig schief. »Ich werde mich bemühen, aber ich kann es nicht versprechen.« Jomar und die Männer lachen, Cruz scheint wirklich sauer wegen Lia zu sein. Wieder nimmt Jomar ihre Hand in seine und sie verlassen den Laden.

Als sie losfahren, ist es bereits fünf Uhr morgens, sie waren lange am Strand und haben auch hier einige Zeit verbracht, eigentlich würde Lorena schon lange im Bett liegen, doch sie möchte diesen Abend noch nicht zu Ende gehen lassen, auch Jomar scheint es so zu gehen.

Dieses Mal fahren sie eine ganze Weile, entweder hat sich Lorena an seinen Fahrstil gewöhnt oder Jomar fährt langsamer.

Sie fragt etwas unsicher nach, was mit den Männern war und wieso Jomar so hart reagiert hat. Sie weiß nicht, wie Jomar es findet, wenn sie sich somit quasi in seine Geschäfte einmischt, was sie gar nicht möchte, doch der Mann hat ihr wirklich leidgetan, was sie Jomar auch sagt und was ihn zum Lachen bringt.

»Glaube mir, du brauchst kein Mitleid mit ihm zu haben. Don Omar ist bekannt für seine Art, Geschäfte zu machen. Er ist gnadenlos, normalerweise geht er ganz anders mit seinen Geschäftspartnern um, doch er weiß, dass er das bei uns nicht machen kann und ich habe ihn nochmal in seine Schranken gewiesen.«

Jomar hält vor einer Bäckerei, in der schon Licht brennt, es ist ja sehr früh am Morgen, auch wenn es noch dunkel ist.

»Du brauchst kein Mitleid mit ihm zu haben. Vertrau mir.« Sie steigen aus und klopfen an die Scheibe. Eine ältere Frau öffnet ihnen die Tür und sofort schlägt ihnen ein leckerer Duft entgegen. Sie umarmt Jomar. Er erklärt, dass sie eine alte Freundin seiner Mutter ist und die besten Backwaren in San Juan erstellt.

Der Laden ist genau wie die Besitzerin und alles im Laden einfach nur zuckersüß. Die ältere Frau stellt zusammen mit ihrer Tochter noch alles selbst her. Sie können direkt nach hinten in die Backstube gehen, wo die beiden Frauen schon schwer beschäftigt sind.

Lorena könnte sich hier einschließen und nie wieder weggehen. Es gibt alles, leckeres Gebäck mit Honig, Schokoladenkuchen, der innen noch flüssig ist, Jomar und sie teilen sich ein noch warmes Stück, zu dem die Frau frische Erdbeeren reicht.

Sie hat herrlich duftendes Brot, Brötchen, unzählige Plätzchen, leckeren Karamellpudding, die berühmten Gebäckstangen Churros, von denen Jomar sich welche einpacken lässt. Lorena kommt aus dem Probieren nicht mehr heraus.

Jomar besteht darauf, dass sie sich auch Sachen für zuhause mitnimmt, er lässt eine Kiste mit Plätzchen für seine Schwester packen, die gleiche nimmt Lorena mit, dazu packt die Frau noch frische Schokobrötchen und selbstgebackenes Brot.

Als sie einige Zeit später den Laden wieder verlassen, geht langsam die Sonne auf. Sie fahren nur ein kleines Stück weiter. Jomar holt noch frisch gepressten Orangensaft und sie fahren einen Berg hinauf.

Lorena weiß nicht einmal, ob sie noch in San Juan sind, doch dann fährt Jomar von der steilen Straße auf einen kleinen, steinigen Weg ab, wendet, fährt rückwärts und bleibt plötzlich stehen. Lorena atmet tief ein.

Sie stehen auf einer Aussichtsplattform mitten im Berg, die nur von einem leichten Zaun geschützt ist, doch der Ausblick ist gigantisch.

Jomar öffnet ihr die Tür und packt die Churros und den Orangensaft auf seinen breiten Kofferraum. Er hilft Lorena, auf dem Kofferraum Platz zu nehmen und setzt sich neben sie.

»Wow.« Mehr kann man zu alldem nicht sagen, sie sehen direkt in den Himmel, unter ihnen ist das Meer, über ihnen geht gerade die Sonne auf, es sieht fantastisch aus und Lorena wird sofort etwas wärmer. Sie nimmt den Orangensaft.

»Nun haben wir den Sonnenunter- und -aufgang zusammen gesehen.« Jomar lacht und sieht auch auf diese wunderschöne Kulisse. »Stimmt. Was hast du da?« Lorenas Kleid ist ein wenig hochgerutscht und Jomar zeigt auf die Narbe an ihrem Knie.

»Pascal hat dort seine Zigarette an mir ausgedrückt, als er einmal sehr sauer war.« Lorena legt sich zurück und sieht in den Himmel, es ist wirklich wunderschön hier.

»Hat er dich geschlagen?« Jomar dreht sich zu ihr und sieht sie an, Lorena blickt hoch zu ihm, während sie die ersten Strahlen der Sonne auf sich spürt. »Na, nicht mehr oder weniger als andere Männer.« Jomar sieht sie verwirrt an. »Meinst du das gerade ernst?« Lorena setzt sich halb auf. »Hat dein Vater dich auch geschlagen?«

Lorena kann nicht verstehen, wieso das so schockierend für ihn ist, für sie ist das relativ normal, in fast jeder Ehe, die sie kennt, hat der Mann schonmal ausgeholt, wenn er wütend war, jede ihrer Freundinnen hat schon mal von ihrem Vater etwas einstecken müssen. Lorena am meisten, aber alle anderen auch, es ist für sie nichts Ungewöhnliches.

»Ja, hin und wieder. Er hat seine Wut wegen meiner Mutter oft an mir ausgelassen.« Jomar sieht ihr in die Augen. »Auch an Lia?« Lorena zuckt die Schultern. »Nicht so oft, aber hin und wieder. Hast du etwa noch nie deine Hand gegen eine Frau erhoben?« Jomar wirkt fast schon ein wenig sauer.

»Natürlich nicht und das werde ich auch nie und glaube mir, ich war schon öfter mal in Situationen, wo andere das getan hätten, eine Frau hat sogar mal ein Messer auf mich gerichtet ... doch ich würde nie eine Frau schlagen.« Sie essen die Churros auf. Langsam kann Lorena wirklich nicht mehr.

Lorena kennt nur wenige Männer, die bei dem Gedanken daran, dass eine Frau etwas abbekommt, so wütend werden wie Jomar. »Mein Vater hat uns immer gesagt, dass das nur schwache Männer machen, das ist ein Punkt, wo sie sich mächtig fühlen können, wenn sie auf ihre Frau einschlagen. Wenn ein Mann wirklich Macht hat wie wir, braucht er so etwas gar nicht.«

Lorena lächelt und denkt über seine Worte nach. »Ja, da hast du vielleicht wirklich recht.«

Jomar streicht über ihr Knie und die Narbe. »Geh solchen Idioten aus dem Weg, das hat niemand von euch nötig.« Er steht auf und entsorgt die Verpackungen. So unrecht hat er gar nicht. Lorena ist damit aufgewachsen und für sie ist das tatsächlich relativ normal, doch vielleicht muss sie endlich mal begreifen, dass es das nicht ist.

Als er zurückkommt, sieht er Lorena in die Augen, die von der Sonne angestrahlt werden. »Ich habe noch nie so schöne Augen gesehen wie deine, als ich dich das erste Mal gesehen habe, war ich sofort verzaubert von diesen Augen.«

Lorena setzt sich ganz auf, ihre Beine hängen am Kofferraum herunter und Jomar bleibt genau vor ihr stehen. »Ich war auch gleich … interessiert.« Lorena lächelt und ist einfach ehrlich. Sie sieht ihm ernst in die Augen. »Vielleicht, wenn wir damals schon richtigen Kontakt gehabt hätten, wäre einiges nicht so gekommen, wie es passiert ist.«

Jomar steht sehr nah bei ihr und legt seine Hand an ihre Wange. »Du weißt doch, dass du nichts bereuen sollst, es ist wie es ist, aber jetzt sind wir trotzdem hier.« Lorena nickt nur noch ganz leicht und sieht Jomar in die Augen, als er sich nähert. Seine Lippen berühren ihre und Lorena schließt die Augen, als Jomar sie liebevoll küsst.

Es ist nicht ihr erster Kuss, bei Weitem nicht, doch vom ersten Moment an weiß sie, dass das anders ist, ihr Herz pocht wild in ihrer Brust, als sie Jomar so nah ist.

Auch Jomar stockt einen Augenblick, er entfernt sich nur wenige Millimeter, sieht ihr noch einmal in die Augen, als wolle er noch einmal genau sehen, ob Lorena das auch möchte, doch sie ist mehr als bereit dafür und dann vereint er ihre Lippen vollständig.

Dieses Gefühl ist unbeschreiblich, noch nie hat sie etwas Ähnliches empfunden. Es fühlt sich an, als würde sie fliegen, als würde etwas in ihr einrasten, was so lange locker umhergeflogen ist, sie kann diese Gefühle nicht zuordnen, doch sie genießt sie. Ihre Arme umfassen seinen Hals und Jomar tritt so nah an sie heran wie er kann.

Ihr ist klar, dass Jomar schon viel Erfahrung hat, er kann fantastisch küssen. Noch niemals hat Lorena einen Kuss so intensiv gespürt wie diesen, sie liebt seinen Geschmack, seinen Geruch, das Gefühl seiner Lippen auf ihren, Lorena vergisst alles um sich herum und würde ihr nicht die Luft zum Atmen fehlen, würde sie sich weigern, den Kuss zu unterbrechen.

Jomar küsst ihre Lippen noch einmal leicht und lächelt. »Das wollte ich auch schon vom ersten Tag an machen.«

Lorenas Finger streichen über sein Kreuz und statt ihm zu antworten, vereint sie noch einmal ihre Lippen. Dieses Mal wird der Kuss aber schnell fordernder. Lorena liebt dieses Gefühl einfach viel zu sehr.

Sie schmiegt sich enger an ihn. Jomars Hand geht an ihr Bein, streicht ihre Haut entlang und das Verlangen, ihn noch intensiver zu spüren, breitet sich in ihrem Bauch wie ein Feuer aus, doch in dem Moment stehen sie so eng beieinander, dass Jomar ihren Bauch berührt und fast, als wären sie dadurch wieder in die Realität geholt worden, beenden sie den Kuss.

Jomar lächelt und küsst Lorenas Stirn, die ihren Kopf an seine Brust lehnt. Einen Augenblick stehen sie einfach so zusammen, seine Nase ist an ihren Haaren und sie schließt die Augen. Sie weiß, dass sie sich in Jomar verliebt hat, doch trotzdem hat sie nicht damit gerechnet, nicht mit diesen starken Gefühlen.

Die Erkenntnis, die Wärme und Jomars Nähe fühlen sich zu gut an, um diese schöne Nacht zu beenden, doch auch jetzt übernimmt ihr Körper wieder die Kontrolle und Lorena gähnt.

Jomar küsst sie noch einmal auf die Lippen. »Komm, du gehörst ins Bett. Ich habe in einer Stunde ein Treffen.« Er hilft Lorena vom Auto und sie fahren los, sobald sie im Auto sitzen.

»Wie, du hast jetzt ein Treffen? Du musst doch schlafen, warum hast du das nicht gesagt?« Jomar sieht zu ihr, während er den Berg hinabfährt. »Ich muss nicht schlafen, ich lege mich später hin. Ich wollte diesen Abend einfach nicht beenden.«

Lorena lehnt sich zurück und sieht zufrieden aus dem Fenster. Sie wollte ihn auch auf keinen Fall beenden.

Da die Straßen leer sind, sind sie in zehn Minuten bei Lorenas Wohnung, doch trotzdem wäre sie fast im Auto eingeschlafen.

Jomar nimmt die Tüten der Bäckerei und bringt Lorena noch bis vor die Haustür. »Der Abend und der Morgen …« Sie muss lachen, als sie die Haustür öffnet und sich zu ihm umdreht, weil er losfahren muss. »Es war wunderschön.«

Er nickt und sieht ihr ernst in die Augen. Sie wünschte so sehr, dass sie jetzt in seinen Gedanken sehen könnte, was er denkt.

Hat sich das zwischen ihnen nun geändert? Sind sie zusammen? Was ist mit Amalia? Wie denkt er über all das? Doch sie wird auch nun wieder einfach abwarten müssen und sehen, wie er sich verhält.

Er beugt sich zu ihr und küsst sie noch einmal zärtlich auf den Mund. Es sollte nur ein kurzer Kuss sein, doch dann fährt seine Hand an ihren Nacken, er zieht sie noch einmal an sich und lässt den Kuss intensiver werden.

Lorenas Hand fährt unter sein Shirt an seine warme Haut, am liebsten würde sie ihn noch hierbehalten, doch sie weiß, dass das nicht geht.

Lorenas Herz pocht so stark, dass sie Angst hat, es könnte platzen vor Glück, als er den Kuss beendet und noch einmal viele kleine Küsse auf ihre Lippen gibt.

»Geh schlafen, Engel.«

Lorena lächelt, als Jomar sich umdreht und geht. Sie schließt die Haustür, lehnt sich dagegen und könnte die ganze Welt umarmen, am liebsten würde sie laut losschreien, sodass jeder erfährt, wie glücklich sie ist.

Kapitel 7

Obwohl Lorena wirklich müde ist, fällt es ihr doch schwer einzuschlafen, sie lässt die letzten Stunden noch einmal an sich vorbeiziehen und kann vor lauter Bauchkribbeln kaum schlafen.

Doch als sie dann schläft, schläft sie so gut wie lange nicht mehr und wird nur wach, weil ihr Handy klingelt. Eine neue Kundin kommt bald vorbei, sie will sich ein Kleid anfertigen lassen. Lorena steht müde auf, sie muss eh noch arbeiten und Kata kommt ja auch später.

Lorena geht schnell duschen, zieht sich etwas an und beginnt zu nähen, da klopft es und Lia kommt sie besuchen. Lorena spürt, dass sie strahlt und glücklich wie schon lange nicht mehr ist, doch bevor sie ihrer Schwester erzählt, dass Jomar und sie sich näher gekommen sind, möchte sie noch abwarten, wie er sich jetzt verhält. Sie holt das Gebäck aus der Bäckerei mit den leckeren Sachen und sie setzen sich auf den Balkon und unterhalten sich.

Lorena fragt, ob etwas mit Cruz ist, doch Lia lenkt schnell vom Thema ab und sie respektiert das. Sie erzählt Lia aber von gestern Abend, nicht alles, aber dass sie einen schönen Abend zusammen verbracht haben, aber auch wenn Lia sich für sie freut, sieht man doch deutlich die Zweifel, ob das gutgehen kann. Lorena kann das ihrer Schwester nicht einmal verübeln, sie selbst spürt diese Zweifel ja ebenfalls noch viel zu sehr.

Auch Lia schmecken die leckeren Sachen aus der Bäckerei besonders gut, sie müssen da unbedingt mal zusammen hingehen. Lorenas Müdigkeit vergeht langsam, sie sprechen noch von ihrer Mutter und wie komisch das war, als sie plötzlich aufgetaucht ist, seitdem hat sie sich auch nicht mehr gemeldet.

Als die neue Kundin dann kommt, um sich ausmessen zu lassen, geht Lia, sie gibt Lorena einen Kuss und sagt, dass sie sich melden wird. Das Ausmessen zieht sich hin, die Kundin möchte ein sehr aufwändiges Kleid und erzählt Lorena so viel von ihren Unterneh-

mungen, dass sie wirklich froh ist, als sie hinter ihr die Tür schließen kann und ein wenig zum Arbeiten kommt.

Bevor sie aber beginnt, sieht sie auf ihr Handy. Jomar hat sich
nicht gemeldet, doch wenn er danach direkt noch ein Treffen hatte, wird er sicherlich noch schlafen. Außerdem hat bisher immer er
sich gemeldet, deswegen schreibt Lorena ihm und fragt, wie lange
das Treffen ging und ob er wenigstens ein wenig geschlafen hat.
Dann legt sie das Handy weg und konzentriert sich auf die Arbeit
und das muss sie sich wirklich begreiflich machen, das ist jetzt ihre
Arbeit. Davon muss sie leben und auch Amalia ernähren, also
muss sie sich jetzt noch mehr Mühe geben als eh schon.

Lorena arbeitet so lange, bis es klopft und Kata vor der Tür steht.
Es ist so schön, sie hier zu haben. Kata sieht noch mitgenomme-
ner aus als bei Lorenas Besuch, doch sie strahlt und freut sich
wahnsinnig, hier zu sein.

Sie sieht sich die Wohnung an und kann nicht glauben, dass Lore-
na das alles so gut hinbekommt. Man spürt, dass Kata Mut
bekommt, wenn sie sieht, wie Lorena lebt und dass sie mit ihrer
Schwangerschaft sogar ohne Mann dasteht. Sie essen die letzten
Reste vom Bäcker weg und Lorena erzählt Kata dabei alles von
Jomar.

Kata kennt ihn nicht, doch sie hofft genauso sehr wie Lorena,
dass der Abend gestern nun eine endgültige Entscheidung zwischen Lorena und Jomar gebracht hat. Eigentlich denkt Kata eher
wie sie:

Warum sollte ein Mann wie Jomar, der alles hat und alles haben
kann, sich solch einen Stress machen? Denn eine schwangere
Freundin zu haben, die von einem anderen Mann ein Baby erwartet, ist Stress, da braucht man sich nichts vorzumachen.

Jeder würde fragen, ob Jomar der Vater ist und jedem müsste er
erklären, dass er es nicht ist, was natürlich gleich zu verschiedenen
Vermutungen ermuntern wird, abgesehen davon, dass sich Lorena
und Jomar sicherlich erst einmal nicht viel näher kommen würden.

Mit Kata kann sie auch offen über diese Dinge sprechen. Wie sehr sie sich gestern gewünscht hätte, Jomar und sie wären weitergegangen und Kata erzählt ihr lachend, dass das ganz normal ist. Das sind die Hormone, schwangere Frauen brauchen besonders viel Nähe und haben auch ein viel größeres Lustempfinden, zumindest am Anfang, irgendwann normalisiert sich das wieder.

Als Lorena ihr erzählt, was sie schon alles von Jomar und sich geträumt hat, erzählt Kata, wie gut das Sexleben am Anfang der Schwangerschaft mit Wilmer lief. Doch auch für Wilmer war es irgendwann komisch, vor allem je mehr der Bauch wuchs, und weder Kata noch Lorena können sich vorstellen, dass Jomar mit ihr schlafen würde, wenn sie schwanger ist und ein Baby von einem anderen Mann in sich trägt.

Lorena wird sicherlich nicht hübscher in den nächsten Monaten, Kata erzählt von ihren Stimmungsschwankungen, den Fressattacken und anderen Problemen, nichts, was man erleben möchte, wenn man frisch verliebt ist.

Je mehr sie über all das sprechen, umso bewusster wird Lorena wieder, was da noch alles auf sie zukommt und dass das wirklich nicht der beste Zeitpunkt für eine Beziehung ist. Auch wenn sie lacht und versucht, sich den gestrigen Abend und diese schönen Gefühle wieder vor Augen zu holen, es macht sich immer mehr ein ungutes Bauchgefühl bemerkbar.

All diese Dinge kann man vielleicht mal für einen Abend vergessen, aber sie sind trotzdem da. Es ist wahrscheinlich am besten, sie redet einfach mal richtig mit Jomar darüber, immer nur verdrängen und sehen wollen, wie er sich verhält, bringt sie auf Dauer auch nicht weiter.

Wilmer schreibt Kata von seinem Arbeitsplatz aus und fragt, ob alles in Ordnung ist, somit wissen sie, dass er auf der Arbeit und Kata sicher ist. Sie beschließen hinauszugehen. Sie haben Hunger und wollen ein wenig unter Leute, wer weiß, wann sie dazu wieder die Gelegenheit haben. Lorena zieht sich einen Rock an, der aber nur noch unter ihren Bauch passt, Kata trägt eine Hose und ein

Top und erzählt, dass es hier in San Juan einen Laden mit schöner Schwangerschaftsmode geben soll, Wilmer hat dort damals Sachen für Kata besorgt.

Auch wenn Lorena das nicht möchte, wird sie auf Dauer nicht darum herumkommen. Sie schminkt Kata und sich selbst und beide sehen zufrieden in den Spiegel. Sie machen ein Foto zusammen, das Lorena am liebsten als ihr Profilbild einstellen würde, doch es soll ja noch niemand wissen, dass sie sie gefunden hat, niemand außer Katas Eltern und seit gestern Jomar.

Lorena wird demnächst wieder ins Dorf gehen und mit ihnen sprechen. Katas Hoffnung liegt darauf, dass sie ihr verzeihen und sie zurück zu ihnen kann. Wilmer ist ein sehr zwiespältiger Mann, wie wahrscheinlich die meisten. Zum einen ist er sehr lieb und fürsorglich, zum anderen aufbrausend und aggressiv, so sehr, dass er sie selbst jetzt, hochschwanger, noch schlägt.

Sie hat die Hoffnung, bei ihren Eltern erst einmal Abstand zu bekommen, sodass sie dann genau überlegen kann, wie es weitergehen soll, so kann es jedenfalls nicht weitergehen, nicht wenn das Baby kommt, Kata möchte nicht, dass ihr Sohn so aufwächst.

Lorena erzählt ihr, was Jomar zum Thema schlagende Männer gesagt hat, doch auch für Kata ist es genauso normal wie für Lorena, mittlerweile hat Lorena nur begriffen, dass es eben nicht normal ist, nur weil sie es nicht anders kennen und deshalb als normal empfinden und dass sie umdenken müssen und sich das nicht mehr bieten lassen dürfen.

Doch heute ist nicht der Tag, um das auszudiskutieren, Lorena steckt ihr Handy ein, noch immer hat er sich nicht gemeldet. Sie gehen zum Strand und laufen den Weg zu dem Restaurant, in dem sie gestern mit Jomar war. Zu Fuß ist es doch schon ein ganzes Stück, doch am Meer entlangzulaufen und die letzten Monate mit Kata nachzuholen, lässt es nicht ganz so anstrengend erscheinen, wie es sonst für sie beide wäre.

Die Sonne ist allerdings bereits untergegangen, als sie im Restaurant ankommen. Sie bestellen sich beide Pizza und bekommen wieder einen Platz ganz vorne, der Kellner von gestern ist wieder da und scheint sie zu erkennen. Es ist einfach nur schön, sie sitzen zusammen und reden viel. Lorena genießt diese Zeit wirklich sehr, ihr war gar nicht bewusst, wie sehr sie Kata vermisst hat.

Es fehlt nur noch Mandela, doch auch wenn sie sich wieder verstehen, weiß Lorena nicht, ob es wirklich noch einmal so werden kann zwischen ihnen beiden, wie bevor diese Worte zwischen ihnen gefallen sind. Manchmal sind Worte so viel verletzender als Taten.

Auch nachdem sie gegessen haben, bleiben Kata und sie noch sitzen, Lia hat Lorena geschrieben, dass sie für zwei Tage mit Cruz wegfliegt, sie weiß noch nicht wohin, es ist eine Überraschung, doch Jomar hat sich nicht gemeldet, er hat die Nachricht aber auch nicht gelesen, also wer weiß schon, ob er nicht doch noch länger unterwegs war und jetzt schläft. Zurück laufen die beiden auf der Straße, doch auf der Seite des Meeres.

Aus den Clubs und Bars auf der anderen Straßenseite tönt laute Musik. Lorena und Kata haben immer davon geträumt, mal in solchen Clubs die Nacht durchzumachen. Nun sind sie hier und hätten die Möglichkeit, doch sie sind beide schwanger und müde. Zum Glück nehmen sie es mit Humor.

Lorena bringt Kata noch zum Bus, langsam muss sie zurück, doch beide sind sich einig, dass sie sich jetzt öfter sehen müssen. Allerdings nur, wenn es auch absolut sicher für Kata ist.

Kurz bevor sie bei der Bushaltestelle ankommen, sieht Lorena von etwas weiter weg die Bar, in der sie gestern auch mit Jomar war und in der die Männer der Nechas öfter zu sein scheinen. Es halten genau in diesem Moment zwei Autos vor der Bar und sobald sie diese sieht, ahnt sie, wer das ist und hält Kata am Arm zurück.

Sie sind noch weit genug entfernt, um nicht gesehen zu werden und wirklich: Lorena hat sich nicht getäuscht, Jomar steigt aus dem Auto, zusammen mit Caleb und zwei Frauen. Aus dem anderen Auto steigen zwei weitere Männer, die Lorena nicht erkennt mit drei Frauen.

»Ist das Jomar?« Lorena weiß, wie die Dinge stehen, sie weiß, dass es keine große Chance für Jomar und sie gibt, doch gestern hat ihr wirklich Hoffnung gemacht, so sehr, dass sich ihr Magen und auch ihr Herz jetzt zusammenschnüren, als sie sieht, wie die beiden Frauen, die zusammen mit Caleb und Jomar aus dem Auto gestiegen sind, eng bei ihnen laufen und Jomar dann sogar kurz den Arm um eine von ihnen legt.

»Ja, das ist er.« Lorena kann ihre Enttäuschung nicht verbergen und Kata sieht sie mitfühlend an. »Vergiss es, Lorena, der ist deine Tränen nicht wert.« Lorena bleibt weiter stehen und sieht auf die Tür, als diese sich schon längt geschlossen hat und erst jetzt merkt sie, dass sie wirklich einige Tränen verloren hat, verdammte Hoffnung, wieso muss sie auch so dumm sein?

»Wollen wir reingehen und ihn zur Sau machen?« Kata küsst Lorenas Wangen, doch sie schüttelt nur enttäuscht den Kopf und geht weiter. »Nein, ich ... er muss selbst wissen, was er tut. Er hat mir keine Versprechen gemacht, die habe ich mir vielleicht selbst eingebildet. Es ist im Grunde mein Fehler, dass ich mir zu viel erhofft hatte und wirklich dachte, das könnte etwas werden, doch das ist jetzt vorbei!«

Kata läuft neben ihr und reibt sich ihren Bauch. »Ja, vergiss den. Soll er doch seine blonden Barbies nehmen und glücklich werden. Warte mal ab, der wird das schon eines Tages noch bereuen.« Lorena weiß, dass Kata die Worte nur nett meint, doch gerade will sie eigentlich nichts mehr hören und sehen und nur noch ihre Ruhe haben.

Sie laufen weiter zur Bushaltestelle, Lorena hört wie Kata auf sie einredet, sie erinnert sie daran, wie beliebt Lorena immer war und noch ist. Sie kann jeden Mann haben, sie darf sich wegen Jomar nicht fertigmachen und ja, vielleicht ist sie jetzt schwanger, doch auch das geht vorbei und dann ist sie wieder die Alte und die Männer stehen wieder Schlange.

Lorena nickt nur, sie versichert Kata, dass es ihr gut geht und dass sie das alles einfach vergisst, sie schafft es sogar wieder zu lächeln, als sie Kata noch einmal fest an sich drückt, bevor sie in den Bus steigt und wieder nach Hause fährt, doch als der Bus weg ist, setzt sich Lorena an die Bushaltestelle und starrt aufs Meer.

Wieso enttäuscht sie das so? Sie weiß doch, wie die meisten Männer sind, ein Tag die, den anderen die, sie selbst hat sich doch immer geschworen, sich wegen so etwas nie mit echten Gefühlen auf einen Mann einzulassen? Wieso ist ihr das dann passiert? Jetzt, wo sie es am allerwenigstens gebrauchen kann? Was hat sie dumme Nuss sich eingebildet? Dass ein Mann wie Jomar, der so viele Frauen haben kann, sich auf eine schwangere Frau einlässt und alle anderen vergisst? Dass genau so ein Mann treu, ehrlich und die Ausnahme ist, die es nur sehr selten gibt?

Wie ein dummes, naives Dorfmädchen hat sie immer wieder aufs Handy gestarrt und bei jedem Lebenszeichen von ihm ist ihr Herz fast explodiert, sie ist jedes Mal aufgesprungen und war bereit, ihn zu treffen, auch wenn er sich davor Wochen nicht gemeldet hat. Das Einzige, worauf sie sich zur Zeit konzentrieren sollte, ist Amalia und dass sie mit dem Nähen genug Geld verdient.

»Hey, Süße, wir wollen noch feiern gehen, hast du Lust mitzukommen? Wie kann eine so hübsche Frau wie du nur so traurig sein?« Neben Lorena hält ein Wagen, in dem zwei Männer sitzen, beide sehen gut aus, Lorena lächelt. »Nein, aber trotzdem danke.« Sie steht auf und läuft in Richtung ihrer Wohnung.

Kata hat gar nicht so unrecht. Sie hat sich ja nicht einmal umgesehen, es gibt hier in San Juan Tausende von Männern, wieso muss sie sich so an Jomar festkrallen? Gerade ist sie schwanger und sollte dieses Thema sein lassen, um sich nicht komplett fertigzumachen, doch wenn Amalia erstmal da ist, kann sie auch wieder ganz normal Männer kennenlernen.

Sie hat dann eine süße kleine Tochter, doch das ist sicherlich für weniger Männer ein Problem, als wenn sie gerade schwanger ist.

»Hey, warte mal!« Wieder hält das Auto neben ihr, der Fahrer steigt aus und kommt zu Lorena auf den Bürgersteig. Er hält eine Rose in der Hand und einen Zettel. »Ich meinte das vorhin ernst, du bist wirklich wunderschön und ich würde dich gerne kennenlernen. Hier ist meine Nummer, wie heißt du?«

Er gibt Lorena den Zettel und die Rose. »Lorena.« Er lächelt. »Lorena, meldest du dich?« Als hätte er geahnt, dass sie das gerade gut gebrauchen kann. »Mal sehen.« Sie lächelt, riecht an der Rose und geht weiter. »Okay, ich warte. Ich heiße übrigens Salva.«

Lorena dreht sich noch einmal zu ihm um. Auch er ist ein hübscher Mann, er hat dunkle Augen, etwas wildere Haare, ist sehr gut gebaut und hat ein niedliches Lächeln.

Lorena kommen in dem Augenblick die dunklen Augen von Jomar vor ihr inneres Auge, wie er sie anlächelt und seine weichen Lippen auf ihre legt, wieso kann sie solche Gedanken nicht unterdrücken?

Lorena geht zu sich in die Wohnung, schlägt ein wenig zu heftig die Tür zu und verbannt somit diese Gedanken aus ihrem Kopf. Es ist alles eine Sache der Einstellung und wenn sie es jetzt endlich mal schafft, sich zusammenzureißen und wieder klar im Kopf zu werden, dann bekommt sie das auch noch hin.

Doch auch wenn sie sich das alles immer wieder einredet, als sie sich zum Schlafen fertigmacht, nagt die Enttäuschung sehr an ihr. Obwohl sie wirklich müde nach dem langen Tag und den wenigen Stunden Schlaf von gestern ist, kommt sie nicht zur Ruhe.

Sie wartet auf die Nachricht von Kata, dass sie gut angekommen und alles in Ordnung ist, dann schaltet sie ihr Handy aus und erst dann und nur langsam gibt sie dem Verlangen ihres Körpers nach.

Am nächsten Tag frühstückt Lorena in Ruhe, bevor sie sich fertig macht und zu arbeiten beginnt. Erst am Mittag schaltet sie ihr

Handy wieder an und sieht sofort, dass Jomar angerufen und ihr eine Nachricht geschrieben hat: 'Ich habe lange geschlafen, ist alles in Ordnung bei dir?'. Die Nachricht kam erst heute morgen und vor einer Stunde dann der Anruf.

Lorena lacht bitter auf, auch Stipe hat sie angerufen und ihr geschrieben. Er hat frei und sich neu verliebt und will das feiern, Lia ist nicht da und Lorena soll ihren hübschen Popo zu ihm bewegen, er möchte mit ihr essen gehen.

Das lässt sich Lorena nicht zweimal sagen, sie schreibt ihm, dass er ihr Ort und Zeit nennen soll und geht duschen, zieht sich ihr schönstes Kleid an, unter dem man zwar ihren Bauch sieht, doch auch das ist ihr jetzt egal. Ja, sie ist schwanger, wenn sie damit klarkommen kann, können das die anderen auch. Als sie aus dem Haus gehen will, klingelt ihr Handy erneut: Jomar. Lorena stellt es leise.

Sie wird sich deswegen nicht fertigmachen lassen, das war noch nie ihre Art. Ja, es tut ihr weh, doch sie wird es überleben, aufstehen und weitergehen, so wie sie es von klein auf gelernt hat und als sich zwei Männer nach ihr umdrehen, obwohl man ihren Babybauch sieht, setzt Lorena zufrieden ihre Sonnenbrille auf, schaltet ihr Handy ganz aus und läuft zum Restaurant, in dem sie Stipe trifft.

Er weiß nicht viel von Jomar und ihr und Lorena ist froh darüber, sie verbringen zwei Stunden in einem tollen asiatischen Restaurant, lachen viel und planen einige Dinge für Lorenas Geschäft und Stipe erzählt ihr alle schlüpfrigen Details seines neuen Freundes.

Diese Ablenkung tut wirklich gut. Lorena weiß, dass sie das öfter machen muss. Sie wollte doch unbedingt dieses Leben, diese Freiheit, sie kann sich nicht zuhause einschließen, es ist kein Wunder, dass sie da am Rad dreht, doch sie muss trotzdem auch arbeiten.

Als sie zuhause ist, legt sie auch gleich los und arbeitet bis spät in die Nacht, sie hat ihr Handy gar nicht erst angeschaltet, erst als sie sich schlafen legt, schaltet sie es kurz ein.

Lia hat ihr geschrieben, sie verbringt eine traumhafte Zeit mit Cruz und Lorena gönnt es ihr von Herzen, niemand hat dieses Glück mehr verdient als Lia.

Kata hat sie versucht anzurufen, sie möchte nächste Woche unbedingt nochmal zu ihr, wahrscheinlich ist Wilmer jetzt da, deswegen reagiert Lorena nicht. Kata wird sich morgen schon wieder melden.

Jomar hat noch einmal angerufen und noch eine weitere Nachricht geschickt mit der Frage, was bei Lorena los ist. Wahrscheinlich denkt er, dass sie krank ist oder etwas mit dem Baby nicht stimmt, wieso sollte man sich sonst bei einem Mann wie Jomar nicht melden und nicht sofort springen, wenn er sich meldet? Er ist so ein Verhalten höchstwahrscheinlich gar nicht gewohnt.

Wenn Lorena das so macht, ihn sich selbst so schlecht redet, dass sie statt traurig und enttäuscht einfach nur wütend ist, fühlt es sich im ersten Moment viel besser an, doch das hält nicht lange an, sobald sie die Augen schließt, beginnt sie wieder von Jomar zu träumen und ihr Herz macht das, was ihr Verstand ihr momentan verbietet.

Lorena arbeitet den ganzen Morgen, so schnell, dass sie mit den noch ausstehenden Aufträgen relativ gut in der Zeit liegt. Zur Mittagszeit geht sie erst duschen, zieht sich ein beigefarbenes Sommerkleid an und geht zum Strand, wo sie neue Sachen in der Boutique abgibt und das Geld einnimmt, denn all ihre anderen Sachen sind bereits verkauft.

Die Besitzerin berichtet ihr, dass die Leute verrückt nach ihrer Kleidung sind und fragt nach, ob sie noch mehr vorbeibringen kann. Außerdem fällt ihr auf, dass Lorena schwanger ist und sie gratuliert ihr.

Nun ist es so weit, man sieht es und es ist auch gut so. Lorena muss Amalia nicht verstecken. Sie verspricht, sich zu beeilen und neue Sachen vorbeizubringen. Es kam unerwartet, dass schon alles verkauft ist, deswegen hat sie jetzt etwas Geld über und geht in den Babyladen, den Kata ihr empfohlen hat, in dem man auch schöne Umstandsmode bekommen soll.

Es ist merkwürdig. Lorena steht da zwischen vielen Paaren, die sich alles für das Baby ansehen, Kinderwagen ausprobieren und Lorena steht vor den Umstandssachen und denkt sich nur: nein, nein, nein. Sie sieht auf die Hosen und Kleider, die riesigen BHs und kommt sich vor wie im falschen Film, doch dann kommt eine Verkäuferin und hilft ihr.

Lorena zieht zwei Shorts an, eine Jeans und eine schwarze aus Stoff und es ist gleich so bequem, dass sie beide mitnimmt. Es gibt einen leichten Stoff, der den Bauch umhüllt und nichts drückt mehr. Lorena kauft noch drei Tops und zwei neue BHs, weil ihre alten sie auch bereits drücken.

Kleider und alles andere kann sie noch tragen, die Strandkleider und Röcke liegen eh meist weiter an, oder sie sind nicht so hart und etwas dehnbar. Lorena hatte noch eine Idee. Sie geht zu einer Druckerei und lässt sich 100 mal Lorena fein in lila Schreibschrift auf kleine Stoffetiketten drucken, so kann sie ab jetzt jedes ihrer Teile auch richtig auszeichnen.

Sie kauft sich diese ungewöhnliche Essenskreation, die sie schonmal mit Jomar zusammen gegessen hat, dazu eine große Portion Nachos mit Käse, geht nach Hause und isst alles auf, bevor sie sich wieder an die Arbeit macht.

Doch gerade als sie sich setzen möchte, klingelt ihr Handy: Jomar. Er hatte sich bis jetzt nicht mehr gemeldet, dieses Mal nimmt Lorena an, es bringt nichts davonzulaufen, wegen ihrer Geschwister werden sie eh immer viel miteinander zu tun haben, sie sagt ihm einfach, was sie denkt und dann werden sie sich aus dem Weg gehen.

»Hallo.«

»Hi, da bist du ja. Ist alles in Ordnung mit dir? Ich habe dich gestern versucht zu erreichen und habe mir schon Sorgen gemacht.«

Lorena versucht durchzuatmen, sie spürt, wie sauer sie wird, wenn sie an das Gefühlt denkt, das ihr der wunderschöne Abend und der nächste Morgen mit ihm gegeben hat und das, was sie empfunden hat, als sie ihn am selben Abend mit anderen Frauen gesehen hat.

»Nein, es ist alles in Ordnung.«

»Okay, dann ist ja gut. Hast du Hunger, wollen wir etwas essen gehen, oder ...«

Lorena würde am liebsten die Augen verdrehen. »Wieso, kann deine Blondine heute nicht?«

Man hört, dass Jomar im Auto unterwegs ist.

»Von was redest du?« Lorena ist wütend und enttäuscht, doch sie hört sich zu ihrer eigenen Verwunderung sehr entspannt an.

»Ich war an den Tag, an dem du angeblich so viel geschlafen hast, mit Kata unterwegs und habe dich bei der Bar gesehen, mit deiner Begleitung.«

Es wird kurz lauter bei Jomar, dann ist es ganz still. »Ja, wir haben da die Freundin von Caleb mit ihren Freundinnen hingebracht, das war aber nicht meine Begleitung und ...«

Lorena unterbricht ihn, bevor es noch peinlicher wird. »Hör mal, Jomar, es ist im Grunde auch egal. Du bist mir keine Rechenschaft schuldig. Im Grunde verstehe ich dich ja auch. Meine Situation ist momentan etwas speziell und sicher nicht für jeden Mann gedacht. Ich weiß, dass du dich damit schwertust und das ist auch in Ordnung. Ich mache dir auch keine Vorwürfe, nur ...«

Jomar atmet laut aus. »Natürlich ist das nicht so einfach ...« Lorena will das nicht schon wieder hören, sie will die Situation auch nicht immer nur ins negative Licht stellen. »Ist es nicht, auch nicht für mich. Doch es ist, wie es ist, da kann man jetzt noch Jahre drüber diskutieren und hin und her überlegen, es ist, wie es ist.

Ich bin aber immer noch Lorena, das ist auch keine Krankheit, im Grunde ist es die schönste Sache der Welt und ich habe auch keine Lust, mich deswegen ständig herunterziehen zu lassen. Ich bin schwanger, ja, und? Irgendwann bin ich es nicht mehr und dann finde ich schon einen Mann, der mich und meine Tochter lieben kann, bis dahin halte ich lieber Abstand von diesen ganzen unsicheren Sachen.

Mag sein, dass ich schwanger bin, aber ich bin immer noch ich selbst und ich war noch nie die zweite Wahl, Jomar, und das werde ich auch nie sein. Entweder man will mich oder man geht weiter. Du hast dich entschieden und das ist völlig in Ordnung.«

Man hört, dass Jomar gar nicht richtig weiß, wie er auf all das reagieren soll, wahrscheinlich ist Lorena auch viel zu hart, doch sie spürt auch, dass viel von der Hitze, die in ihr aufsteigt, von der Schwangerschaft kommt.

Es reden gerade auch einige verrückt spielende Hormone aus ihr, dazu kommt, dass sie selbst viel zu viel über das zwischen Jomar und ihr nachdenkt und nun alles aus ihr herauskommt. Natürlich überfordert ihn das. »Ich hab keine Ahnung, was jetzt gerade wirklich dein Problem ist, Lorena.«

Sie lächelt mild. »Nein, das ist mir klar. Ich denke einfach, es ist besser, wenn wir ein wenig Abstand zueinander halten, um all das nicht noch schwerer zu machen. Machs gut, Jomar. Wir sehen uns eh sicher bald wieder wegen Lia und Cruz, pass solange auf dich auf.« Sie legt auf und fühlt sich gut. Sie ist endlich mal losgeworden, was ihr auf dem Herzen liegt, doch auch immer noch so, dass sie sich in die Augen sehen können, wenn sie aufeinandertreffen.

Auch wenn es Lorena wirklich verletzt, weil sie es sich sehr gewünscht hätte, man muss im Leben auch akzeptieren, dass gewisse Dinge einfach nicht sein sollen.

Kapitel 8

Es ist wie ein ständiges Schlaflied, was sich Lorena immer wieder selbst aufsagt. Manches soll einfach nicht sein. Es ist besser so, vergiss all das einfach. Doch allein die Tatsache, dass sie sich das in den nächsten Tagen ständig aufsagen muss, zeigt, wie sehr es ihre Gedanken beherrscht.

Lorena denkt ständig an Jomar und besonders den letzten Abend, den sie zusammen verbracht haben, auch wenn sie sich während der letzten Tage wirklich gut ablenkt hat. Es ist ein alter Kampf, Herz gegen Verstand, sie weiß, wie oft Frauen damit zu kämpfen haben und dass nur die Zeit den Verstand und das Herz wieder einen kann.

Sie arbeitet viel, so viel, dass sie alles früher fertig bekommt, sie wird langsam mit Aufträgen überschüttet und beginnt sogar schon eine kleine Warteliste. Zumindest hat sie so die Möglichkeit, etwas durchzuatmen, was ihre Sorgen betrifft, Amalia und sich versorgen zu können.

Lia kommt zurück von ihrem kurzen Traumurlaub mit Cruz. Lorena war dabei, als Lia sich in Cruz verliebt hat, sie weiß auch, dass bei ihnen nicht alles von Anfang an so gut gelaufen ist und kompliziert war. Und auch jetzt ist noch nicht alles perfekt, doch sie arbeiten daran, weil sie beide das zwischen ihnen unbedingt wollen, und das ist wahrscheinlich die Grundvoraussetzung, schwierige Situationen zu meistern.

Lorena weiß das alles, doch ihr Herz flattert noch immer unruhig in ihrer Brust, wenn der Name Jomar fällt. Sie erwähnt vor Lia nicht, wie nah sie sich gekommen sind, nicht weil sie ihrer Schwester nicht traut, einfach nur, weil es ihr schwerfällt, darüber zu sprechen.

Umso besser ist es, dass sie beide andere Sachen zu besprechen haben. Sie planen, dass Lorena mit in Lias Laden einzieht. Von dort kann sie arbeiten, neue Aufträge annehmen und hat in der

Wohnung mehr Platz, den sie definitiv braucht, wenn Amalia da ist. Außerdem hat sie dort auch ein Schaufenster zum Aushängen der Sachen und genau dafür beginnt sie schon einiges vorzunähen.

Sie bestellt sich eine professionellere Nähmaschine und noch mehr von den Etiketten mit ihrem Namen. Tagsüber schafft sie es wirklich gut, sich abzulenken und es geht ihr gut, doch besonders nachts bekommt Lorena immer häufiger stärkere Bauchkrämpfe.

Je anstrengender der Tag war, umso stärker werden die Schmerzen, und Lia schläft zwei Nächte bei Lorena, nachdem sie kurz in der überfüllten Praxis waren, in der Lorena schon ganz am Anfang ihrer Schwangerschaft war.

Der Arzt hat nur kurz die Herztöne von Amalia überprüft, sie sich zwei Sekunden angesehen und sie mit den Worten einfach 'zu viel Stress und sie soll sich ausruhen' nach Hause geschickt, Lorena hat das nicht besonders beruhigt und sie ist mit hundertfünfzig Dollar weniger nach Hause gegangen.

Lia wollte unbedingt, dass sie in die Klinik fahren, in der sie nach den Zwischenfall mit Pascal waren. Lorena könnte dort hingehen, da Jomar das mit dem Arzt so besprochen hat, doch sie will das nicht. Sie möchte das von Jomar nicht annehmen, und ganz so unrecht scheint der Arzt auch nicht zu haben, wenn sie sich hinlegt, während sie Schmerzen hat, geht das mit den Bauchkrämpfen zurück.

Wegen der Bauchkrämpfe hat sie auch fast nicht bemerkt, dass sie Amalia mittlerweile spürt. Erst war es nur ein leichtes Kribbeln in ihrem Bauch, fast, als hätte sie lebendige Schmetterling gegessen, unwirklich. Die ersten Male hat sie nicht gewusst, ob die Bauchkrämpfe beginnen oder was genau das sein soll, doch nach und nach hat sie gemerkt, dass es Amalia ist, die sie spürt.

Manchmal, wenn sie sich abends hinlegt und es ganz ruhig ist, streichelt sie über ihren Bauch und merkt dann einen winzigen Tritt. Lorena hat noch nie etwas Schöneres gespürt und sie weiß genau, dass all die Arbeit, die Sorgen und alles andere das wert ist.

Sie liebt die kleine Maus jetzt schon über alles, und egal, wie viel Stress sie hatte, wenn sie Amalia spürt, lächelt sie und schläft zufrieden ein.

Lorena hat so viel zu tun, dass sie es nicht geschafft hat, ins Dorf zu fahren und mit Katas Eltern zu sprechen. Sie wird das aber bald nachholen, sie hat schon ein richtig schlechtes Gewissen, wenn Kata sie ständig deswegen fragt und sie sie jedes Mal vertrösten muss. Natürlich weiß sie, wie wichtig ihr das ist und sie möchte es unbedingt so schnell wie möglich klären.

Lia hat schon vor einiger Zeit gesagt, dass sie morgen etwas mit ihr vorhat, sie verrät noch nicht was, doch vielleicht schafft sie es da, im Dorf vorbeizufahren. Sie hat auch heute wieder viel gearbeitet und muss noch am Strand vorbei, um drei neue Kleider in das Geschäft dort zu bringen, weil ihre Sachen wieder fast alle ausverkauft sind, es läuft gut und Lorena ist froh, dass sie das Nähen nicht aufgegeben hat. Sie macht sich gerade fertig, als es klopft.

Lorena öffnet die Tür und ist ziemlich überrascht, dass ihre Mutter mit einem Topf vor ihr steht. »Ich habe hier noch einmal Suppe für dich gemacht. Die Suppe ist das Allerbeste, was du für dein Baby tun kannst, sie hat alle Vitamine, die du brauchst. Sie stärkt dich und gibt dir Kraft.«

Lorena ist noch immer enttäuscht und wütend auf ihre Mutter, doch als sie ihr jetzt in ihre grünen Augen sieht, kann sie gar nicht anders, als zur Seite zu treten und sie hereinzulassen. Jeder hat eine zweite Chance verdient, zumindest sollte sie ihr nicht die Tür vor der Nase zuschlagen, es ist ihre Mutter.

»Ich muss gleich los zu einem Geschäftstermin. Die andere war auch sehr lecker und auch die Teigtaschen. Du hättest dir diese Mühe aber nicht machen brauchen.«

Lorena geht zum Spiegel und malt sich ihre Lippen an, seit der Sache mit Jomar gibt sie sich besonders viel Mühe, auch wenn sie dauerhaft müde ist und am liebsten nur in Schlabberklamotten herumlaufen würde, bedeutet die Tatsache, dass sie schwanger ist nicht, dass sie sich gehen lassen muss.

»Ich weiß, dass deine Schwester und du das nicht glauben möchtet, doch mir tut das, was passiert ist, wirklich leid. Ich weiß, dass ich das nicht mit einer Suppe wieder gutmachen kann, doch ich möchte einfach probieren, jetzt für euch da zu sein und hoffe, ihr lasst das zu.«

Lorena sieht durch den Spiegel zu ihr, wie sie die Suppe auf den Herd stellt, während sie den Lippenstift zur Seite legt und ihre Wimpern tuscht. »Was ist mit deinem Mann? Der, wegen dem du mich weggeschickt hattest, der, der nichts von uns weiß?«

Ihre Mutter lächelt mild. »Ich habe mit ihm gesprochen und ihm alles gesagt. Er hat mir geraten, mich um euch zu bemühen, von alleine hätte ich mich wahrscheinlich nicht getraut.«

Lorena legt die Schminke weg und dreht sich zu ihrer Mutter um. »Möchtest du etwas trinken?« Ihre Mutter schüttelt den Kopf. »Ich möchte dich auch gar nicht weiter aufhalten, wie geht es Lia?«

Lorena setzt sich auf die Couch und zieht ihre Schuhe über, sich zu bücken wird auch langsam umständlich. »Ihr geht es gut. Sie ist sehr glücklich mit Cruz, er ist ein guter Mann, er macht sie glücklich. Ihre Arbeit läuft gut und sie freut sich darauf, Tante zu werden.«

Ihre Mutter lächelt. »Das ist schön und bei dir? Der Bauch wächst ja langsam immer mehr, doch du siehst sehr müde aus. Denkst du daran, dir genug Schlaf zu gönnen?«

Lorena lehnt sich zurück und sieht ihrer Mutter in die Augen, sie weiß, das sie nun fast die gleiche Augenfarbe wie sie hat, ihre Augenfarbe wird immer heller. »Ich versuche es, doch ich habe mich leider in den falschen Mann verliebt und das raubt mir ein wenig den Schlaf, aber sonst ist alles in Ordnung. Ich passe schon gut auf Amalia auf.«

Wieso sollte Lorena nicht ehrlich sein, wenigstens hier und jetzt? Sie hat sich in Jomar verliebt und das ist falsch. Ihre Mutter lächelt.

»In der Situation den richtigen Mann zu finden ist auch schwer, doch es kommen auch wieder andere Zeiten und du wirst einen ganz besonderen Mann finden. Da bin ich mir sehr sicher. Amalia soll sie also heißen? Ihr wart schon immer verrückt nach eurer Oma, und sie war auch wirklich ein guter Mensch. Eine Tochter zu bekommen ist etwas ganz Besonderes.«

Lorena nickt nur leicht, diese Diskussion muss sie jetzt nicht noch mal führen und schon gar nicht mit ihrer Mutter.

Ihr Handy piept und erinnert Lorena daran, dass sie losgehen muss, ihre Mutter folgt ihr nach draußen. Während sie ihre Haustür abschließt, wendet sich ihre Mutter noch einmal etwas unsicher zu ihr um.

»Denkst du, dass wir drei uns die Tage mal sehen können und ich euch einiges erklären kann? Zumindest, wie das Ganze für mich war und warum manches gekommen ist, wie es gekommen ist. Das soll keine Entschuldigung sein, das alles ist nicht zu entschuldigen, das weiß ich mittlerweile selber, doch vielleicht könnt ihr euch das trotzdem einfach anhören.«

Sie gehen zusammen die Treppen hinab und bleiben vor ihrer Haustür stehen. Lorena muss in eine andere Richtung als ihre Mutter. »Ich werde mit Lia darüber sprechen.«

Es ist nicht so, dass Lorena so hart zu ihrer Mutter sein möchte, doch sie kann die letzten Jahre auch nicht einfach wegwischen, als wäre all das nie passiert. Sie sieht ihrer Mutter noch einmal in die Augen und verabschiedet sich zurückhaltend von ihr, sie wird mit Lia sprechen, mehr kann sie nicht tun.

Lorena läuft in Richtung Strand. Ihre Schwester wird nicht begeistert sein, doch wahrscheinlich hat ihre Mutter recht, sie können sie wenigstens anhören, es kostet sie nichts außer ein bisschen Zeit, und dass man Fehler machen kann, die man später bereut, davon kann Lorena sich auch nicht freisprechen. Wieso sollte sie ihrer Mutter also nicht wenigstens zuhören?

Sie nimmt ihr Handy heraus, um Lia anzurufen, da fällt ihr die Nachricht wieder ein, die sie bekommen hat. Ihr Herz beginnt zu rasen, sobald sie erkennt, dass die Nachricht von Jomar ist.

Seit ihrem Telefonat, bei dem Lorena zugegebenermaßen ein wenig zu wütend wurde, haben sie nicht mehr miteinander gesprochen. Lorena öffnet die App und sieht, was er geschrieben hat.

'Ich wollte dir nicht wehtun'

Lorena lächelt, sie sieht sich das Foto an, das er neu in seinem Profil eingestellt hat. Es zeigt Cruz und ihn am Strand mit einigen Männern, die Lorena nicht kennt, das Ganze scheint auch nicht in Puerto Rico zu sein. Dabei fällt ihr ein, dass Lia erzählt hat, die beiden wären nach Guatemala geflogen.

Lorena ist nicht mehr sauer, noch immer enttäuscht, dass es einfach nicht geklappt hat zwischen ihnen, dass sie einfach den falschen Zeitpunkt erwischt haben, doch sie kann Jomar nichts vorwerfen.

' Ich weiß, ich habe wahrscheinlich auch überreagiert, die Hormone und all das, was so zusammenkommt in letzter Zeit ...' Sie schickt ein Smiley dazu, was ihm hoffentlich zeigt, dass sie wirklich nicht sauer ist. Sie ist sich sicher, dass wenn die Situation anders wäre, auch das zwischen ihnen anders laufen würde.

Jomar ist nett zu ihr und auch sie muss sich ein wenig zusammennehmen, sie haben immerhin auch Lia und Cruz, die zusammen sind und durch die sie weiterhin Kontakt haben werden.

Lorena war schon vorher bewusst, dass da nicht mehr sein kann, nicht so, wie die Dinge gerade stehen, doch dann an diesem Abend, vielmehr dieser Nacht, in der sie sich nähergekommen sind, ist in ihr solch eine Hoffnung aufgekeimt, die einfach wehgetan hat, als sie schon kurz danach wieder im Keim erstickt wurde.

Lorena ruft Lia an, nachdem sie ihm geantwortet hat und erzählt ihr von dem Besuch ihrer Mutter. Natürlich ist ihre Schwester nicht begeistert, ganz im Gegenteil, doch Lorena bittet sie trotzdem, darüber nachzudenken, sich mit ihr zu treffen.

Lia erinnert sie noch einmal daran, dass sie sie morgen abholen soll, sie möchte mit ihr in ihrem neuen Auto zum Dorf fahren. Cruz hat es ihr gekauft, das ist die Überraschung, es findet ein Geburtstag statt, zu dem sie ins Dorf fahren.

Sie weiß von keinem Geburtstag, doch Lia sagt, dass sie die Geschenke besorgen wird und es kann Lorena nur recht sein, so kann sie endlich mit Katas Eltern sprechen.

Lorena kann es außerdem wirklich nicht erwarten, Lia endlich am Steuer zu erleben, sie fragt sich nur, ob sie sich darauf freuen oder davor Angst haben soll. Lorena beendet das Gespräch mit ihrer Schwester erst, als sie im Laden angekommen ist.

Mittlerweile liebt Lorena diesen kleinen verspielten Laden auf der Strandpromenade richtig, in dem sie ihre Mode anbieten darf und hat sich mit der Besitzerin richtig gut angefreundet.

Auch jetzt setzen sie sich auf zwei Stühle vor dem Laden und essen Kuchen zusammen, während sie dem bunten Treiben am Strand zusehen und sich darüber unterhalten, was für Mode sich zur Zeit am besten verkauft. Lorena nutzt solche Augenblicke, um durchzuatmen und erst als die Sonne untergeht und sie sich langsam auf den Weg zurück macht, sieht sie wieder auf ihr Handy.

'Ich muss oft an den Abend denken. Ich wollte nicht, dass es so endet.'

Lorena atmet tief ein, wieso tut er das jetzt wieder? Sie war gerade dabei, alles zu verdrängen, sie versucht doch wirklich alles, um das zu vergessen, was sie sich erhofft und ja, sie ist nicht mehr sauer, doch wenn ihm der Abend so gut gefallen hat, wieso ist er dann mit diesen Blondinen unterwegs gewesen und hat ihr nicht einmal geantwortet?

Sobald Lorena anfängt, sich darüber aufzuregen, spürt sie es in ihrem Bauch und legt das Handy weg, ohne Jomar zu antworten. Sie geht duschen und legt sich dann schlafen.

Lorena hat beschlossen, alles was ihr nicht gut tut, beiseite zu schieben und auch wenn es ihr noch so schwerfällt, muss sie bei Jomar damit anfangen, es tut ihr nicht gut.

Am nächsten Morgen schläft Lorena lange, denn in der letzten Nacht hat sie, wie in so vielen Nächten zuvor, kaum geschlafen, zumindest schläft sie nicht mehr durch.

Sie hört alles, jedes Geräusch und wird von allem wach. Wenn die Nachbarn auf dem Balkon reden, wenn sich unten Leute zu laut unterhalten, die Hunde, die Autos, die Straße, früher hat sie all das nicht gestört, doch momentan ist sie extrem empfindlich.

Dazu muss sie ständig auf die Toilette und sie hatte auch wieder die Bauchkrämpfe. Wie soll sie so viel schlafen, um sich auf die Zeit vorzubereiten, in der sie wegen Amalia kaum Schlaf bekommen wird?

Lorena geht duschen, macht sich aber noch nicht fertig und arbeitet erst einmal ein wenig, bevor sie sich einen knielangen schwarzen Rock anzieht, den sie sich unter den Bauch schiebt. Sie hat alle neuen Oberteile in der Wäsche, deswegen zieht sie ein weißes Top an.

Momentan strahlen ihre Augen so sehr aus ihrem Gesicht heraus, dass sie sich nur leicht schminkt. So müde Lorena auch ist, das Grün ihrer Augen lässt ihr ganzes Gesicht erstrahlen.

Als sie sich Locken machen will, stellt sie fest, dass ihre Haare ihr mittlerweile bis unter die Schulter reichen. Sie hat sie in letzter Zeit oft zu einem unordentlichen Knoten auf dem Kopf zusammengebunden.

Eine Kundin hat ihr erzählt, Haareschneiden in der Schwangerschaft führt dazu, dass ihre Tochter keine schönen Haare bekommen wird, und immer wenn sie so etwas hört, muss sich Lorena daran halten, es ist nicht so, dass sie daran glauben würde, doch was ist, wenn es doch stimmt und ihretwegen ihre Tochter keine schönen Haare bekommt? Lieber kein Risiko eingehen.

Sie knetet sich ein wenig Kokosöl in die Haare und flechtet sie sich, bevor sie sich den Zopf zu einem Knoten auf den Kopf bindet und nach unten eilt, als Lia auf ihrem Handy anruft.

Unglaublich, ihre Schwester sitzt in einem Auto und wartet auf sie. Lorena muss lachen und macht ein Foto, bevor sie einsteigt.

»Ich kann das nicht glauben.« Aufgeregt steigt sie zu Lia, die direkt losfährt, sobald Lorena sitzt. »Wieso hast du nichts in rosa an?« Lorena streicht über ihren Bauch, sie sollte für die Geburtstagsparty etwas rosafarbendes anziehen, doch sie hat nichts in rosa, was ihr noch passt.

»Ich habe nichts mehr zum Anziehen, ich habe so viele Aufträge, dass ich nicht dazu komme, mir etwas zu nähen und mir ist so heiß, ständig. Ich bin hier geboren, doch momentan halte ich die Hitze hier nicht aus und es ist so laut in der Stadt, ich kann kaum schlafen. Ständig fahren Autos auf der Straße, irgendjemand schreit. Ich kann nirgendwo gut schlafen, weder bei dir noch bei mir. Ich habe ständig Hunger und dann ist mir übel, und ich wusste nicht, dass ein Mensch so viel aufs Klo gehen kann.«

Lorena grummelt all das vor sich hin und Lia lächelt. »Bald wird deine Maus in deinen Armen liegen und dann hast du das alles wieder vergessen.«

Lia ist aufgeregt, doch sie fährt sehr gut. Nachdem Lorena laut die Musik eingeschaltet hat, fahren sie singend in Richtung Dorf. Als sie am Nechas-Gebiet vorbeikommen, sieht Lorena nicht hin.

Kurz vor dem Dorf löst sie ihren Zopf, sodass ihre Haare ihr nun in kleineren Wellen in den Rücken fallen. Doch statt vor dem Friedhof zu halten, was eigentlich der erste Haltepunkt wäre, fährt Lia zu der Wiese mit dem Kletterbaum am Fluss, sie sagt, sie muss kurz etwas überprüfen, doch als Lorena die ersten rosa Luftballons entdeckt, ahnt sie, dass Lia etwas geplant hat.

»Was?« Lia hält, bevor sie alles sehen können und sie steigen aus. »Was hast du geplant?« Lorena will um die Ecke gehen und nachsehen, doch Lia setzt ihr eine rosa Krone auf, bindet um ihren

Bauch eine rosa Samtschleife und hält ihr die Augen zu, erst dann bringt sie sie um die Ecke.

Es wird geklatscht, als Lia die Hand von Lorenas Augen zieht und sie sieht, was ihre Schwester vorbereitet hat, um Lorena und das Baby zu feiern.

Als sie einen richtigen Blick auf die Wiese werfen kann, treten ihr Tränen in die Augen. Mitten auf dem wunderschönen Platz am Fluss, unter dem Kletterbaum im Schatten sind viele Tische und Bänke aufgebaut, alles ist mit weißen Tüchern und rosa Schleifen geschmückt.

Mittig steht ein riesiger Tisch mit mehrstöckigen Kuchen, Cakepops, Keksen, rosa Limonade, Muffins und vielen Geschenken. Auf der anderen Seite steht ein riesiges buntes Buffet, es ist traumhaft, alles ist in rosa gehalten, überall hängen Luftballons und vor allem sind alle da.

Ihre alten Nachbarinnen, auch die Frauen aus dem Nachbardorf, Lias Freunde, Mandela, Emil, einige andere Freunde, selbst Antoni ist da.

Lorena kann sich ein paar Tränen nicht verkneifen und da sie hier unter ihren Leuten sind, ist vom ersten Moment an gute Stimmung. Die Musik wird aufgedreht, alle umarmen Lorena, beglückwünschen sie noch einmal in Ruhe, geben ihr Ratschläge für die Schwangerschaft und das Baby und Lorena stellt erleichtert fest, dass auch Katas Mutter da ist.

Es wird von der ersten Minute an viel gelacht, Lorena packt die Geschenke aus, fast alles ist selbstgemacht, genäht, gehäkelt, gebaut. Das sind die Sachen, die immer einen ganz besonderen Wert haben werden.

Sie bekommt Spielzeug, eine selbst genähte Puppe für Amalia, ganz viel Babykleidung und von Dora eine selbstgenähte zuckersüße Babydecke. Lia zeigt ihr ein Bild von der Wickelkommode, die sie für sie aufarbeiten lässt und Lorena weiß irgendwann gar nichts mehr zu sagen und küsst ihre Schwester dankbar auf die Wange.

Sie beide hatten in der letzten Zeit viel zu tun und in solchen Momenten weiß Lorena wieder, wie stark die Bindung zwischen ihnen beiden ist, auch wenn sie sich nicht mehr täglich sehen.

Lia hat sich selbst übertroffen, jedes Detail hier ist perfekt, es gibt eine Candybar mit rosafarbenen und goldenen Süßigkeiten, eine Torte aus rosafarbenen und goldenen Macarones mit Amalias Namen verziert, es ist alles wunderschön. Lorena traut sich kaum etwas zu essen, um diesen Anblick nicht zu zerstören.

Stipe und Edmundo kommen auch vorbei, doch wie auch Emil und Antoni verabschieden sie sich bald, weil das einfach eine Frauensache ist. Trotzdem ist Lorena dankbar, dass sie wenigstens da waren und umarmt sie lange zum Abschied.

Die Frauen sitzen noch eine Weile zusammen, sprechen über ihre Geburten, über Babys, die erfahrenen Frauen geben Lorena Tipps und sie spielen einige Spiele.

Es ist ein wunderschöner Nachmittag, ein gemütlicher Abend und als es dunkel wird und die Nacht beginnt, denkt noch niemand daran, zu gehen. Lorena kennt diese Babypartys.

Von alleine wäre sie nie darauf gekommen und hätte eher gesagt, dass sie so etwas nicht braucht, doch jetzt ist sie ihrer Schwester unglaublich dankbar für all das hier. Lia lacht auf, als Lorena sich noch einmal richtig bei ihr bedankt und sie fast zerdrückt, als sie sich zusammen vor der Candybar aufstellen und einige Fotos machen.

Es wird immer später, doch das Essen, Gebäck, Kuchen und auch die Getränke werden gekühlt oder warmgehalten, sodass alles frisch bleibt. Es werden Lampions angezündet und der Abend geht weiter.

Bald schon wird Mandelas Hochzeit in zwei Wochen zum Gesprächsthema und diese Zeit nutzt Lorena, um ein paar Worte mit Katas Mutter zu wechseln.

Ohne dass es die anderen mitbekommen, erzählt sie ihr, wie es Kata geht und fragt vorsichtig nach, ob sie sich Gedanken gemacht hat, ob sie Kata nicht wiedersehen möchte. Ohne die Anwesenheit ihres Mann spürt man schnell, dass sie Kata vermisst und auch, dass sie ihren Enkel sehen möchte. Hoffnung keimt in Lorena auf.

Lorena erzählt ihr von ihrer Mutter und dass auch sie ihr die Chance auf ein Gespräch geben wird und man sich doch wenigstens aussprechen kann. Das sollte doch immer das Mindeste sein.

Lorena schlägt vor, dass wenn sie Kata das Nächste mal trifft, auch ihre Mutter nach San Juan kommt. So können sich die beiden mal wiedersehen und einen Schritt auf den anderen zugehen.

Katas Mutter stimmt zu und Lorena weiß, wie sehr sich Kata darüber freuen wird und dass ihr tausend Steine vom Herzen fallen werden.

Es wird immer gemütlicher und Lorena und Katas Mutter mischen sich wieder in das allgemeine Gespräch ein.

Lorena lehnt sich zufrieden an Lia, die ihre Stirn küsst, als sie plötzlich wieder einen für dieses Dorf viel zu lauten und teuren Motor hören und zu dem Auto sehen, was auf dem Rasen parkt und aus dem Cruz und Jomar aussteigen.

Kapitel 9

Es ist eine Sache, sich einzureden, Jomar und alles, was mit ihm zu tun hat, zu vergessen, wenn er nicht um einen herum ist, **ihm dann jedoch direkt in die Augen zu sehen ist noch einmal etwas ganz anderes** und als sich Jomars dunkle Augen auf sie legen, während er auf sie zukommt, beginnt Lorenas Herz sofort wieder zu rasen.

Lorena sieht zu Jomar, der neben seinem Bruder über die Wiese zu ihnen kommt, alles betrachtet und dann wieder zu ihr sieht. Alle stehen auf, um die beiden zu begrüßen und Lorena weiß nicht einmal, was sie Jomar sagen soll, doch Cruz ist auch zuerst bei ihr und umarmt sie lange.

Mittlerweile haben Lias Freund und sie ein richtig gutes Verhältnis, sie mag ihn. Sie mag ihn wirklich und sie weiß, dass das auf Gegenseitigkeit beruht. Als es Lorena einmal nicht so gut ging und sie Bauchkrämpfe hatte, war Cruz bei ihr, da Lia noch arbeiten musste.

Sie haben sich Essen bestellt und einen Film zusammen angesehen, sie beide lieben diese extremen Psychosendungen, die Lia hasst und sehen sich immer wieder eine Folge zusammen an, wenn sie die Zeit dafür finden.

»Alles Gute für dich und die Kleine.« Er küsst ihre Wangen und Lorena nimmt den riesigen Strauß entgegen, den er ihr hinhält.

»Danke, ich dachte, ihr seid in Guatemala?« Jomar steht noch etwas weiter weg und begrüßt Maria und Dora, die sich sichtlich freuen, Cruz und Jomar wiederzusehen. »Waren wir auch, doch als Jomar von der Feier erfahren hat, wollte er unbedingt herkommen.«

Lias Freund zwinkert ihr zu, nimmt sich zwei Rosen aus dem Strauß und geht zu Lia und Dora, während Jomar zu ihr kommt.

Sie ist sauer, enttäuscht, alles zusammen, was soll sie sich da vormachen? Doch als er vor ihr steht, spürt auch sie, dass sie ihn vermisst hat. Das darf doch nicht wahr sein, wieso wird sie bei diesem Mann immer so schwach?

Als er sie ohne Worte in den Arm nimmt, lehnt sich Lorena eng an ihn und er küsst ihre Haare. »Es tut mir wirklich leid, wie das gelaufen ist.«

Lorena schließt die Augen, sie sagt dazu nichts, weil sie keinen Streit möchte, nicht hier, nicht jetzt. Jomar ist extra ihretwegen früher zurückgekommen und Lia hat sich solch eine Mühe geben, sie sollte diesen wunderschönen Moment, diesen Tag und diese Nacht bis zum Ende genießen.

Als Jomar die Umarmung löst, hält er ihr ein kleines Päckchen hin, was Lorena gleich öffnet, nachdem Maria ihr den Blumenstrauß abgenommen hat. »Danke, doch du hast mir schon so viel geholfen, ich weiß eh kaum, wie ich dir für all das danken soll.«

Das meint Lorena völlig ernst, so viel, wie Jomar schon für sie getan hat, wie viel Geld er für sie ausgegeben hat, sie weiß gar nicht, ob sie das jemals auch nur ansatzweise zurückgeben kann.

In dem Kästchen sind zwei Armbänder, ein größeres für Lorena, das Jomar aus dem Kästchen nimmt und Lorena gleich umbindet. Es ist gold und sehr zart und edel. Auf einem kleinen Herz ist Amalia eingraviert mit einem Kreuz, was sie schützen soll. Das andere Armband ist ganz winzig, für Amalia, auch mit ihrem Namen und dem Kreuz.

Lorena treten Tränen in die Augen, sie hätte niemals damit gerechnet, dass sich Jomar solche Gedanken wegen eines Geschenkes macht. Dass sie das Geld für Geschenke haben, weiß sie, doch das hier kommt von Herzen und hat deswegen einen unbezahlbaren Wert. Sie weiß, wie liebevoll Jomar sein kann, doch das überrascht sie doch so sehr, dass sie kaum die richtigen Worte findet.

Sie streicht über das winzige Armband von Amalia und auch über ihres, das schon an ihrem Arm ist. »Danke, das bedeutet mir wirklich viel, die Armbänder sind wunderschön.«

Jomar sieht ihr in die Augen, er hat nichts mehr gesagt. Nun hebt er seine Hand, um ihr eine Träne, die ihrem Auge entwischt ist, aus dem Gesicht zu streichen. »Lass uns später noch einmal reden.«

Für Lorena ist das Kapitel eigentlich beendet, sie hat gedanklich so viel dagegen argumentiert, dass sie sich kaum mehr wagt, daran zu denken, doch mit diesem kurzen Auftritt hat Jomar das alles wieder umgeworfen.

Sie sagt nichts dazu, doch allein ihre Reaktion, ihr Herzschlag, all das zusammen wird natürlich dazu führen, dass sie dieses Gespräch mit ihm führen wird, um zu erfahren, was er nun denkt. **Seitdem sie im Krankenhaus war und er von ihrer Schwangerschaft erfahren hat**, haben sie darüber ja nicht gesprochen, was im Grunde genommen völlig absurd ist.

Sie haben sich viel unterhalten, auch mal über die Schwangerschaft, doch nie darüber, wie genau das zwischen ihnen jetzt aussieht. Sie denkt, dass es für sie nicht zu einer Beziehung reicht, nicht in dieser Situation, nicht so, wie alles zwischen ihnen gelaufen ist, doch Jomar ist hier und bringt sie wieder zum Hoffen, was nicht gut ist.

Lorena weiß nicht, was passieren wird, doch sie sollten das wirklich klären und offen über alles sprechen, nur so wissen sie beide endgültig, wie es zwischen ihnen steht.

Aber erst einmal werden sie diesen Abend genießen.

Lia sieht sich die Armbänder an, während Jomar und Cruz sich etwas von dem Essen auftun. Sie setzen sich alle wieder zusammen an die Tische. Dora und Maria erzählen einige lustige Geschichten aus der Zeit, als sie bei Cruz und Jomar gearbeitet haben und sie alle lachen viel. Es ist wunderschön.

Lorena sitzt neben Jomar, Cruz und Lia sitzen zusammen, sie sind hier mit den wichtigsten Menschen aus ihrer Kindheit und auch mit Menschen aus ihrem neuen Leben in der Stadt, es ist perfekt und Lorena wünschte, all das würde nie enden, doch leider endet alles irgendwann, besonders die schönen Zeiten leider viel zu schnell.

Noch während Lorena sitzt, spürt sie, dass die Bauchkrämpfe wieder anfangen, auch wenn sie gerade keinen Stress hat, doch es wird vermutlich an der Aufregung liegen. Nach und nach verlassen auch die letzten die Feier.

Morgen wird alles abgebaut. Lorena, Lia, Cruz und Jomar verstauen nur all die vielen Geschenke und Blumen im großen Kofferraum des Autos, mit dem Cruz und Jomar gekommen sind.

Dabei werden die Schmerzen schlimmer, Lorena bleibt immer mal wieder stehen und hält sich den Bauch. »Alles in Ordnung?« Jomar bleibt bei ihr stehen, nachdem er eine große Windeltorte auf den Rücksitz gestellt hat. Lia schnallt die Torte unter dem Lachen von Cruz sogar an.

»Ja, es geht. Die Kleine ist sehr aktiv.«

Jomar sieht ihr in die Augen, er merkt, dass etwas nicht stimmt, doch Lorena faltet die Strampler, Kleidchen und Decken zusammen, bevor sie sie zum Auto bringt, Lia und Cruz einen Kuss auf die Wange gibt und sich verabschiedet, da sie mit Lias kleinem Auto zurückfahren, während Jomar Lorena und ihre Geschenke nach Hause bringen wird.

Sie atmet tief aus, als sie sich in das weiche Leder des Autos setzt, in der Hoffnung, dass die Schmerzen besser werden. Jomar steigt ein und fährt auch gleich los, als hätte er nur darauf gewartet. Lorenas Lieblingslied Downtown wird gerade im Radio gespielt, doch Jomar dreht es etwas leiser.

»Ich wollte eigentlich schon die ganze Zeit mit dir sprechen, das alles, was du am Telefon gesagt hast, dass du mich mit der anderen Frau gesehen hast ... so war es nicht, also zumindest nicht ganz so, ich ...«

Dieses Gespräch muss sein, das weiß auch Lorena, doch gerade geht das nicht. Sie greift an ihren Bauch und streicht darüber, in der Hoffnung, die Schmerzen werden nachlassen und Jomar blickt zu ihr. »Bist du sicher, dass alles in Ordnung ist? Hast du Schmerzen?«

Lorena atmet tief ein, so wird es meistens besser und langsam werden die Schmerzen auch weniger. »Es geht, ein wenig, aber wenn ich mich jetzt ausruhe, wird es besser.«

Er sieht auf ihren Bauch, er sollte sich allerdings lieber auf die Straße konzentrieren. »Cruz hat mir schon gesagt, dass du die letzen Tage Probleme hattest, was sagt denn der Arzt?« Lorena versucht, den Sitz etwas nach hinten zu verstellen, doch es klappt nicht. »Der hat nur kurz geguckt und gesagt, es ist der Stress. Ich habe gerade auch wirklich viel zu tun, er wird vermutlich recht haben.«

Mit einem schnellen Handgriff hat Jomar ihr den Sitz weiter nach hinten geschoben, sodass sie nicht mehr so aufrecht sitzt. »Der Arzt aus der Klinik? Hat er sich nicht alles komplett angesehen?«

Lorena macht es sich bequem. »Nein, ich war bei einem anderen Arzt. Wir haben nicht mehr ... Ich fand es nicht richtig, zu dem Arzt zu gehen, Jomar. Ich kann mir das nicht leisten.«

Jomar schüttelt leicht den Kopf. »Der Arzt ist angewiesen, sich um dich zu kümmern, Lorena. Ich bezahle das, vergiss doch deinen Stolz in dieser Sache. Es geht um Amalia.« Er fährt ein wenig schneller. »Na gut, dann wird der Arzt jetzt genau feststellen, was los ist.«

Lorena muss lächeln. »Das ist lieb gemeint, aber nicht nötig, wenn ich mich hinlege, geht das wieder. Mein Arzt hat gesagt, solange ich nicht blute, ist es kein Notfall.«

Sein Blick verrät, was er von dem Arzt hält.

Ohne weiter darauf einzugehen, fährt Jomar direkt zu der Klinik. Lorena hat die Augen geschlossen und versucht sich zu entspannen, komischerweise gelingt ihr das auch relativ gut, obwohl er wieder viel zu schnell fährt.

Die Feier, der Tag, die Aufregung, weil Jomar plötzlich aufgetaucht ist und die Tatsache, dass sie jetzt in einem butterweichen gemütlichen Autositz sitzt, lassen Lorena nicht mehr lange durchhalten. Sie wird erst wieder wach, als Jomar zärtlich über ihre Wange streicht. »Wir sind da, komm, lass den Arzt mal nachsehen, ob auch wirklich alles in Ordnung ist.«

Müde steht Lorena auf, sie ist wirklich eingeschlafen. Jomar kommt, um ihr die Tür zu öffnen und hilft ihr aus dem Auto, als sich ihre Hände wieder berühren, muss sie an die Nähe denken, die sie schon geteilt haben und die sie vermisst hat. Lorena läuft neben ihm in die Klinik. Sobald die Krankenschwestern sie sehen und erkennen, kommen sie und bringen Lorena in einen Untersuchungsraum.

Bei ihrem Frauenarzt sitzt sie meistens um die zwei Stunden, um dann zehn Minuten untersucht zu werden. Hier schafft sie es noch nicht einmal, sich richtig hinzusetzen, da kommt schon der Arzt und hinter ihm wieder eine Krankenschwester mit diesem riesigen Ultraschallgerät. Lorena legt sich auf die Liege und erklärt dem Arzt, was los ist, wie oft sie Schmerzen hat und wie sich das anfühlt.

Lorena muss doch noch einmal aufstehen, sie wird gewogen, dann wird ihr Blut abgenommen und als sie sich wieder hinlegt, schiebt der Arzt ihr Top so hoch, dass es unter ihrem BH endet.

Jomar sitzt neben ihr, sie spürt seinen Blick auf ihrem Bauch, der in letzter Zeit ja deutlich gewachsen ist. Doch wie auch schon beim letzten Mal hier ist Jomar ruhig, er sagt nichts.

Sie würde zu gerne wissen, was jetzt gerade in seinem Kopf vor sich geht, was er vorhat, mit ihr zu besprechen, wie es überhaupt dazu kommt, dass er auf die Feier gekommen ist und diesen Kontakt, der die letzten Tage abgebrochen war, doch wieder aufbauen möchte.

Doch jetzt gerade sollte sie sich auf Amalia konzentrieren. Als der Arzt um ihren Bauch ein Band bindet, womit man die Herztöne hört und anfängt, das glibbrige Zeug zu verteilen, schiebt Jomar ihr ein Kissen unter den Kopf, damit sie es bequemer hat.

Der Arzt beginnt, sich Amalia anzusehen und Lorenas Herz explodiert fast vor Glück. Sie ist zuckersüß, man erkennt schon jetzt ihre feinen Gesichtszüge und während sie sie ansehen, dreht sich die kleine Maus einmal um sich selbst. Lorena wischt sich Tränen aus dem Gesicht und Jomar lächelt, als er das bemerkt.

»Sie ist eine sehr aktive kleine Prinzessin.« Der Arzt lacht leise und sieht sich alles an. Die Plazenta, die Blutversorgung und ob mit Amalia alles stimmt.

»Es ist alles bestens. Ihr geht es gut, wie Sie gerade sehen konnten. Wir versuchen mal, ein paar Bilder zu machen.«

Einige Minuten versucht der Arzt, ein Bild ihres Gesichtes zu machen, was schwierig ist, weil sie nicht still hält. Irgendwann lacht auch Jomar über Amalia. Sie ist zuckersüß, selbst im Bauch schon. Der Arzt schafft es trotzdem und macht gleich drei Bilder, die er Lorena gibt. Er trägt die Daten alle in ihren Mutterpass ein, den sie immer bei sich tragen muss und sieht sich auch die Herztöne an.

Als Lorena sich das glibbrige Zeig vom Bauch gewischt hat und wieder aufsetzt, kommen die Blutergebnisse, aber auch da ist alles in Ordnung.

Sie hat nur ein wenig Magnesium und Vitaminmangel, der Arzt setzt sich neben Jomar und sieht Lorena an.

»Ich denke, die Schmerzen kommen daher, dass sie nicht besonders viel zugenommen haben bisher. Ihr Bauch ist auch noch relativ klein, sie sind ja fast im fünften Monat und sie haben eine sehr aktive Tochter. Sie braucht Platz.

Dazu kommt der Vitaminmangel, Magnesium und auch Calcium fehlen, das kann auch solche Schmerzen auslösen.

Auch wenn viele das als überholt ansehen, sie essen jetzt für zwei, das bedeutet, sie müssen auch viel mehr Vitamine zu sich nehmen, brauchen mehr Schlaf und Ruhe. Ich denke drei, vier Tage absolute Ruhe brauchen sie auf jeden Fall. Sie müssen einfach viel schlafen, essen und dem Körper Ruhe gönnen. Arbeiten Sie noch?«

Lorena nickt und bindet sich einen Zopf. »Ich arbeite und ich kann in letzter Zeit auch schlecht schlafen, es ist sehr laut bei uns und ich werde ständig wach. Ich weiß, dass ich mehr und gesünder essen muss, doch ich bin zu faul, mir das zuzubereiten ... was heißt zu faul, zu müde einfach ... es ist ein komischer Kreislauf.«

Der Arzt nickt und schickt die Schwester los, um ihm bestimmte Tabletten zu holen. »Am liebsten wäre es mir, wir behalten sie für einige Tage hier, sie sind gut versorgt und bekommen die Ruhe, die sie brauchen.«

Lorena lächelt, sie weiß, dass das gut gemeint ist. »Das Krankenhaus hier ist sehr schön, wirklich, im Gegensatz zu dem, was ich schon alles gehört habe, ist das hier ja eher ein Luxushotel, doch ich kann das nicht. Es bleibt trotzdem ein Krankenhaus und ich würde ganz automatisch so schnell wie möglich hier raus wollen.«

Er nickt. »Versuchen Sie trotzdem, diese Ruhe zu bekommen, Sie brauchen das, auch wenn Sie nach Hause gehen. Ihre Tochter braucht das. Ich gebe Ihnen jetzt Tabletten, die wenigstens den Mangel an Vitaminen, Calcium und Magnesium decken. Außerdem bekommen sie gleich einen Termin in zwei Wochen, sie müssen jetzt regelmäßig zum Arzt, es ist ganz wichtig, dass sie gut versorgt sind.«

Lorena nickt nur noch müde, nimmt die Tabletten und verspricht dem Arzt, sich an alles zu halten. Natürlich weiß sie, dass sie ein paar Tage Ruhe braucht, sie spürt es, ihr Körper ist erschöpft, sie ist erschöpft, doch Lorena ist alleine für Amalia verantwortlich. Und es gibt noch so viel, was sie tun muss, bevor sie auf die Welt kommt, sie muss die Zeit nutzen, die sie noch hat und so viel Geld wie möglich verdienen. Lorena weiß jetzt schon, dass es schwer sein wird, diese Ruhe zu finden.

Sie verlässt kurze Zeit später neben Jomar das Krankenhaus wieder, vielleicht wäre es wirklich besser, hier zu bleiben, doch allein der Geruch in Kliniken schreckt sie ab.

»Amalia ist wirklich süß.« Jomar sieht auf die Bilder, die Lorena sich auf dem Weg zum Auto unter einer Straßenlampe noch einmal ansieht. Schon jetzt sieht man ihre herzförmigen Lippen und eine kleine Stupsnase. Die Augen sind geschlossen. Lorena lächelt und gähnt.

»Danke, dass du mich hergebracht hast, es war wirklich vernünftiger und jetzt weiß ich wenigstens, dass alles in Ordnung ist. Ich will nur noch ins Bett, ich bin so müde.« Sie steigt ins Auto und sieht, dass es schon drei Uhr nachts ist.

Jomar setzt sich zu ihr und gibt Gas. »Ich nehme dich mit zu mir! Dort hast du vollkommene Ruhe und musst dich um nichts kümmern, ich sorge dafür, dass du ein wenig zunimmst und deine Ruhe hast. Du arbeitest nicht, schläfst, isst und siehst dir deine Lieblingsserie an! Ich verstehe, dass du nicht im Krankenhaus bleiben möchtest, Cruz hasst es auch über alles, ins Krankenhaus zu gehen, aber du brauchst Ruhe und ich bezweifle, dass du die bei dir wirklich bekommst.«

Lorena will etwas sagen, doch Jomar ist noch nicht fertig. »Ich habe mehrere Schlafzimmer und du solltest auf den Arzt hören und dir eine Auszeit nehmen. Es sind nur ein paar Tage.« Lorena streicht über ihren Bauch.

Der Gedanke, einige Tage in einem schönen weichen Bett statt auf ihrer Couch zu schlafen, alles essen zu können, was sie möchte, seinen Pool zu benutzen und Zeit mit Jomar zu verbringen, hört sich verlockend an, doch was ist mit dem Abstand, den sie halten wollte? Das würde sie wieder an den Punkt bringen, an dem sie schon waren.

Lorena seufzt leise auf, wem macht sie eigentlich etwas vor? Lorena war sich so sicher, dass sie über all das hinweg ist, doch allein das Herzklopfen, als er auf der Feier erschienen ist, hat all die guten Vorsätze der letzten Tage zunichte gemacht.

Jomar lächelt mild über ihren Gesichtsausdruck und gibt Gas. »Ich werte das einfach mal als nicht ganz so überzeugte Zustimmung. Du wirst es nicht bereuen, mal einige Tage unterzutauchen bei mir, das verspreche ich.«

Sie sagt nichts dazu, lehnt sich zurück und sieht auf die Straße vor sich. Auch wenn ihr Magen wieder vor Aufregung kribbelt, ist sie sich trotzdem nicht sicher, ob sie es nicht am Ende doch bereuen wird.

Kapitel 10

Es ist ruhig, so ruhig, dass Lorena schnell die Augen öffnet und sie dann wieder schließt, als sie bemerkt, warum sie hier von solch einer friedlichen Stille umgeben ist.

Sie ist in Jomars Haus. An alles kann Lorena sich gar nicht mehr erinnern, sie ist auf dem Rückweg von der Klinik bis zu Jomar wieder fast eingeschlafen, dann waren sie schon da.

Lorena war bisher zweimal im Nechas-Gebiet, einmal im Gemeinschaftshaus und einmal in Cruz' Haus. Eigentlich war sie wirklich neugierig auf Jomars Haus, doch ihr Körper hat nicht mehr so viel Willen gezeigt wie sie, es war viel zu spät und sie zu erschöpft. Deswegen hat sie unten auch gar nichts weiter gesehen, es war alles dunkel.

Jomar hat sie nach oben gebracht, in das Schlafzimmer neben seinem. Alles, was Lorena gesehen hat, war das riesige Bett mit schöner weißer Bettwäsche und vielen Kissen.

Eigentlich wollte sie noch duschen und Jomar helfen, die Sachen aus dem Auto ins Haus zu bringen, doch als sie sich kurz hingelegt hat, um zu testen, wie weich das Bett ist, war es vorbei. Was danach passiert ist, hat sie nicht mehr mitbekommen, bis sie jetzt die Augen öffnet.

Es sind Jalousien heruntergelassen, trotzdem kann man alles erkennen und besonders, dass die Sonne schon kräftig scheint. Lorena setzt sich auf und sieht sich um. Sie liegt eingekuschelt in den vielen Kissen, Jomar muss sie zugedeckt haben.

Das Schlafzimmer ist groß, das hat sie gar nicht mitbekommen, als sie gestern hier hereingekommen ist. Es gehen zwei Räume ab, ein Kleiderschrank und ein Bad. Das komplette Zimmer ist mit einem weichen weißen Teppich ausgelegt, ein weißer Schreibtisch steht am Fenster und zwei verspiegelte Kommoden an der Seite.

Lorena lächelt, auf den Kommoden sind ihre Blumensträuße, Karten und Babygeschenke verteilt, zwei der fliegenden Luftballons sind auch noch da. Auch auf dem Schreibtisch sind noch Blumen und der rosa Teddy von Edmundo. Jomar muss das alles noch hier hereingebracht haben.

Lorena sieht auf den verspiegelten Nachttisch neben ihrem Bett. Dort liegt ihr Handy, ein Zettel und ein Haustelefon.

'Ich habe einen Termin, wenn du wach bist, wähle einfach auf dem Haustelefon die Nummer 1 und sag, dass du Lorena bist und das Frühstück gebracht werden kann. Und ruh dich aus!' Lorena streicht über den Zettel. Dieser Verrückte.

Sie nimmt das Haustelefon und tut, was er geschrieben hat, sie hat wahnsinnigen Hunger. Ein Mann nimmt an und antwortet mit einem einfachen »Okay« und »bis gleich.«

Nachdem sie das Haustelefon beiseite gelegt hat, sieht Lorena das erste Mal auf ihr Handy, es ist bereits zwölf Uhr mittags. Neben den Sachen von der Babyparty liegen auf dem Schreibtisch auch noch Kleidungsstücke: zwei Kleider, die etwas weiter geschnitten sind, ein Bikini, und neu eingepackte Unterwäsche.

Lorena nimmt sich den Bikini und das weiße Kleid und geht duschen. Es tut so gut und sie fühlt sich wirklich das erste Mal seit Langem richtig ausgeruht. Es gibt nur ein Shampoo, doch das riecht angenehm nach Beeren. Als sie fertig geduscht hat, bindet sie sich ihre Haare zu einem Zopf, cremt sich ein und verlässt das Zimmer.

Von diesem Flur gehen einige Räume ab, Lorena ist sehr neugierig auf Jomars Haus, doch sie hat sehr großen Hunger und hört auch, dass unten jemand ist, deswegen geht sie die Treppen hinunter.

Im unteren Bereich gibt es erst den Eingangsbereich, dann kommt man in einen Wohnbereich, von dem die Küche abgeht. Vor dem Wohnbereich ist noch ein überdachter Wintergarten angebaut, in dem ein großer Billardtisch steht.

Das Haus ist ähnlich eingerichtet wie das Haus von Cruz, wenn auch etwas mehr in grau, in warmen Weiß- und Brauntönen gehalten, statt wie bei Cruz, wo fast alles weiß ist.

In der Ecke des Wohnbereiches steht ein brauner Esstisch mit einer riesigen Obstschale darauf und über dem Tisch hängt ein großes Bild, was zwei ältere Menschen mit Jomar, Cruz und Savana zeigt.

Lorena geht näher hin und erkennt, dass die Geschwister noch etwas jünger waren und dass das ihre Eltern sein müssen, man sieht genau, dass sie alle drei eine gute Mischung ihres Vaters und ihrer Mutter sind.

Alle drei Geschwister haben etwas ganz Eigenes, doch trotzdem sieht man sofort, dass sie Geschwister sind und alle drei sind wunderschön. Die Eltern müssen sehr stolz auf sie sein. Jomar hat als Einziger die Locken seines Vaters.

Lorena sieht sich das Bild genau an. Die Art, wie sie zusammenstehen, wie sie glücklich in die Kamera strahlen, das Bild kann nicht sprechen oder seine Geschichte erzählen und doch sagt es so viel aus.

»Señora, das Frühstück ist bereit.« Lorena zuckt zusammen, sie hat völlig vergessen, dass sie Geräusche gehört hatte und sich jemand im Haus befindet. Ein Mann kommt aus dem Garten und deutet hinaus. Er lächelt und geht wieder aus dem Haus.

»Danke.« Lorena sieht ihm verdutzt hinterher, was für ein Service. Langsam geht sie durch den Wintergarten in den richtigen Garten, dabei betrachtet sie alles ganz genau.

Wow, sie weiß ja nicht, ob Jomar das täglich hat oder ob das jetzt extra für sie alles bereitgestellt wurde, doch wenn, dann ist das der reine Luxus, den Jomar täglich genießt.

Im Garten steht unter einem Vordach eine wunderschöne Rattansitzgruppe mit einem Esstisch, der komplett gefüllt ist. Lorena kann nicht glauben, dass das alles nur für sie sein soll.

Es gibt frisch gebackene Muffins, Pancakes, Croissants, Rühreier, Speck, frischen Orangensaft, Kaffee, Erdbeeren und Kirschen, Käse, Wurst, Marmelade. Es könnte sich niemand an den Tisch setzen und nicht alles finden, was man sich zum Frühstück wünschen kann.

Lorena hat ihr Handy dabei und macht ein Foto, was sie direkt an Kata schickt. Sie weiß, dass Wilmer gerade arbeitet und ruft sie gleich danach an, während sie als Erstes Eier isst und sich weiter im Garten umsieht.

Hier ist überall gepflegter Rasen, außer einem Steinplatz weiter hinten, an dem zwei Grills stehen. Jomar hat einen großen Pool, es gibt viele Liegen und einige Palmen, dazu überall Loungemöbel, es ist einfach nur perfekt.

»Wo zur Hölle bist du und wieso bin ich nicht auch da?« Lorena lacht und erzählt Kata aufgeregt von gestern, alles, vor allem davon, was sie mit ihrer Mutter besprochen hat, worüber sich Kata wahnsinnig freut.

Natürlich erzählt sie ihr auch, dass Jomar plötzlich aufgetaucht ist, sie ins Krankenhaus gebracht hat und sie jetzt bei ihm ist, um sich auszuruhen.

»Ausruhen? Ahaaaa … und habt ihr darüber gesprochen, also was jetzt mit euch ist?« Lorena legt den Teller mit Eiern und Speck weg und isst einen Muffin und Obst, dabei trinkt sie ihr zweites Glas Saft.

»Nein, noch nicht. Er ist nicht da, aber wenn ich jetzt hier bin, werden wir garantiert über alles reden, wobei ich gar nicht so genau weiß, ob ich das überhaupt möchte. Ich meine, was soll er auch sagen? Ich liebe dich und will dich und dein Baby? Dafür ist es wirklich noch zu früh.«

Kata lacht, auch sie scheint gerade etwas zu essen. »Da gibt es ja wohl noch etwas dazwischen. Zumindest sollte er sich entscheiden, ob er dich oder andere Frauen treffen möchte, das ist doch wohl nicht zu viel verlangt.« Lorena lehnt sich zurück. Nach dem

Muffin nimmt sie sich noch zwei Pancakes, so langsam kann sie nicht mehr.

»Eigentlich nicht, mal sehen. Ich werde mich deswegen nicht mehr verrückt machen lassen und mich nur noch um Amalia kümmern.« Lorena streicht über ihren Bauch und fragt Kata, wie es ihr geht. Sie sagt, dass sie schon ein paar Mal Wehen hatte, sie sind ins Krankenhaus gefahren, doch es waren nur Senkwehen.

Kata und Lorena beschließen, nachdem Lorena sich ein paar Tage ausgeruht hat, ein Treffen mit Katas Mutter zu vereinbaren. In vier Tagen hat Wilmer wieder eine Doppelschicht, da würde es sehr gut passen und bevor sie auflegt, verspricht sie, sich darum zu kümmern.

Sobald sie das Gespräch beendet hat, ist wieder diese Ruhe da. Sie legt den Kopf zurück und schließt einen Moment die Augen, herrlich, es ist wunderschön. Es vergehen einige Minuten, bevor Lorena die Augen wieder öffnet und aufsteht.

Sie bringt die Sachen vom Tisch ins Haus und sieht sich dabei die luxuriöse Küche an. Sie verstaut alles im Kühlschrank, mit Ausnahme der leckeren Muffins und dem Obst. Die Küche ist ein Traum, es gibt alles, die neuesten Geräte, der Kühlschrank ist so voll, dass sie kaum etwas unterbekommt. Es gibt sogar einen zweiten nur für die Getränke. Lorena findet teure Töpfe, doch man sieht, dass die noch nie benutzt wurden.

Ihre Neugierde wächst und sie sieht sich weiter unten um. Es gibt noch eine Abstellkammer und einen Fitnessraum. Überall gibt es Bilder mit Jomar und anderen Leuten, darunter auch bekannte Sänger. Lorena geht nach oben, sie will nicht herumschnüffeln, aber sie ist nun mal eine Frau und sie kann einfach nicht anders.

Oben sind vier Schlafzimmer, das, in dem Lorena schläft und zwei weitere, die so aussehen wie ihres. Es gibt auf der Etage noch ein Zimmer mit einem Whirlpool, einer Sauna, einer Massagebank und einigen Geräten. Auch eine große Dachterrasse und ein Büro gehen von diesem Stockwerk ab.

Lorena betritt das Büro. Hier ist alles edel und teuer eingerichtet, überall im Haus, doch hier sieht man das besonders stark.

Wertvolle Holzmöbel, ein großer schwarzer Stuhl, der an einen Thron erinnert. Es gibt einige Regale mit Akten und ein teurer Laptop steht auf dem riesigen massiven Holztisch.

Ein Board hängt an der Seite, auf dem einige Unterlagen und Zeitungsartikel angepinnt sind. Sie sieht sich einige davon an, auch wenn sie genau weiß, dass es nicht in Ordnung ist, was sie tut, sie sollte hier nicht so herumschnüffeln, doch sie ist auch wirklich neugierig auf Jomar und sein Leben.

Es sind Bilder und Berichte aus Mexiko von einer anderen Familia dort abgepinnt, viele einzelne Berichte, Bilder, einige Notizen, doch sie erkennt keine genauen Zusammenhänge, deswegen verlässt sie das Büro wieder und sieht in Jomars Schlafzimmer.

Es ist ähnlich wie ihres, ein großer Flachbildschirm ist noch schräg gegenüber angebracht und das Bett ist größer. Sie sieht, dass auch das Bad noch größer und luxuriöser ist, doch sie betritt das Schlafzimmer nicht, so weit geht sie dann doch nicht.

Als sie wieder in den Garten tritt, ist es so warm, dass Lorena sich das Kleid auszieht und in den Pool geht. Was für eine schöne Abkühlung.

Lorena kann mittlerweile eigentlich schon schwimmen, sie hat schon einige Bahnen geschafft, doch jetzt hier so alleine, schwanger und auch nicht so fit, wie sie sein sollte, bleibt sie lieber noch da, wo sie stehen kann und kühlt sich so ab, bevor sie sich auf eine Liege in den Schatten legt, tief ausatmet und die Augen schließt, herrlich, so könnte sie immer leben.

Das erste Mal seit langer Zeit ist Lorena wirklich komplett entspannt, sie schafft es nicht einmal mehr, die Augen zu öffnen und spürt, dass die Ärzte nicht unrecht haben, sie braucht diese Ruhe.

»Hey.« Lorena öffnet die Augen und sieht in Jomars Gesicht.

Sie setzt sich auf und er deutet ihr, dass das nicht nötig ist, er setzt sich zu ihr und Lorena fasst sich an die Stirn. »Ich bin nicht schon wieder eingeschlafen?« Er lächelt. »Doch und das ist ja auch der Sinn der Sache. Ich freue mich, dass du dich hier so wohl zu fühlen scheinst.«

Lorena sieht an sich herunter. Sie liegt im Bikini vor ihm und es ist ihr sofort unangenehm. Ist das nicht unsinnig? Sie hat hunderte Bikiniaufnahmen gemacht, sie hat eine sehr gute Figur, auch jetzt noch, ihre Beine sind schlank, sie hat genau die richtigen festen Rundungen, doch die kleine Kugel an ihrem Bauch ist es, die ihr das Gefühl gibt, zu frei vor Jomar dazusitzen, so unsinnig es auch sein mag.

Sie sieht ihm in seine schönen dunklen Augen. Wahrscheinlich findet er sie auch gar nicht sexy ... was soll das wieder? Was macht sie sich für Gedanken? Sie kann nicht wissen, was in seinem Kopf vor sich geht, sie müssen miteinander reden.

»Ich bin nur am Schlafen und am Essen.« Jomar deutet auf ihren Bauch. »Ich habe das Gefühl, er ist schon gewachsen und damit das auch weiter so geht, habe ich etwas mitgebracht. Ich muss gleich wieder los, aber ich wollte zusammen mit dir essen.«

Lorena steht auf, zieht sich das Kleid wieder an und folgt Jomar zu der überdachten Essecke, wo er einige Tüten abgestellt hat. »Möchtest du mich mästen?« Sie hilft ihm beim Auspacken und findet in vielen Behältern das leckere indische Essen aus dem Restaurant, in dem sie damals als Allererstes zusammen essen waren.

Damals war sie zwar schon schwanger, doch Jomar wusste es nicht, deswegen war es noch nicht so kompliziert zwischen ihnen wie jetzt.

»Danke, Jomar, auch dafür, dass du mich gestern zum Arzt gebracht hast. Es ist wirklich ein anderes Gefühl, von einem Arzt, der sich die Zeit dafür nicht nimmt, wirklich alles genau zu überprüfen, untersucht zu werden und einem Arzt, der sich die Zeit genommen hat, wirklich alles genau zu untersuchen.«

Jomar schiebt ihr noch etwas mehr Reis hin. »Du solltest den nächsten Termin auch wahrnehmen, stell dir vor, es passiert etwas und es hätte verhindert werden können durch die richtigen Kontrollen.«

Lorena nickt und muss lächeln, man könnte meinen, es sprechen gerade zwei werdende Eltern miteinander, für jeden Außenstehenden würde das gerade so aussehen, nur liegt die Sache zwischen ihnen ganz anders.

Amalia beginnt, sich in ihrem Bauch zu bewegen und Lorena streicht automatisch über die Stelle, offenbar freut sie sich, dass Mama so leckeres Essen zu sich nimmt. »Ihr scheint das Essen zu schmecken.« Jomar sieht hoch in Lorenas Augen.

Es scheinen unzählige Gedanken und Worte durch seinen Kopf zu schwirren, doch er lächelt nur mild. »Und, fühlt ihr euch hier wohl?«

Lorena hebt die Augenbrauen. »Zuhause hätte ich nur zwei, drei Stunden auf der Couch geschlafen und schon längst wieder gearbeitet, du lebst hier in einem kleinen Paradies und es ist so unglaublich ruhig.« Jomar sieht sich um. »Ja, manchmal fast schon zu ruhig. Ich bin eher selten hier allein, meist ist Cruz oder einer meiner Cousins hier oder ich bei ihnen, die Ruhe kann auch anstrengend sein.«

Lorena lacht leise auf. »Das sagst du nur, weil du nicht in einem hellhörigen Wohnhaus an der Straße lebst, eigentlich stört mich der Lärm gar nicht so, man gewöhnt sich daran, aber momentan bin ich sehr empfindlich.«

Jomars Handy klingelt, er sieht kurz darauf. »Ich muss gleich wieder los. Es kommt Ware an und ich muss zum Hafen, um zu über-

120

prüfen, ob auch alles in Ordnung ist. Es wurde uns gesagt, dass auf dem Weg einige Missgeschicke passiert sind und nun prüfe ich selbst lieber noch einmal alles. Eigentlich hatte ich gedacht, dass wir miteinander sprechen können.

Um ehrlich zu sein, hatte ich ein sehr sehr schlechtes Gewissen nach unserem letzten Treffen und allem, was dann passiert ist. Besonders als Cruz mir gesagt hat, dass du hin und wieder Schmerzen hast, kam ich mir irgendwie verantwortlich dafür vor. Ich möchte nicht, dass die Dinge zwischen uns so stehen, deswegen bin ich gestern auch gekommen.«

Lorena nickt nur leicht und sofort breitet sich ein gutes Bauchgefühl in ihr aus. Wieso denkst sie sofort wieder, dass Jomar sich alles anders überlegt hat, dass auch er diese Zärtlichkeit zwischen ihnen vermisst hat? Wieso bleibt sie nicht einmal, wenn es um Jomar geht, auf dem Boden und versucht erst einmal, klar zu denken? Wenn sie sich irrt und es doch anders ist, umso schöner, doch wieso fällt es ihr so schwer, bei Jomar klar zu denken, wie sie es sonst bei allen Männern vor ihm getan hat?

Ihr ist bewusst, dass die Tatsache, dass er zu der Feier gekommen ist und ihr diese wunderschönen Armbänder geschenkt hat, auch sehr viel mit einem schlechten Gewissen zu tun haben wird und nicht damit, dass er es sich überlegt hat und eine Beziehung mit ihr möchte. Werde doch endlich etwas realistischer, Lorena!

Lorena tadelt sich selbst in Gedanken und sieht wieder hoch, direkt in Jomars etwas belustigte Augen. »Bist du noch müde?« Lorena antwortet ehrlich. »Ja, aber es ist eine andere Art von Müdigkeit. Ich denke, wir finden die Zeit, uns über all das zu unterhalten.« Mehr weiß Lorena dazu nicht zu sagen. Sie benötigen dieses Gespräch unbedingt, sie braucht die Gewissheit, ob sie sich etwas einbildet und falsche Hoffnungen macht, dieses Hin- und Herüberlegen macht sie wahnsinnig und sie weiß auch, dass das allein an ihr liegt, dass sie einfach nicht entspannt an diese Sache herangeht, sondern sich selbst verrückt macht.

Jomar hat noch nicht richtig aufgegessen, da klopft es an der Tür und Dariel kommt herein, er begrüßt Lorena, nimmt sich etwas von Jomars Essen, schlingt es herunter und beide verlassen das Haus, da sie schon spät dran sind.

Jomar erklärt ihr noch kurz, wie sie den Fernseher bedient, er weiß, dass Lia und sie eine bestimmte Serie sehen und bei seinen Programmen kann man sich schon immer einige Folgen mehr ansehen, als bereits im Fernsehen ausgestrahlt wurden.

Als kurze Zeit später wieder alles ruhig im Haus ist, weiß Lorena nicht mal mehr, ob es so eine gute Idee war, herzukommen. Natürlich, es ist traumhaft hier, sie bekommt endlich die Ruhe, die sie braucht, doch sie ist sich nicht sicher, ob es ihr am Ende nicht sogar noch mehr wehtun wird als vorher.

Lorena packt alles vom Mittagessen zusammen, sie schreibt Lia eine Nachricht und geht noch einmal in den Pool, lässt sich in der Sonne trocknen, bevor sie sich wirklich auf die große, weiche Couch legt und sich die Folgen der Serie ansieht, die sie bisher noch nicht gesehen hat.

Auch während der letzten Wochen hat sie die Serie weiter verfolgt, nachdem sie in ihrer Zeit als Model in Mexiko völlig ausgesetzt hat, doch immer mehr spürt sie, dass diese Serie nicht mehr die gleiche Wirkung auf sie hat wie damals, als Lia und sie sich in ihrem Dorf, in ihrem alten Leben, jeden Tag vor dem Fernseher eingefunden und diese halbe Stunde in sich aufgesogen haben.

Es ist nicht die Serie, die sich verändert hat, sie haben es.

Damals im Dorf war ihre Sicht noch eingeschränkter, all das, was in der Serie passiert ist, hat sie schwer beeindruckt. Lorena hat es geliebt, dieses immer gleiche Schema, je komplizierter die Dinge zwischen zwei Menschen liegen, desto schöner wird das Ende.

Jetzt, mit all den Erfahrungen, die sie gesammelt hat, mit ihrer neuen Sicht, ihrem freien Leben, passiert es immer öfter, dass sie nur müde über die Handlungen der Serie lachen kann, und wenn komplizierte Beziehungen wieder in den schönsten Hochzeiten enden, weiß sie, dass das nicht das reale Leben ist.

Als sie jetzt hier bei Jomar auf der Couch liegt, fragt sie sich das erste Mal, ob es nicht damals, als sie noch so naiv und neugierig auf die Welt und all diese Geheimnisse geblickt hat und hungrig nach den Erfahrungen war, besser war als im Hier und Jetzt? Mit all den Dingen, die Lorena erlebt und gesehen hat, mit den Gefühlen, die sie durchlebt hat, in der Realität zu liegen, es fühlt sich zumindest so an.

Kapitel 11

Dieses Mal schläft Lorena wieder etwas unruhiger, zumindest träumt sie wirre Sachen, von ihrer Zeit im Dorf und dass sie nicht ins Flugzeug gestiegen, sondern im Dorf geblieben ist. Es war merkwürdig, trotzdem ist alles eingetroffen, ihr Vater ist umgebracht worden, doch dieses Mal war sie da.

Lia und sie sind nach San Juan gezogen und sie hat Jomar wiedergesehen. Lorena kann spüren, wie glücklich sie ist, sie sieht in Jomars Augen, wie sehr er sie liebt, sie spürt, wie wohl sich Lorena bei ihm fühlt und erlebt mit, wie die Liebe zwischen ihnen wächst und sich aufbaut.

Doch auch wenn Lorena in diesem Moment noch so glücklich ist, plötzlich überkommt sie ein ganz anderes Gefühl, ein Gefühl, welches sie so noch niemals zuvor verspürt hat, eine Angst, die sie lähmt, eine Trauer, die ihr den Atem raubt.

Sie dachte, der Tod ihres Vaters wäre das Schlimmste, was sie jemals gefühlt hätte, doch dieses Gefühl raubt ihr so sehr den Atem, dass sie zu schluchzen beginnt und sich an den Bauch fasst.

All das Glück, all die Liebe, all das verliert seine Bedeutung, als sie begreift, dass es Amalia nicht gibt. Sie schreit auf, wo ist ihr Baby?

Das ist der Moment, in dem Lorena panisch wach wird, sie japst nach Luft und setzt sich auf, nur um zu bemerken, dass sie bei Jomar auf der großen weichen Couch liegt. Es ist bereits dunkel, Lorena atmet tief ein und aus, als sie an ihren Bauch fasst und begreift, dass es nur ein Traum war, Amalia ist da, ihr geht es gut.

»Ist alles in Ordnung?« Lorena sieht neben sich, wo Jomar sich aufsetzt, sie ist zugedeckt und offenbar hat er sich zu ihr gesetzt und sie beim Schlafen beobachtet und muss dabei selbst eingeschlafen sein, zumindest wirkt es so, als er sie jetzt verwirrt aus halb offenen Augen ansieht.

»Ich habe geträumt, dass Amalia ... sie war nicht mehr in meinem Bauch und ...« Noch immer bekommt Lorena keine Luft und kann nicht aufhören, ihren Bauch zu streicheln und da weiß sie, dass auch wenn sie sich noch nicht so intensiv mit ihrer Schwangerschaft beschäftigt hat ,wie andere Schwangere es tun, auch wenn sie nicht von Anfang an Freudentänze wegen ihrer Schwangerschaft aufgeführt hat, selbst wenn bei Weitem nicht alles perfekt ist, sie Amalia schon jetzt über alles liebt und auch, wenn Lorena es nicht wirklich gemerkt hat, ist sie schon jetzt zum wichtigsten Menschen in ihrem Leben geworden.

Das spürt sie nach diesem Traum so sehr, dass ihre Hand allein beim Gedanken daran nicht mehr aufhören kann zu zittern.

Jomar ist völlig verschlafen, doch er merkt, dass Lorena aufgewühlt ist und kommt zu ihr. »Komm her, es ist alles gut.« Er legt sich hinter sie und umfasst sie mit seinen Armen. Auch wenn noch nicht alles zwischen ihnen geklärt ist und Lorena noch immer schneller atmet, beruhigt sie seine Nähe sehr schnell. Ihr Rücken liegt an seiner Brust und sie spürt seinen Herzschlag.

Wieder umhüllt sie dasselbe Gefühl wie beim ersten Mal, als sie sich näher gekommen sind. »Besser?« Jomars raue Stimme dringt leise zu ihr und ein wohliger Schauer bildet sich auf ihrem Nacken. »Ja, ich habe nur ... ich hatte Angst, dass ich Amalia verloren habe und das hat mich ... es war schrecklich.«

Jomars Arm, der Lorena umfasst hat, löst sich leicht, sodass er seine Hand auf ihren Bauch legen kann. Ihr Kleid ist beim Schlafen hochgerutscht, Jomar fasst darunter, dabei liegt seine Hand auf ihrem nackten Bauch. »Ich würde nicht zulassen, dass Amalia etwas passiert. Ich verspreche es dir. Schlaf weiter, Lorena, du brauchst die Ruhe. Ich passe auf euch beide auf.«

Lorena lächelt, Jomars Stimme ist nur sehr leise, er schläft noch halb und es dauert auch nicht lange, da hört sie an seinem gleichmäßigen Atem, dass er wieder eingeschlafen ist, doch seine Worte und die Geste, dass er seine Hand an ihren Bauch hält, lassen

Lorena erneut spüren, wie sehr sie sich wünscht, ihn bei sich zu haben, dass sie eine Chance haben.

Auch wenn Lorena weiß, dass das, was sie gerne möchte, nicht das ist, was in der Realität passieren wird, legt sie ihre Hand auf seine und verschränkt ihre Finger.

Es ist, als würden sie beide gemeinsam über Amalia wachen und dieses Gefühl, die Wärme, der Geruch und die Nähe von Jomar lassen Lorena auch nur wenige Minuten später wieder in einen tiefen Schlaf fallen, aus dem sie dieses Mal erst am nächsten Morgen wieder erwacht.

Als sie dann aber aufwacht, ist sie sofort komplett wach. Ihr wird bewusst, wie eng und vor allem wie vertraut Jomar und sie die Nacht verbracht haben. Sie spürt seinen Atem in ihrem Nacken, seine Brust an ihrem Rücken, seine Hand ruht noch immer auf ihrem Bauch und Lorena schließt einen Augenblick erneut die Augen.

Ihr Vorhaben, auf Abstand zu bleiben, hat wunderbar geklappt.

Lorena nimmt noch einmal alles in sich auf, die Stille, Jomars Anwesenheit, diese Wärme, die sie umgibt und vor allem dieses Gefühl der Zufriedenheit, dann erst wendet sie sich langsam und vorsichtig zu Jomar um. Sie will aufstehen und duschen gehen, doch sie kann einfach nicht anders. Sie dreht sich so, dass sie ihm ins Gesicht gesehen hat.

Ganz automatisch legt sich ein Lächeln auf ihre Lippen. Er sieht niedlich aus, wenn er schläft und bei einem Mann wie Jomar, der hier mit einem traumhaften Körper vor ihr liegt, ist es schon sehr ungewöhnlich, ein Wort wie niedlich zu verwenden, doch genau das passt.

Lorena betrachtet sein hübsches Gesicht, er schläft und so hat sie alle Zeit, sich alles genau anzusehen, ohne dass er denkt, eine kleine Psychopathin schlummert in ihr. Sie betrachtet seine vollen Wimpern, seine gerade Nase, seine schön geschwungenen Lippen. Sie bemerkt das erste Mal eine dünne Narbe, die von seinem rechten Haaransatz bis fast zur Schläfe geht. Man sieht sie nur, wenn man so nah an ihm dran ist, sie ist wirklich sehr fein, doch das muss mal eine tiefe Schnittwunde gewesen sein.

Jomar trägt nur eine Sportshorts, sein Shirt liegt über der Couch, er muss es abends ausgezogen haben, als er sich zu ihr gesetzt hat. Sie betrachtet seine Tattoos auf der Brust 'Bereue nichts' und muss wieder an die Zärtlichkeit zwischen ihnen denken.

Es ist ihr inneres Gefühl, was ihr genau sagt, dass Jomar nicht bereit ist, sich auf sie und das Baby einzulassen, auch wenn er jetzt bei ihr ist und auch, wenn er selbst es vielleicht noch gar nicht so genau weiß. Sie spürt es, sie weiß, dass das einfach ein Schritt zu viel ist und ein Mann wie Jomar diesen Schritt eher nicht gehen wird, nicht so schnell, nicht so früh, sie weiß es, auch wenn sie das Gespräch noch nicht hatten, einfach nur, weil ihr Bauchgefühl ihr das sagt.

Deswegen weiß sie auch, dass sie es bereuen wird, doch sie kann nicht, sie möchte diese Nähe noch einmal spüren und statt aufzustehen und duschen zu gehen, legt Lorena ihren Kopf an seine nackte Brust, spürt seine Wärme an ihrer Wange, inhaliert diesen wunderbar würzigen Geruch, den sie so anziehend findet und hört auf den ruhigen Herzschlag dieses wilden Mannes, der so viel Macht hat, dass er eigentlich unnahbar sein sollte und dennoch liegt sie nun hier mit ihm.

Lorena schließt die Augen und genießt all das. Genau in diesem Moment muss Jomar spüren, dass sie sich umgelegt hat. Er öffnet seine Augen nicht, doch sein Arm legt sich wieder um sie und als er merkt, dass Ihr Gesicht ihm zugewandt ist, finden seine Lippen ihre Stirn, er küsst sie zärtlich, drückt sie ein wenig enger an sich und schläft weiter.

Lorena schließt erneut die Augen, es wäre so perfekt, er wäre so perfekt, doch natürlich ist das Leben einfach nicht perfekt.

In dieser friedlichen Stille, dieser vertrauten Nähe zu Jomar und dem Wissen, dass niemand es bemerken wird, lässt Lorena es zu.

Sie lässt die Tränen zu, die ihr aus den Augen entweichen, sie lässt diese Gefühle zu, denn sie weiß, dass sie sich in diesen Mann verliebt hat.

Eine ganze Weile bleibt sie noch bei ihm liegen, doch dann entweicht sie vorsichtig seinen Armen und geht nach oben. Sie sieht auf die Kleidungsstücke, die ihr noch zur Verfügung stehen und hat keine Lust, wieder ein zu großes Kleid anzuziehen. Ein schwarzer Bikini und eine Hotpants liegen noch da, die nimmt sie an sich, da fällt ihr ein, dass sie in diesem Trainingsraum auch einen kleinen Kleiderschrank gesehen hat.

Sie geht in den Raum und findet wirklich ein paar Shorts und auch Sneakers darin. Wahrscheinlich bewahrt Jomar hier einige Klamotten zum Trainieren auf. Lorena entdeckt mehrere Basketballtrikots, auch ein weiß-rotes von Jordan, es ist groß, doch Lorena hat das schon öfter bei Frauen gesehen und weiß, wie sexy das aussehen kann, deswegen nimmt sie sich das Trikot und geht ins Bad. Unter der Dusche schafft sie es dann auch wieder, diese Gefühle ihrer Verletzbarkeit ein wenig von sich zu schieben, es ist besser so, sie musste das schon einige Male in ihrem Leben machen und es fällt ihr auch nicht schwer, das zu tun.

Sie bleibt lange unter der Dusche und nachdem sie sich eingecremt, die schwarze Bikinihose, darüber die Hotpants, das schwarze Push-up-Bikinioberteil und das Trikot angezogen hat, sieht sie zufrieden in den Spiegel.

Das Trikot geht ihr bis unter den Po, es ist weiter, sodass man ihren Babybauch nur erahnt, doch durch die Weite sieht man ein wenig des Push-up-Oberteils und das wirkt sehr sexy, dazu ihre immer noch schlanken Beine, Lorena gefällt das Outfit sehr. Sie hatte ein wenig Lipgloss, Rouge und Wimperntusche in ihrer Handtasche, die sie nun aufträgt, legt ihre Kreolen an und bindet sich ihre Haare zu einem hohen Zopf.

Zufrieden geht sie zurück ins Schlafzimmer und hört von unten Stimmen, mehrere, auch die einer Frau. Jomar muss schon wach sein, Lorena bleibt an der Tür stehen und will horchen, wer da unten ist und was sie besprechen, um zu entscheiden, ob sie noch oben wartet oder schon hinuntergeht, doch da klingelt Lorenas Handy, das sie zum Glück mit hochgenommen hat.

Sie geht von der Tür weg und nimmt das Gespräch an, es ist Lia, die ihr gestern gar nicht auf die Nachricht geantwortet hat. Sie fragt, wie es Lorena geht, sie weiß schon, dass sie bei Jomar ist, doch Lorena hört sehr schnell, dass es ihrer Schwester nicht gut geht. Als sie ihr erklärt, was passiert ist und dass sie jetzt ein paar Tage bei Jomar ist, um sich auszuruhen, fragt sie auch gleich nach, was bei Lia ist und wieso sie sich so erschöpft anhört.

Lia spielt es herunter, sie sagt, dass sie auch etwas Ruhe braucht und Lorena sich keine Sorgen machen soll, sie soll sich ausruhen. Cruz ist bei ihr und dass er sich gut um ihre Schwester kümmert, weiß Lorena ja mittlerweile sehr genau. Während Lorena mit Lia spricht, hört sie, wie Jomar aus dem Nebenzimmer kommt, er muss im Bad gewesen sein, er geht nach unten und die Stimmen werden noch lauter.

Lorena und Lia beenden das Gespräch. Sie sagt, dass sie heute oder morgen zurück nach Hause geht und dann direkt zu Lia kommen wird. Die Stimmen werden leiser, aber sie verstummen nicht, was bedeutet, dass sie sicherlich in den Garten gegangen sind. Jomar weiß ja, dass Lorena wach ist, also würde es auch komisch aussehen, wenn sie sich jetzt hier verstecken würde und wieso sollte sie das auch tun?

Sie geht barfuß nach unten und hatte recht. Jomar, ein Mann und eine Frau sitzen im Garten an dem wieder mehr als reichlich eingedeckten Tisch und sehen zu ihr, als sie hinaustritt. Da erkennt Lorena auch, dass der Mann Jomars Cousin Caleb ist. Neben ihm ist eine bildhübsche Blondine, die sie freundlich anlächelt.

Auch Caleb lächelt, allein Jomars Blick kann Lorena weder deuten noch einschätzen, sie begrüßt die Frau, die ihr als Babsi vorgestellt wird.

Lia hat ihr schon von Babsi erzählt und die erkennt auch gleich, dass Lorena Lias Schwester ist, womit zwischen ihnen sehr schnell das Eis gebrochen ist. Sie begrüßt auch Caleb und setzt sich dann neben Jomar.

»Ich habe schon ein paar Frauen bei dir gesehen, Jomar, doch genau wie bei Cruz und Lia habe ich auch jetzt das Gefühl, dass das hier etwas komplett anderes ist.« Jomar gießt Lorena Orangensaft ein und schmunzelt nur leicht.

Babsi fragt Lorena begeistert, woher sie das Oberteil hat und erklärt, wie gut ihr das steht und wie sexy sie diese Idee findet. Lorena sieht zu Jomar und sagt, dass sie es ihm gerade aus dem Trainingsraum gestohlen hat. »Es steht dir auf jeden Fall viel besser als mir.« Jomar hat offenbar kein Problem mit ihrem Diebstahl.

Als Babsi erfährt, dass Caleb davon auch einige hat, verkündigt sie, dass sie ihm diese auch klauen wird. Lorena spürt sehr schnell, dass sie sich gut mit Babsi verstehen wird.

Jomar erklärt ihr, dass Caleb und er ein paar Unterlagen überprüfen müssen und einige neue Bestellungen in Auftrag geben wollen, sie aber heute von hier aus arbeiten werden. Babsi weiß das alles offenbar schon und fragt Lorena, ob sie beide solange zum Strand gehen wollen. Der ist am Gemeinschaftshaus, wo Jomar und Caleb die Sachen erledigen wollen.

Lia hat ihr erzählt, dass das Gebiet an einem Strandabschnitt endet und da sie eh nichts Besseres vorhat, als sich Serien anzusehen, sagt sie zu. Sie liebt das Meer und am Strand zu liegen wird sie sicherlich nicht anstrengen. Babsi freut sich, sie frühstücken zusammen, wobei Jomar und Lorena kein Wort miteinander reden, fast so, als wäre ihnen beiden die Nähe in der Nacht jetzt am Tage unangenehm. Was es natürlich nicht ist, die Nähe war einfach nur wunderschön. Es ist ein komisches Gefühl und Lorena ist dankbar, dass Caleb und Babsi da sind und die Stimmung auflockern.

Allerdings gehen die beiden nach ein paar Minuten schon wieder, Babsi will noch ein paar Sachen für den Strand zusammensuchen und Caleb noch Papiere besorgen, Jomar sagt, dass sie gleich zum Gemeinschaftshaus kommen und die beiden gehen.

Sobald die Tür ins Schloss gefallen ist, sieht Jomar ihr in die Augen und lächelt. »Ich habe Amalia heute Nacht gespürt.« Lorena legt automatisch die Hand an ihren Bauch. »Wirklich?« Er nickt. »Ja, ich hatte meine Hand auf deinem Bauch und plötzlich habe ich sie gespürt, erst dachte ich, du hast Schluckauf oder etwas ähnliches, doch dann habe ich gemerkt, dass sie es war.«

Jomars Augen glänzen ein wenig und er scheint immer noch überrascht darüber zu sein. »Wenn Lia das erfährt, bringt sie dich um.« Lorena lächelt und legt ihre Gabel auf den Teller. Sie ist vollständig satt und hat jetzt schon das Gefühl, seit gestern mindestens zwei Kilo zugenommen zu haben. Sie ist froh, dass es doch nicht so beklemmend zwischen ihnen ist, wie es gerade den Eindruck gemacht hat.

»Ich wollte dich eigentlich wecken, doch du hast sehr fest geschlafen.« Lorena lächelt und sie ist sich sicher, dass in diesem Moment auch ihre Augen ein wenig glänzen.

»Ich habe mich sehr wohl gefühlt und seht gut geschlafen.« Sie ist einfach nur ehrlich und würde nur zu gern wissen, ob er noch etwas dazu sagen will, doch genau in diesem Moment piept sein Handy und er sieht auf das Display.

»Ich muss noch etwas aus dem Büro holen. Ist es in Ordnung, wenn du an den Strand gehst? Wenn nicht, verschiebe ich das und ...« Lorena steht auf und will abräumen. »Nein, das musst du nicht. Ich habe kein Problem, mit Calebs Freundin etwas Zeit zu verbringen, sie soll ja sehr nett sein.«

Jomar steht auch auf, greift nach ihrer Hand und nimmt ihr den Teller, den sie auf die anderen stapeln wollte, aus der Hand. »Das macht jemand anderes und Babsi ist nicht seine Freundin. Sagt er zumindest. Keine Ahnung, was da zwischen ihnen ist, aber es ist auf jeden Fall kompliziert.«

Er nimmt Lorena mit ins Haus zurück, dabei lässt er ihre Hand nicht los. »Irgendwie habe ich das Gefühl, dass es bei euch Nechas-Männern immer ein wenig kompliziert ist.« Jomar lacht leise auf. »Da könntest du sogar recht haben.«

Er geht nach oben und holt sich die Papiere, die er noch braucht, Lorena zieht sich ihre Flipflops über und zusammen laufen sie zu dem Gemeinschaftshaus, in dem Lia und sie vor einigen Monaten alles für das Buffet einer Feier vorbereitet haben.

Während sie jetzt zum Haus laufen, bleibt Jomar dicht bei ihr, aber er hält ihre Hand nicht. Jeder hier begrüßt sie, sie bleiben immer wieder stehen und Jomar spricht mit einigen seiner Männer, es dauert etwas, bis sie beim Haus ankommen, man lebt hier fast noch dichter zusammen als in ihrem Dorf.

»Es ist noch gar nicht so lange her, als ich mit Lia hier war, ich war so aufgeregt und wollte unbedingt mit ihr tauschen und ihren Job annehmen.« Jomar hält ihr die Tür auf. »Ich glaube, da lief schon etwas zwischen Cruz und Lia. Es ist wirklich noch nicht lange her.«

Lorena bleibt stehen und sieht sich um. Als sie das erste Mal hier hereingekommen ist, dachte sie, sie wäre in einem Palast, sie hatte noch nie solch ein Haus gesehen und war komplett beeindruckt, jetzt sieht sie, dass das hier zwar auch sehr luxuriös ist, doch es ist nichts im Vergleich zu den Häusern, in denen die Männer leben und es kommt ihr auch nicht mehr so riesig vor wie an dem Tag.

Es ist schon eigenartig, wie sich die Sicht auf die Dinge mit ein wenig Zeit und Erfahrung ändern kann.

»Auch wenn es noch nicht lange her ist, diese Zeit scheint für mich ewig lange her zu sein.« Lorena will es nicht, doch diese Erkenntnis macht sie traurig, das scheint auch Jomar zu spüren, denn plötzlich legt er den Arm um sie.

»Zeiten ändern sich, das ist der Lauf des Lebens. Du weißt, wie ich darüber denke, bereue nichts, nicht eine Zeit deines Lebens, lass das nicht zu, all das führt dazu, wer jetzt hier steht, das darfst du nie vergessen.«

Lorena wendet sich zu ihm, doch in dem Moment kommen Caleb und Babsi auch ins Haus. »Ach, ihr seid schon da, wunderbar. Ich habe uns etwas Leckeres zusammenstellen lassen. Komm, lassen wir die beiden mal arbeiten. Wie geht es eigentlich Lia? Ich habe sie jetzt schon eine Weile nicht mehr gesehen.«

Ohne dass Lorena noch etwas zu Jomar sagen kann, hakt sich Babsi bei ihr ein und führt sie zum Strand. Es ist wunderschön hier, ein kompletter Strandabschnitt, der nur für die Nechas ist. Viele Liegen stehen unter Palmen am Strand, an denen auch Hängematten und andere Sachen zum Ausruhen angebracht sind.

Dann gibt es mehrere Loungemöbel verteilt über den weißen Sand, im Meer ist eine riesige Rutsche aufgebaut und auch einige Spielmöglichkeiten für Kinder, aber auch viele kleine Boote, Jetskis und andere Dinge stehen und schwimmen hier herum.

Es ist ein kleines Paradies. Drei Männer starten gerade Jetskis, sie grüßen sie kurz von Weiten und fragen, ob sie mit ihnen zusammen aufs Meer fahren wollen, doch Babsi und Lorena schütteln den Kopf und machen es sich auf einer Lounge-Sitzinsel bequem.

Es ist eine ähnliche wie auch an dem Strand, wo sie mit Jomar und dann mit Kata gegessen hat, auch hier schützen sie Tücher vor Blicken und auch vor der direkten Sonne.

Babsi hat einen Korb dabei, aus dem sie Getränke und Obst holt. Lorena lehnt sich zurück und sieht aufs Meer. »Es ist wunderschön hier, oder?«

Babsi nickt. »Die Jungs haben sich hier wirklich ein Paradies aufbauen lassen, ich bin sehr gerne hier bei Caleb, also von Lia und Cruz weiß ich ja schon, dass es ähnlich kompliziert ist wie bei Caleb und mir. Was ist da zwischen Jomar und dir? Caleb hat mir

134

nur gesagt, dass er das Gefühl hat, Jomar mag dich sehr, was man bei einem Mann wie ihm nicht unterschätzen sollte.«

Lorena lächelt, nimmt sich ein paar Weintrauben und sieht vom Meer zu Babsi. Sie kann gar nicht verstehen, wieso das zwischen Caleb und ihr so kompliziert sein soll, sie haben doch gar nichts, was zwischen ihnen steht.

»Ich denke, zwischen Jomar und mir ist es leider noch einmal komplizierter als im Normalfall. Wieso ist es denn überhaupt so schwer, mit einem Mann der Nechas eine Beziehung einzugehen?«

Babsi zieht sich ihr Kleid aus und Lorena sieht auf ihren perfekten Körper. Lorena fragt sich, ob sie nach der Schwangerschaft auch wieder so aussehen wird, sie hat sich extra ein ganz besonderes Öl gekauft, was Schwangerschaftsstreifen verhindern soll, bisher liegt es leider noch eingepackt in ihrem Bad, sie muss unbedingt anfangen, es zu benutzen.

Die hübsche Blondine atmet tief ein und schüttelt den Kopf. »Ich meine, dass es nicht einfach ist, mit einem Mann eine ernste Beziehung aufzubauen, liegt einfach in der Menschheit, daran verzweifeln Frauen aus allen Ländern und Altersgruppen, doch die Männer der Nechas haben einfach alles.

Sie sind satt, haben mehr Geld, als sie ausgeben könnten, mehr Macht, als es für einen normalen Menschen gut ist und können am Tag drei neue Frauen haben.

Dann kommt da eine Frau, die ihnen besonders gut gefällt, doch ist es das wert, all das aufzugeben, ihr Leben komplett umzukrempeln? Sich auf etwas Festes einzulassen umd ihr einfaches Leben kompliziert zu machen?

Das ist, denke ich, das Problem der Männer und na ja, dass es für eine Frau, die nicht aus solch einem Leben kommt, nicht selbstverständlich ist, mit einem Mann auszugehen, der immer eine Waffe mit sich trägt, so gut wie jeden Tag sein Leben aufs Spiel setzt und der eigentlich die Nechas an erster Stelle setzen muss, kennst du ja sicherlich schon von Lia, die Bedenken, die all das so mit sich bringt.«

Lorena nickt, sie hat die vielen Zweifel ihrer Schwester hautnah miterlebt und ihr eine ganze Weile selbst abgeraten, auch jetzt weiß sie, dass ihre Schwester nicht absolut sicher ist, ob sie mit alldem umgehen kann.

»Wieso ist das zwischen dir und Jomar nochmal komplizierter?«

Lorena streicht über ihren Bauch. Sie zieht sich nicht aus, sie hat nicht vor, in die Sonne zu gehen und sie muss jetzt auch nicht jedem ihren nackten Babybauch zeigen.

»Ich bin schwanger.« Babsis Augen weiten sich. »Das habe ich gar nicht gesehen, jetzt, wo du es sagst, wie schön … Caleb hat mir auch gar nichts gesagt, aber dann ist es ja doch eigentlich …«

Es wird nicht das letzte Mal sein, doch jetzt, als sie das erste Mal so offen davon spricht, fühlt es sich sehr merkwürdig an.

» … Es ist nicht Jomars Baby. Ich bin nicht von ihm schwanger und ich weiß nicht, ob Caleb überhaupt weiß, dass ich schwanger bin.«

Babsis Augen sehen sie überrascht an. »Oh.« Da muss Lorena jetzt durch und sie erklärt in kurzen Worten, wie sie Jomar kennengelernt hat und was dann alles passiert ist.

»Also ja, wir mögen uns und er hilft mir viel, doch ich bezweifle, dass das zwischen uns etwas Festes wird, nicht unter diesen Umständen. Ich weiß noch nicht so wirklich, was Jomar über all das denkt, ich habe das Gefühl, er musste das erst einmal verarbeiten. Wir wollen darüber sprechen, wenn wir mal die Zeit dafür finden.«

Lorena lächelt matt, sie erkennt an Babsis Gesichtsausdruck, dass auch sie nun begriffen hat, dass das zwischen Jomar und ihr wirklich noch einmal komplizierter ist, doch dann zieht die hübsche Blondine ihre Stirn ein wenig kraus und sieht Lorena fest in die Augen.

»Aber wieso fragst du dich, was Jomar will? Was willst du? Hast du dir darüber wirklich Gedanken gemacht, ob du für dich und dein Baby dieses Leben mit den Nechas überhaupt möchtest?

Kapitel 12

Mit dieser Aussage hat sie Lorena jetzt komplett aus dem Konzept gebracht, das muss sie auch bemerken. Nein, um ehrlich zu sein, denkt Lorena immer nur daran, ob Jomar sich eine Beziehung vorstellen kann. Für sie ist ihre Schwangerschaft das Hindernis, sie hat noch nie darüber nachgedacht, was wäre, wenn sie wirklich eine Beziehung eingehen würden, weil es so wenig danach aussieht, dass sie die Gedanken daran nie zulassen wollte. Babsi erkennt Lorenas Unsicherheit und setzt weiter an.

»Ich meine, eine Beziehung mit einem Mann der Nechas als normale Frau einzugehen, ist schon immer ein Risiko, doch das auch noch mit einem Baby und dann nicht irgendeinen Mann der Nechas, sondern einen der Anführer?

Wenn du hier mit der Kleinen lebst, wird sie niemals eine normale Kindheit haben, hast du dir das auch gut überlegt? Ich habe mich in Caleb verliebt und versuche, mich an das Leben, was er hier führt, zu gewöhnen, doch mir fällt das wirklich schwer. Ich meine, ich sehe, dass hier Kinder leben, doch so ganz vorstellen kann ich mir das nicht. In welchen Kindergarten soll die Kleine gehen? Braucht sie immer Schutz?

Die Schwester von Jomar und Cruz hat meistens einen der Männer um sich herum, willst du mit so etwas leben? Ich nicht! Ich habe so oft mitbekommen, wie Geschäftsessen ausgeartet sind, dass ich selbst immer wieder den Kontakt zu Caleb abbreche. Ich mag ihn mittlerweile schon zu sehr, irgendwie finden wir immer wieder zusammen und ich will dir auch gar nicht sagen, ob du mit Jomar zusammenkommen sollst oder nicht, doch ich finde, bevor du dir Gedanken darüber machst, ob er eine Beziehung mit dir eingeht, musst du dir überlegen, ob du überhaupt eine Beziehung mit ihm führen könntest.«

Lorena kommt sich in diesem Moment wieder so unvorbereitet vor, Babsi hat völlig recht, was macht sie sich die ganze Zeit wegen

Jomar Gedanken und denkt nicht einmal daran, was für sie und Amalia das Beste ist.

»Wieso kann das Leben nicht einfacher sein? Immer wieder siehst du über eine Mauer und entdeckst zehn weitere.«

Lorena sieht wieder frustriert zum Meer und Babsi lacht leise auf. »So ist das Leben. Gib nicht auf. Auch das mit Jomar bedeutet ja nicht, dass du dich dagegen entscheiden sollst, ich habe beim Frühstück gesehen, wie er zu dir ist und ich habe Jomar schon mit so einigen Frauen gesehen, aber noch nie hat er sich so verhalten wie bei dir. Ich weiß ja nicht, wie stark deine Gefühle für ihn bereits sind ...«

Lorena seufzt leise auf. »So stark, dass ich auch schon einige Male fest entschlossen war, Jomar nicht mehr zu beachten und genau wie du liege ich jetzt auch hier.« Babsi lacht und gibt Lorena ein Glas Saft und nimmt sich selbst auch eins, sie stoßen an.

»Auf die Nechas-Männer und ihre Gabe, uns um den Verstand zu bringen!«

Lorena ist froh, dass sie nicht mehr über Jomar und die anderen Männer der Nechas sprechen, sondern über Lorenas Schwangerschaft, Babsi möchte auch bald Kinder haben und fragt sie neugierig aus. Trotzdem bleibt Babsis Frage in ihrem Hinterkopf, warum hat sie sich selbst nie gefragt, ob sie das überhaupt möchte?

Es ist gemütlich am Strand, kein Vergleich zu dem überfüllten Strand bei ihnen, Lorena sieht aufs Meer und unterhält sich mit Babsi, die ihr auch ein wenig von ihrer Familie erzählt, von denen fast alle in den USA leben.

Immer wieder streicht Lorena über ihren Bauch, so langsam spürt sie Amalia immer regelmäßiger und es kommt ihr fast so vor, als würde sie schon ein wenig an ihrem Tagesablauf teilnehmen.

Aber was sie auch merkt ist, dass die Bauchkrämpfe ausbleiben, sie hatte, seit sie bei Jomar ist, nicht einmal mehr Bauchschmerzen, allerdings hat sie auch nichts getan außer liegen, essen und schlafen.

Lorena kann nicht mal sagen, wie lange sie so entspannt mit Babsi daliegt, sich unterhält und den Männern auf dem Meer beim Jetskifahren zusieht, doch als irgendwann Jomar und Caleb mit zwei anderen Männern zu ihnen kommen, scheint es schon Mittag zu sein.

Sie bringen Kartons mit Pizza mit, setzen sich zu Babsi und Lorena und berichten, dass sie einen neuen Plan entworfen haben, der den Gewinn der Nechas fast verdoppeln könnte, wenn alles klappt. Man spürt, dass sie sehr ausgelassen sind. Sobald sie aufgegessen haben, schnappt sich Caleb Babsi und die beiden Männer und gehen zusammen zu den Jetskis. Nur Jomar und Lorena bleiben zurück, Jomar lehnt sich in die gemütlichen Kissen und sieht den anderen zufrieden dabei zu, wie sie aufs Meer hinausfahren, Lorena setzt sich zu ihm, sie ist satt, wenn sie wieder zuhause ist, wird sie nur noch rollen können.

»Magst du Babsi?« Lorena setzt sich so hin, dass sie dem Meer den Rücken zudreht und Jomar in die Augen sehen kann. »Ja, wir haben ein wenig über die Nechas-Männer gesprochen und erneut festgestellt, wie kompliziert ihr seid.« Sie lächelt und auch auf Jomars Gesicht legt sich ein leichtes Lächeln.

Er ist so hübsch, Lorena betrachtet sein Gesicht, sieht in seine dunklen Augen und in ihrem Bauch breitet sich ein neues Gefühl aus, ein Gefühl, was sie bisher nur hatte, wenn sie nach Hause gekommen ist oder wenn sie Lia wiedersieht, es ist etwas ganz Vertrautes. Sie beginnt, sich wohlzufühlen in seiner Nähe und sie weiß, dass sie dabei ist, immer mehr in einen Strudel gerissen zu werden, von dem sie nicht weiß, ob sie da heil wieder herauskommt.

»Du siehst müde aus, hast du gestern nicht gut geschlafen?« Er wirkt erschöpft. Sie haben ja die Nacht zusammen auf der Couch geschlafen. »Nein, im Gegenteil. Ich habe wirklich gut geschlafen und habe eher das Gefühl, gerade ein wenig Ruhe zu bekommen, die ich auch mal nötig habe. In deiner Nähe werde ich wirklich ruhiger.«

Genau das Gefühl ist es, was auch sie gerade spürt. Jomar sieht ihr in die Augen und seine Hand legt sich zärtlich an ihre Wange. Er vereint ihre Lippen und Lorena schließt die Augen und ihr Herz springt freudig auf. Sie hat diese Nähe unheimlich vermisst.

Jomar küsst sie langsam und genießend, in ihrem Bauch breitet sich die Hoffnung aus, dass es ihm auch so geht. Als er den Kuss beendet, küsst er ihre Wange. »Ich weiß, dass wir noch einiges zu klären haben, aber ich habe das wirklich vermisst.« Lorena sieht ihm in die Augen. »Ich auch.«

Sie lächelt, bevor sie ihre Lippen wieder mit seinen verschließt. Dieses Mal zieht er sie vorsichtig auf seinen Schoß. Lorena legt ihre Arme um seine Schultern, noch niemals hat sich ein Kuss mit einem Mann für sie so intensiv angefühlt wie die Nähe zu Jomar, sie genießt seinen Geschmack, seinen Geruch und das Gefühl, was zwischen ihnen zu spüren ist.

Da sie nur eine Hotpants anhat, spürt sie, dass er beginnt, auf sie zu reagieren, automatisch wird ihr Kuss fordernder und Lorena spürt, wie sich in ihrem Bauch wieder dieses starke Verlangen ausbreitet. Die Sehnsucht nach mehr, nach Nähe, nach Zärtlichkeit und sie weiß, dass man besonders als Schwangere sehr empfindlich ist, was Berührungen angeht.

Jomar löst den Kuss, seine Lippen fahren ihren Hals entlang und obwohl Wärme durch ihren Körper gleitet, bekommt sie eine Gänsehaut. Ein leises Aufseufzen entfährt ihr, als Jomars Hände zu wandern beginnen. Seine Hände fahren ihre Oberschenkel bis zu ihrem Hintern hoch und drücken dann sanft zu, automatisch drückt sich Lorena enger an ihn und bei dieser Bewegung trifft ihr Babybauch auf seinen Waschbrettbauch, der von einem weißen Shirt verdeckt ist.

Als wäre es ein sanfter Stromschlag, kühlen sich augenblicklich beide ab.

Der Kuss wird langsamer und Lorena legt ihren Kopf auf Jomars Schulter, um ihren Puls wieder in einem normalen Tempo schlagen zu lassen. Jomar gibt ihr einen sanften Kuss auf die Schulter und setzt an, etwas zu sagen, doch Caleb und Babsi kommen in diesem Augenblick zurück zum Strand und rufen ihnen zu, dass sie alle zur Jacht fahren wollen.

Lorena schließt die Augen, sie hatten doch vor, erst alles zwischen ihnen zu klären und hätten mehr Abstand halten sollen. Jomar küsst ihre Wange und fragt, ob sie auch Lust hat, und obwohl Lorena nicht genau weiß, wovon sie sprechen, ist ihr alles recht, was sie wieder klarer denken lässt.

Jomar nimmt ihre Hand und bringt sie zu einem Jetski. »Ich bin mir nicht sicher, ob das nicht etwas zu gefährlich ist. Ich bin noch nie mit so etwas gefahren.« Jomar setzt sich und hilft ihr, sich vor ihn zu setzen. »Ich hoffe, du hast langsam genug Vertrauen, dass du weißt, dass ich auf dich aufpassen werde.« Das hat sie. Zumindest dieses Vertrauen ist wirklich schon da, deswegen lässt sie es zu, dass Jomar an ihr vorbeigreift und den Jetski anschaltet.

Sie beide sind noch angezogen, doch Jomar gleitet durch das ruhige Wasser und sie bekommen kaum Wasser ab. Er fährt aufs offene Meer hinter Babsi und Caleb her, die anderen sind schon alle weg. »Na los, versuch du mal.« Lorenas Hände liegen genau neben Jomars auf dem Steuer und er legt seine über ihre und überlässt Lorena das Lenken.

Im ersten Moment bekommt sie Panik. Was ist, wenn sie das Gerät nicht kontrollieren kann, wenn sie hier herunterfällt und sich verletzt und Amalia gefährdet? Doch die Angst hält nur sehr kurz an, Jomars Hände auf ihren, seine Arme um sie herum und seine Lippen, die ihre Schulter küssen, bestärken sie und sie beginnt, den Jetski in die Richtung einer großen Jacht zu führen, die sich vor ihnen auftut.

»Wieso liegt sie so weit draußen?« Die Jacht ist riesig, man hört schon Musik spielen und einige Männer sind bereits dort. »Sie ist zu groß. Wir benutzen sie auch nur zum Feiern, selten fahren wir mit ihr raus.« Kurz vor der Jacht übernimmt Jomar wieder. Sie fahren zu einer Treppe, auf der Caleb steht und Lorena auf die Jacht hilft.

Sie ist wirklich riesig, Jomar und Caleb zeigen ihnen alles, es gibt einen Wohnbereich, vier Schlafzimmer und Bäder, eine Küche und sogar einen Fitnessraum.

Auf dem ersten Deck gibt es die Möglichkeit, ins Meer zu springen und überall ist reichlich Platz, um es sich gemütlich zu machen, ganz oben gibt es einen Whirlpool, Grills und eine Tanzfläche, auf der die Männer aber gerade nur Musik hören und Boccia spielen. Babsi und Caleb springen gleich ins Meer, Jomar bringt Lorena zu einen Loungebereich, wo sie es sich bequem macht und beobachten kann, wie auch Jomar ins Meer springt.

Gerade muss sie sich zurückhalten und trotzdem genießt Lorena die nächsten Stunden einfach nur. Es macht so viel Spaß auf der Jacht, es kommen sogar noch ein paar Frauen, die alle in heißen Bikinis herumlaufen, aber es stört Lorena gar nicht.

Sie haben viel Spaß, genießen das Wasser, spielen Karten und Boccia und eine Runde Billard. Die Männer besorgen frischen Fisch und es werden noch mehr Sachen mit einem kleinen Schiff angefahren, sodass sie, sobald es dunkler wird, überall Lampions anmachen und grillen. Es wird getanzt und gelacht und Jomar ist in jeder Minute bei ihr.

Er ignoriert die anderen Frauen komplett, seine volle Aufmerksamkeit liegt bei ihr, immer wieder hält er ihre Hand, küsst ihre Wange und achtet darauf, dass es ihr an nichts fehlt. Lorena hätte nicht gedacht, dass sie hier im Nechas-Gebiet so viel Spaß haben könnte und genießt jede Minute davon. Sie liebt es, mal wieder unbeschwert zu lachen und vor allem genießt sie die Nähe zu Jomar und verbietet sich, darüber nachzudenken, was wird und was sein wird, das kann sie morgen tun, heute will sie all das einfach nur erleben.

Leider zeigt ihr Körper ihr bereits gegen Mitternacht, dass sie langsam Ruhe braucht, und sie ist richtig enttäuscht.

Sie liegt an Jomar gelehnt auf weichen Kissen, während er mit Caleb und Ian Karten spielt, sie mag das Gefühl, wenn er auflacht und sie es durch ihren Rücken am ganzen Körper spürt, als er allerdings merkt, dass sie immer wieder gähnt, unterbricht er das Spiel kurz und bringt sie in eines der Schlafzimmer.

»Ich spiele das Spiel noch zu Ende, du kannst dich hier schon mal ausruhen.« Jomar gibt ihr einen Kuss auf den Mund und fragt, ob sie noch irgendetwas braucht. Sie schüttelt nur leicht den Kopf, er wendet sich zum Gehen, doch Lorena hält ihn zurück.

Den ganzen Tag haben sie Spaß zusammen gemacht, sie haben einen ähnlichen Sinn für Humor und gerade ist vor ihnen eine Frau mit einem bombastischen Körper gelaufen. Lorena beißt sich auf die Lippen, um nicht zu lächeln und ihn ernst anzusehen.

»Du weißt, dass wenn ich nicht schwanger bin, ich die Frauen da oben um Längen schlage.« Jomar lacht auf und nun kann auch Lorena sich nicht zurückhalten und lächelt. Auch wenn sie ihre Aussage ernst gemeint hat, sie wollte ihn noch mal daran erinnern.

Er kommt wieder näher und seine Hände umfassen ihr Gesicht. »Auch jetzt hast du ihnen alles voraus, in meinen Augen bist du die Allerschönste und das nicht nur hier.« Plötzlich ist der Spaß vorbei, denn Jomar meint das verdammt ernst, er küsst sie und der Kuss ist so schnell, so intensiv, dass Lorena aufpassen muss, um nicht den Halt zu verlieren.

Jomar bringt sie zum Bett und Lorena lässt sich auf die weiche Matratze nieder. Er trägt nur noch eine Boxershorts und Lorena seufzt auf, als sie ihn wieder so nah spürt. Ihre Hände gleiten über seinen Rücken und er presst sich noch enger an sie, doch da hören sie die Stimmen seiner Cousins, die nach ihm rufen und sie beide verlangsamen den Kuss und regulieren ihre Atmung wieder .

Lorena lächelt und küsst ihn noch einmal liebevoll auf die Lippen. »Geh schon. Ich lege mich hin.« Jomar küsst ihre Stirn und verspricht, gleich wiederzukommen, Lorena will eigentlich ins Bad, doch sie bleibt liegen und schließt die Augen.

Sie müssen unbedingt richtig miteinander sprechen, bevor das alles noch intensiver wird.

Wahrscheinlich werden sie noch zurück zu Jomars Haus fahren, deswegen legt sie sich zwischen die vielen Kissen und schließt nur für einen Augenblick die Augen, bis Jomar fertig ist und sie zurück an Land fahren. Allerdings ist alles, was sie danach noch bemerkt, wie sich zwei Arme um sie schließen und als sie am Morgen aufwacht und sich umdreht, sieht sie in Jomars friedlich schlafendes Gesicht.

Wieder haben sie eine Nacht zusammen verbracht, Lorena legt ihre Wange an sein Herz und schließt erneut die Augen. Jomar trägt nur eine Boxershorts und sie genießt diese Nähe, doch Stimmen von draußen machen sie neugierig und sie schleicht sich wieder leise aus dem Bett.

Lorena geht in das kleine Badezimmer, sie hat hier nichts zum Anziehen, geht zurück ins Schlafzimmer und findet im Kleiderschrank Shorts und Shirts, von denen sie sich eine schwarze Shorts und ein schwarzes Shirt nimmt. Sie duscht sich nur schnell ab, cremt sich ein und zieht die Sachen über.

Die Shorts ist ihr viel zu groß und sie streift doch lieber die Hotpants von gestern über. Das schwarze Shirt passt dazu und da es auch viel zu groß und zu lang ist, umhüllt es alles und nur ihre langen und nackten Beine sind zu sehen, außerdem fällt es über ihre Schulter und Lorena beschließt augenblicklich, öfter XXL-Shirts zu tragen. Es ist sexy, nur ein wenig Schulter zu zeigen.

Als sie aus dem Bad kommt, setzt sich Jomar gerade auf, er muss auch aufgewacht sein. »Wieso bist du aufgestanden?« Lorena muss lächeln über seinen Anblick. Seine Haare sind verwuschelt und es fällt ihm schwer, die Augen richtig zu öffnen. »Guten Morgen, habe ich dich geweckt?«

Lorenas Handy klingelt, sie hatte es in ihrer kleinen Schultertasche, die sie gestern mitgenommen hat und jetzt sucht. Jomar gähnt und deutet auf einen Stuhl, um den die Tasche gebunden ist.

Sie nimmt genau in dem Augenblick das Gespräch an, als fast der AB angesprungen wäre. Es ist Mandela.

Sie fragt, ob alles in Ordnung ist. Lorena bekommt ein schlechtes Gewissen, ihre Hochzeit ist in einigen Tagen und sie sollte ihr helfen. Lorena sagt ihr, dass sie gerade ein paar Tage Ruhe braucht und dann direkt ins Dorf kommt.

Das erste Mal fragt Mandela auch nach Kata, sie hat mitbekommen, dass Lorena mit Katas Mutter gesprochen hat. Jomar steht auf, küsst Lorena auf die Wange und geht duschen, während sich Lorena wieder aufs Bett setzt.

Sie will nicht zu viel verraten, doch sie gibt zu, dass sie wieder Kontakt zu Kata hat und versucht, sie wieder mit ihrer Familie zu versöhnen.

Nachdem sie ein paar Worte miteinander gewechselt haben, räuspert sich Mandela. »Wieso ich eigentlich anrufe: Ich war gerade bei dem Fotografen hier in der Stadt wegen der Hochzeitsbilder. Du weißt schon, wo du damals die Bilder hast machen lassen. Er hat mich nach dir gefragt, er hat gehört, dass Lia und du jetzt etwas mit reichen Männern haben und wollte dich darauf hinweisen, dass er noch Erinnerungen hat, die du sicher nicht mit allen Männern teilen möchtest. Jetzt, wo du auch ein Kind erwartest. Ich soll dir das ausrichten und auch, dass du noch eine Rechnung bei ihm offen hast.«

In dem Moment kommt Jomar zurück aus den Bad und zieht sich ein frisches Shirt über. All die Ruhe, die Lorena aufgebaut hat, ist mit einem Mal weg. Sie steht auf und beginnt, im Raum umherzulaufen. »Hat er das gesagt? Der ... hat er noch etwas gesagt?« Mandela hat gemerkt, dass der Fotograf nichts Gutes vorhat, doch sie ahnt nicht, was er wirklich von Lorena in der Hand hat.

Sie denkt an die Nacktaufnahmen, die er von ihr hat, zumindest von ihrem nackten Oberkörper, sie nur in Bikinihose, wie bescheuert war sie damals eigentlich? Was ist, wenn er die Aufnahmen wirklich weitergibt, wenn Amalia diese Bilder irgendwann sieht?

Lorena braucht Luft und geht aus dem Schlafzimmer. »Nein, er hat nichts mehr gesagt? Nur, dass ich dir das sagen soll. Ist alles in Ordnung?« Lorena nickt und reibt sich die Stirn. »Ich melde mich die Tage, wenn du irgendetwas wegen der Hochzeit brauchst, wenn ich dir irgendwie helfen kann, sag Bescheid.« Lorena spürt Jomar hinter sich. »Okay, mache ich und kläre das mit dem Fotografen, er sah ziemlich entschlossen aus.«

Lorena legt auf und atmet tief ein, das darf doch nicht wahr sein. Sie muss sofort zu dem Fotografen und ihm die Bilder abnehmen. Niemand darf sie jemals zu Gesicht bekommen. »Was ist los?« Jomar, Lorena hat ihn völlig vergessen. »Ich … muss gehen. Wie komme ich am schnellsten hier raus?« Sie sieht ihm in die Augen und er zieht überrascht die Augenbrauen hoch. »Mit dem Jetski, lass uns erst mal frühstücken und ich denke, du solltest noch ein paar Tage …«

Lorena geht zu der Tür, wo sie zu den Treppen zu den Jetskis kommt. »Nein, ich muss etwas erledigen. Danke für alles, ich melde mich.« Jomar hält sie am Arm zurück und dreht sie wieder zu sich um.

»Nichts da! Was ist los? Du bist ganz blass, also sag mir, wohin du möchtest und egal was es ist, du musst erst einmal etwas essen wegen Amalia!«

Wenn Lorena nicht die ganze Zeit die Nacktaufnahmen im Hinterkopf hätte, fände sie seine Bemühungen sicherlich sehr süß, doch so sieht sie ihn nur ernst an, damit er versteht, dass sie jetzt keine Zeit für so etwas hat.

»Ich kann nicht, Jomar, ich muss etwas Dringendes erledigen und jetzt hier weg! Ich kann dir das nicht sagen, es war ein großer Fehler, den ich gemacht habe und ich möchte nicht, dass du etwas davon erfährst, das wäre … es geht nicht!«

Er schüttelt den Kopf.

»Wir haben noch nichts besprochen und ich denke auch nicht, dass es eine leichte Lösung für unsere Situation geben wird, aber was ich möchte ist, dass du mir endlich vertraust, Lorena. Du musst nicht mehr alleine gegen deine Probleme ankämpfen, versuch doch endlich mal loszulassen und mir ein wenig zu vertrauen.«

150

Kapitel 13

Lorena atmet tief durch. Okay, sie muss sich beruhigen, der Fotograf rennt nicht davon, sie frühstückt, beruhigt Jomar so und fährt dann ins Dorf und klärt diese Sache. »Es geht nicht darum, dass ich dir nicht vertraue, Jomar. Ich weiß, dass du dir wegen mir viel Mühe gibst und auch, dass du mir helfen willst, aber es gibt einfach Sachen, die … du nicht von mir wissen solltest, ich möchte das nicht, aber du hast recht. Ich reagiere über, lass uns in Ruhe frühstücken.«

In dem Moment läuft Dariel an ihnen vorbei. »Frühstück ist immer eine gute Idee. Wir haben außerdem in einer Stunde ein Meeting, Caleb bereitet schon alles vor.« Jomar bleibt noch immer stehen, während Lorena die Chance nutzt, aus dieser Situation zu kommen und mit Dariel ans Deck geht.

Jomar folgt ihnen, doch sie muss ihn nicht einmal ansehen, um genau zu wissen, dass er dazu noch etwas zu sagen hat. Sie setzen sich an einen großen gedeckten Tisch, an dem auch zwei weitere Frauen und einige Männer sitzen.

Lorena fragt nach Babsi und Caleb und Dariel erklärt lachend, dass es gestern noch Streit zwischen ihnen gab und Babsi zurück an Land ist. Eine der Frauen, die da war, soll von einer heißen Nacht von Caleb und ihr erzählt und nicht gewusst haben, dass er zu dieser Zeit schon etwas mit Babsi hatte. Die Frauen lachen und erklären, dass Babsi das Ganze etwas zu sehr dramatisiert hat.

Lorena hat gestern den ganzen Tag mit Babsi verbracht, sie hat gesehen, wie sie Caleb ansieht, sie weiß, dass da viele Gefühle mit im Spiel sind und ihr tut es leid, wenn sie daran denkt, wie sehr sie das verletzt haben muss.

»Wahrscheinlich, weil sie auf mehr aus ist, als nur einen Tag Spaß zu haben und die Möglichkeit an Geld zu kommen.« Dariel lacht laut auf, auch zwei der anderen Männer, sie spürt Jomars Blick auf sich, der neben ihr sitzt und die Frauen hören augenblicklich auf zu lachen.

Lorena weiß von diesen Frauen durch Lia, sie ignoriert sie und versucht erst gar nicht, sich mit ihnen zu vergleichen, doch sie musste das loswerden und ist froh, dass in dem Moment frische Pancakes an den Tisch gebracht werden und somit die Aufmerksamkeit von ihr abfällt.

Sie isst zwei mit Erdbeeren und ist dankbar, dass danach alle aufbrechen müssen. Jomar hat kein Wort mehr zu ihr gesagt, sie waren aber auch nicht mehr alleine. Als sie jetzt die Treppe zu den Jetskis hinuntergehen, setzt er sich auf einen und rückt nach vorne. Lorena setzt sich hinter ihn und legt ihre Arme um seine Taille.

Er gibt sofort Gas, alle anderen fahren auch los und Jomar fährt wegen Lorena extra ein wenig langsamer, um kein Risiko einzugehen.

Sie weiß, dass er ein wenig sauer auf sie ist, und doch sind diese Kleinigkeiten, die er immer wieder macht, ohne dass er selbst dem wahrscheinlich eine zu große Bedeutung schenkt, genau das, was Lorenas Herz immer wieder schneller schlagen und sie spüren lässt, dass da auch von seiner Seite mehr ist.

Sie kann ihm nicht alles sagen, auch wenn er das gerne möchte, doch allein der Gedanke, dass er von ihren Nacktaufnahmen weiß, treibt ihr die Hitze in die Wangen.

Sie möchte diese drei schönen Tage auch nicht so enden lassen, deswegen schmiegt sie sich enger an ihn und lehnt ihre Wange an seinen Rücken. Sie liebt diese Nähe.

Jomar fährt zum Strand zurück, die anderen sind schon da und laufen hoch zum Gemeinschaftshaus. Jomar bleibt sitzen, nimmt Lorenas Hände, die noch um seine Taille liegen, in seine und küsst sie, dann steht er auf und hilft ihr von dem Jetski herunter. Lorena dreht sich am Strand noch einmal zu ihm um, bevor sie zum Gemeinschaftshaus gehen.

»Versteh das bitte nicht falsch, Jomar. Es gibt nur Dinge aus meiner Vergangenheit, die mir sehr unangenehm sind und von denen ich einfach nicht möchte, dass du das erfährst. Ich denke, das kennst du sicherlich auch. Ich muss eh langsam nach Hause und kümmere mich darum.«

Sie beugt sich hoch und küsst ihn auf die Wangen, und das erste Mal achtet sie dabei auf seine Reaktion. Er schließt die Augen, als sie ihn küsst und seine Hand geht an ihre Wange. Es wirkt ganz selbstverständlich und in Lorenas Bauch breitet sich ein kleiner Schmetterlingsschwarm aus, es fühlt sich so schön an, wenn sie alles andere drumherum verdrängt.

»Dir braucht nichts unangenehm zu sein. Ich habe jetzt die Besprechung und dann können wir reden. Bevor du gehst, wollten wir das eh machen. Die Besprechung ist wichtig, sonst würde ich sie verschieben.«

Lorena nickt, sie laufen zusammen zum Gemeinschaftshaus, wo an die dreißig Männer dabei sind, in einen Raum zu gehen. Jomar bittet einen Mann, den Lorena vorher noch nie gesehen hat, sie zu Jomar ins Haus zu bringen.

Lorena erklärt zwar, dass es nicht nötig ist, doch der Mann und Jomar bestehen darauf und so wird sie die paar Minuten zu Jomar gefahren. Es ist ganz still im Haus und sie weiß jetzt schon, dass sie diese Ruhe vermissen wird. Sie hatte ja nicht viel dabei, ihre wenigen Sachen packt sie in ihre Tasche und setzt sich in den Garten.

Lorena nimmt das Handy heraus, sie schreibt Lia, dass sie heute nach Hause kommen und zu ihr kommen wird, dann schreibt sie Kata, dass sie sich übermorgen mit ihrer Mutter am Strand in dem Café treffen sollen, wo sie damals auch Wilmer getroffen haben.

Sie hatte jetzt ein paar Tage ihre Ruhe und konnte sich ausruhen, viel mehr als das, sie hat das Leben geführt, was sie so gerne hätte, an der Seite eines Mannes, bei dem sie sich einfach nur wohlfühlt, doch es wird Zeit, in ihr Leben zurückzukehren, aber sie wird sich besser organisieren müssen, damit sie nicht mehr zu viel Stress hat, deswegen erledigt sie jetzt schon mal alles, was sie kann.

Auch Katas Mutter ist mit dem Treffen einverstanden, als sie sie kurz danach anruft. Sie sagt Lorena aber auch, dass der Fotograf aus der Nachbarstadt schon ein paar Mal im Dorf war und nach Lorena gefragt hat.

Wieder steigt die Wut in Lorena auf, sie muss unbedingt zu ihm. Lorena ruft noch ihre wichtigsten Kunden an, verschiebt ein paar Termine und legt sich alles so, dass sie ein wenig mehr Luft hat und trotzdem noch genug Zeit zum Arbeiten hat, sodass sie über die Runden kommen wird.

Als sie auflegt und etwas trinken geht, sind schon fast zwei Stunden vergangen, es wird langsam Mittag und die Besprechung von Jomar scheint sich hinzuziehen. Ihr Akku ist fast leer und sie hat auch nicht die Geduld, ihr Handy jetzt noch aufzuladen und auf Jomar zu warten.

Sie schreibt ihm einen Zettel, dass sie losgehen muss und sie einfach ein anderes Mal das Gespräch führen. Natürlich hätte sie ihm auch einfach eine Nachricht schicken können, doch so weiß sie, dass er nicht in der Besprechung gestört wird und das erst liest, wenn er wieder da ist.

Sie verlässt Jomars Haus, es ist ruhig auf den Straßen, da die Mittagshitze einsetzt und diese Besprechung noch andauert. Als sie kurz vor der Schranke und dem Wachhaus ist, kommen gerade einige Arbeiterinnen aus der Küche und den anderen Bereichen und verlassen das Gebiet ebenfalls. Die Männer im Wachhaus sehen nur kurz auf und Lorena muss lächeln, sie muss automatisch daran denken, wie Lia damals hier gearbeitet und all das begonnen hat.

Zu ihrem Glück kommt gleich der Bus, der sie ins Dorf bringt, je mehr Lorena darüber nachdenkt, was der Fotograf sich erlaubt, desto wütender wird sie. Sie steigt nicht an ihrem Dorf aus, sondern fährt bis kurz vor die Stadt und geht direkt zum Fotoladen, der allerdings in der Mittagszeit geschlossen hat.

Verdammt, Lorena hat das völlig vergessen, hier im Dorf und in den kleinen Städten schließen die Geschäfte mittags meistens, in San Juan weniger, wegen der Touristen.

Lorena drückt die Türklinke zum Laden mehrmals nach unten, wenn sie jetzt in den Laden kommen würde, könnte sie einfach an die Computer gehen, nach allen Bildern suchen und alles löschen, ohne dass jemand etwas mitbekommt. Sie geht um den Laden herum und sucht nach einem offenen Fenster, aber natürlich hat sie nicht das Glück, dass eines offen ist, genau in dem Moment ruft Jomar sie an.

»Es hat länger gedauert, wieso hast du nicht einfach gewartet?« Lorena zieht eine Haarnadel aus ihren Haaren. Zum Glück hat sie sich vorhin noch einen Zopf gemacht und den zum Dutt hochgesteckt. »Ich musste etwas erledigen. Sag mal, bekommt man mit einer Haarnadel auch Türen auf?«

Jomar stockt einen Moment. »Wo steckst du, Lorena?« Lorena geht vor die Tür des Ladens und versucht, mit der Nadel in dem Schlüsselloch irgendetwas zu erreichen. »Ich bin im Dorf, in der Stadt dort. Ich kenne die Leute hier, sie sind nur grad nicht da. Ich versuche nur, hier reinzukommen. Ich mache nichts Illegales.« Zumindest nichts, wovon er wissen sollte.

Jomar räuspert sich. »Hör mal, ich fliege heute Abend zu einem Termin und bin ein paar Tage nicht da. Ich schätze, wir sehen uns dann einfach danach.« Lorena hält in ihrer Bewegung ein, die eh nicht zum Erfolg führt. Sie hatte wirklich gehofft, sie würden sich aussprechen. »Ja, okay. Dann machen wir das so.« Die Haarnadel fällt ihr aus der Hand und sie flucht leise. »Ich melde mich später nochmal, Jomar.«

Sie steckt das Handy weg und sucht auf den morschen Holzdielen der Terrasse nach der Nadel, doch die hat so viele Löcher und Risse, dass es sinnlos ist. Lorena überlegt, was sie noch tun kann, sie weiß nicht, wo er wohnt und möchte auch nicht, dass die Leute bemerken, dass etwas nicht stimmt, deswegen läuft sie zurück zum Dorf und geht erst einmal an das Grab ihres Vaters.

Ganz automatisch stellt sich bei Lorena sofort das schlechte Gewissen ein: wegen ihrer Schwangerschaft, weil sie gegangen ist, weil sie ihn und Lia im Stich gelassen hat und weil sie jetzt wieder mit ihrer Mutter redet.

Lorena weiß, dass ihr Vater das alles nicht gutheißen würde, deswegen bringt sie die Blumen in Ordnung, setzt sich an sein Grab in den Schatten und denkt an früher, an die Zeit, als alles zwischen ihnen noch in Ordnung war, als die Welt um sie herum noch nicht so kompliziert und Lorena einfach nur glücklich war.

Dieses einfach nur glücklich sein hat sie so lange nicht mehr gespürt, immer gibt es etwas, was nicht stimmt, was sich ihr in den Weg stellt, aber wahrscheinlich gehört das zum Erwachsenwerden dazu, dass es dieses Einfach-nur-glücklich-Gefühl nie wieder geben wird.

Sie bleibt eine ganze Weile bei ihrem Vater und geht dann zu Edmundo, trinkt etwas mit ihm zusammen auf der Veranda und hört sich den neuesten Tratsch an. Lorena ist erleichtert, dass noch nichts von ihren Bildern herumgesprochen wird, und damit es so bleibt, steht sie kurz danach auf und sagt, dass sie noch beim Fotografen ein paar alte Bilder abholen muss und dann nach Hause fahren will. Sie sehen sich bei der Hochzeit eh bald wieder.

Lorena läuft zurück zur Stadt und merkt, dass diese Strecke immer anstrengender wird, sie ist sie schon tausendmal gelaufen, doch zum ersten Mal ist sie richtig außer Puste, als sie ankommt. Der Laden ist endlich wieder offen. Lorena atmet tief ein und betritt den Laden.

Kapitel 14

Die Frau des Fotografen kommt nach vorne und ihr Blick wird augenblicklich wütend, sehr wütend, und Lorena weiß sofort, dass sie von den Bildern weiß. »Ist Ihr Mann da?« Die Frau ruft den Mann nach vorn und als er Lorena sieht, setzt sich sofort ein wissendes Lächeln in das Gesicht des Mannes.

»Ich wusste doch, dass du reagieren wirst. Geh nach hinten!« Das war an die Frau gerichtet, sie tut es offensichtlich nicht gern, doch sie hört auf ihn und sobald sie weg ist, nähert sich Lorena der Theke und sieht den Mann an.

»Du kleiner Mistkerl, ich habe keine Ahnung, was du dir da ausgedacht hast oder was du versuchst zu erreichen, aber ich möchte jetzt sofort die Bilder und alle Kopien.« Der Fotograf lächelt nur über Lorenas kleinen Ausbruch und sieht auf ihren Bauch. »Netter Versuch, damit hast du bezahlt, also sind sie mein Eigentum. Alle sprechen davon, dass deine Schwester und du jetzt mit reichen Männern aus der Stadt zusammen seid, du willst doch nicht, dass er diese Bilder sieht? Nimm dir Geld und kauf sie mir ab, das ist alles, was ich dir anbieten kann.«

Lorena lacht leise auf. »Da hast du dich wohl verhört, ich bin mit niemandem zusammen und ich habe auch kein Geld.« Der Fotograf legt den Kopf schief. »Und wer kommt dann für dein Balg auf?« Lorena würde ihm am liebsten die Augen auskratzen, sie sieht zu dem Laptop hier vorn, sie weiß aber auch, dass hinten ein großer Computer steht. »Ich alleine, also stell dich nicht so an und gib mir die Bilder. Weiß deine Frau von alldem?«

Es muss doch etwas geben, womit Lorena ihn erpressen kann. »Ja, sie hat mich oft genug mit den Bildern ...« Lorena hebt die Hand, um ihn zu stoppen, in dem Moment geht die Klingel der Ladentür und Jomar tritt in den Laden.

Lorena sieht sich verwundert zu ihm um, er sieht zwischen dem Fotografen und Lorena hin und her. »Woher weißt du ...?« Jomar

stellt sich zu Lorena. »Der Polizist, der sich immer um euch kümmert, hat es mir gesagt, also was ist hier los?« Er sieht zu dem
Fotografen, der erkennt, wer er ist und blass wird. »Ich ... Sie
möchte mir Bilder abkaufen.«

Lorena sieht wieder zu dem Fotografen. »Das sind meine Bilder,
er will mich damit erpressen.« Jomar versteht nicht, wovon sie
sprechen. »Wieso erpressen, was sind das für Bilder?« Lorena würde am liebsten laut losschreien, wieso gerät ihr hier alles außer
Kontrolle? »Deswegen wollte ich nicht, dass du das erfährst. Ich
brauchte damals unbedingt Fotos und hatte kein Geld und deswegen habe ich ihn ein paar Bilder machen lassen, mit denen er mich
jetzt versucht zu erpressen. Er denkt, wir sind ein Paar und ich
bezahle ihn, damit du das nicht erfährst, doch nun ist es eh zu
spät.«

Jomar sieht Lorena in die Augen und sie erkennt, dass er wahrscheinlich so einiges von Lorena gedacht hat, aber nicht das. Sie
schämt sich und das will etwas heißen. Lorena ist es egal, was die
Leute von ihr denken, sie kennt es, dass sich die Leute eh ihre eigene Meinung bilden und sie gibt nicht mehr viel darauf, es ist ihr
egal, aber nicht bei Jomar. Sie kann ihm kaum in die Augen sehen.

Als sie den Augenkontakt abbricht, wendet sich Jomar an den
Fotografen, er zieht seine Waffe hervor und von hinten ertönt ein
Schrei, die Frau muss sie beobachtet haben. Jomar legt die Waffe
nur auf die Theke und sieht den Fotografen ernst an.

»Gut, dann verhandeln wir mal. Ich will alle Bilder, alle Kopien
und dass du alle Daten vor mir löschst, dafür lasse ich dich am
Leben und sollte ich erfahren, dass du mir irgendetwas nicht aus-
händigst, gilt diese Abmachung nicht mehr und ich komme
wieder!«

Nicht mal zehn Minuten später steigen Lorena und Jomar in sein
Auto. Sie haben kein Wort mehr miteinander gewechselt und
Lorena weiß nicht, wann sie sich das letzte Mal so geschämt hat
wie in den letzten Minuten.

Der Fotograf hat am Laptop die Bilder gelöscht, dabei hat er sie alle einzeln aufrufen müssen und Lorena wäre am liebsten gestorben vor Scham. Jomar hat kein Wort gesagt und nicht einmal mit der Wimper gezuckt, er hat darauf geachtet, dass der Fotograf alles löscht und auch den Papierkorb am Computer leert, dann sind sie nach hinten gegangen, Lorena ist vorne geblieben.

Jomar ist einige Minuten später mit einem Umschlag voller Bilder und Speichersticks zurückgekommen und hat gesagt, dass sie gehen können, er hat alles.

Lorena weiß, dass Jomar auf alles geachtet hat und der Fotograf nicht auf die Idee kommen wird, noch heimlich ein Bild zu behalten, Jomar hat keinen Zweifel daran gelassen, dass er es ernst meint. Eigentlich sollte Lorena erleichtert sein, doch sie fühlt sich schrecklich.

Die Bilder waren allesamt hübsch, sie sah sehr sexy aus und es war auch nur ihre Brust zu sehen, doch Jomar hätte die Bilder nicht sehen sollen.

Jomar gibt Gas, sobald er sich gesetzt hat. »Ich wollte wirklich nicht, dass du diese Bilder siehst.« Lorena sieht aus dem Fenster. »Besser ich als alle anderen.« Sie sieht zu ihm. »Nein, genau du nicht.« Jomar sieht zu ihr, direkt in ihre Augen. »Vergiss es einfach, Lorena, er hat nichts mehr gegen dich in der Hand und wenn doch noch etwas ist, sag mir Bescheid.«

Er biegt in die Richtung des Flusses ein, wo sie die Babyfeier gehabt haben und wo Cruz, Lia und sie schon mal zusammen den Nachmittag verbracht haben.

Niemand ist hier, Jomar hält, nimmt den Umschlag mit den Bildern und steigt mit Lorena zusammen aus. Er geht zum Ufer des Flusses, legt den Umschlag hin, die Speichersticks darauf und zündet alles mit einem Feuerzeug an. Er sieht zu, wie alles in Flammen aufgeht und Lorena kommt langsam zu ihm. Sie stellt sich neben ihn und sieht den Flammen dabei zu, wie sie ein Stück Vergangenheit vernichten, von der sie wünschte, sie wäre nie passiert.

Lorena würde Jomar am liebsten nicht mehr in die Augen sehen, doch er dreht sich zu ihr und nimmt sie in die Arme. »Was mache ich bloß mit dir?« Zärtlich küsst er ihren Scheitel, als sie ihre Wange an seine Brust legt und die Augen schließt. Sie stehen eine ganze Weile schweigend da, das Feuer hat alles vernichtet und bald raucht es nur noch.

Jomar löst die Umarmung und bringt sie zum Auto, um dem Rauch aus dem Weg zu gehen, wo sich Lorena gegen die Motorhaube lehnt und Jomar sich vor sie hinstellt.

Wahrscheinlich ist es jetzt Zeit für das Gespräch, was sie schon viel früher hätten führen sollen. Doch bevor Jomar etwas sagt, legt er zärtlich seine Hand an ihre Wange und küsst sie.

Der Kuss ist genauso schön wie alle Zärtlichkeiten, die sie bisher ausgetauscht haben, langsam fühlt es sich vertraut an, Jomar so zu spüren und doch ist es anders. Als sie den Kuss lösen, hat Lorena ein unruhiges Bauchgefühl, was ihr sagt, dass das hier nicht gut ausgehen wird, selbst wenn sie beide das vielleicht wollen.

»Was denkst du jetzt?« Lorena sieht Jomar in die Augen, als er den Kuss löst. Jomar bleibt bei ihr stehen, seine Hände bleiben an ihren Hüften. Sie liebt seine dunklen Augen und wenn er sie so liebevoll ansieht wie jetzt. »Was meinst du, wegen der Bilder? Oder wegen uns?« Jomars linke Hand verlässt Lorenas Hüfte und geht unter das weite schwarze Shirt, was sie noch von der Jacht trägt. »Wegen allem!« Er streicht sanft über ihren Bauch und sieht ihr in die Augen.

»Weißt du, meine Mutter hat mir früher immer gesagt, dass wenn du einen Menschen wirklich willst, dann nimmst du alles von ihm: das Jetzt, seine Vergangenheit und auch seine Zukunft. Ich weiß, dass du Fehler gemacht hast und ich kann damit leben, du hast keine Ahnung, was ich schon alles für falsche Entscheidungen getroffen habe, wie sollte ich da jemand anderen verurteilen. Außerdem weißt du, dass ich denke, dass man nichts bereuen sollte, es hat dich zu dem gemacht, was du jetzt bist.

160

Ich habe kein Problem, deine Vergangenheit zu nehmen, Lorena, und ich möchte nichts mehr, als dich jetzt bei mir zu behalten.«

Lorena spürt, dass Amalia wach wird und weiß, dass auch Jomar sie spüren kann. Er lächelt. »Aber ich weiß, dass ich deine Zukunft nicht ... das ist falsch ausgedrückt. Ich versuche, es dir anders zu erklären. Sieh mal, ich hatte nie Interesse an einer festen Freundin. Wo ich das mit Lia und meinem Bruder mitbekommen habe, habe ich immer nur gedacht, zum Glück bin ich nicht in seiner Situation.«

Lorena unterbricht ihn. »Aber Cruz liebt Lia, er ist doch glücklich.« Jomar nickt. »Natürlich, aber du siehst doch auch, was für ein Stress das ist. Es ist nicht so einfach, mit einem Anführer der Nechas eine Beziehung zu führen, oder hast du das von Lia noch nicht mitbekommen? Seit Jahren haben wir alle unseren Spaß, an den besten Tagen hatte ich fast täglich neue Frauen. Unkompliziert, wir haben Sex und Spaß und dann kommt die nächste, so sah und sieht unser Leben aus. Wenn man dann jemanden trifft und man spürt, dass es anders ist, dass es das erste Mal mehr ist als nur etwas Sex und Spaß, ist es ungewohnt.

Als ich dich getroffen habe, dachte ich auch gleich, das könnte etwas anderes sein, eigentlich war ich mir sofort ziemlich sicher. Mir hat noch niemals eine Frau so gefallen wie du, dein Lächeln, deine Augen, ich habe wirklich oft an dich gedacht. Doch dann warst du weg und ich habe das alles wieder vergessen, zumindest versucht, auch wenn ich immer mal wieder an dich denken musste.

Erst als ich dich dann hier wiedergesehen habe, wollte ich gucken, ob das wirklich anders ist, oder ob ich es mir nur einbilde. Wir sind essen gegangen, haben uns getroffen und ich dachte, okay, vielleicht ist es jetzt auch bei mir so weit und man könnte mal etwas Festeres eingehen.

Es ist nicht so, dass ich danach gesucht habe, aber bei dir war ich zu mehr bereit, zumindest bereit, es zu probieren. Ich wusste sofort, dass du für mich nicht nur eine Frau für eine Nacht sein wirst, ich war bereit dafür, auch wenn ich das vorher nicht gedacht hätte und auch gar nicht wusste, wie ich das überhaupt angehen sollte.

Wie soll ich eine feste Beziehung führen mit meinem Leben? Wie soll ich einer Frau Sicherheit vermitteln? Mein Leben ist nicht sicher. Alles andere als das. Ich bin ständig unterwegs, ich habe mehr Feinde aus Freunde und es gibt außer meiner Familie und meiner Familia nichts Beständiges in meinem Leben. Als ich dann erfahren habe, dass du schwanger bist ... hat das alles nochmal geändert.«

Lorena will den Blick senken und Jomar nimmt die Hand von ihrem Bauch und hebt ihr Kinn an. »Versteh das nicht falsch, Lorena, ich habe die Kleine jetzt schon lieb, auch wenn ich sie noch nie gesehen habe, ich bin bereit, deine Vergangenheit, dein Jetzt zu nehmen, doch deine Zukunft ist so wichtig geworden mit Amalia, es steht jetzt auf einer ganz anderen Stufe, als würde es nur um dich alleine gehen und da wage ich mich nicht einmal heran. Ich hätte wirklich versucht, das mit dir nicht zu versauen und dir nicht wehzutun, doch ich hätte dir niemals eine Garantie geben können und jetzt mit Amalia ... ich kann das nicht riskieren.«

Lorena atmet tief aus, das ist alles sehr ehrlich, doch sie muss sich das jetzt anhören, sie wollte dieses offene Gespräch. »Also, das heißt, du magst mich, aber du möchtest keine Beziehung mit mir eingehen, wegen dem was kommen wird.« Jomar sucht nach Worten. »Also im ersten Augenblick auf keinen Fall. Für mich war klar, das wars, egal wie sehr ich dich gemocht und gewollt habe, ich bin auf Abstand gegangen, doch noch immer musste ich an dich denken. Es hat mich wahnsinnig gemacht, dann habe ich dich wieder gesehen und auch wenn ich wusste, dass ich die Finger von dir lassen sollte, konnte ich es nicht.

Wir sind uns näher gekommen, und als du mich mit den Frauen gesehen hast, hatte ich wirklich nichts mit denen. Wir haben Babsi in den Club gebracht, eine der Frauen hat ein wenig mit mir geflirtet, doch ich habe nur an dich gedacht und war gar nicht in der Stimmung, auf irgendetwas anderes einzugehen. Ich meine, wir haben uns nur geküsst und es bedeutet mir bereits mehr als alles andere, was ich mit jeder Frau vor dir hatte. Ich schwanke ständig zwischen 'lass es sein' und 'ich will sie wiedersehen'. Ich kann dir jetzt nicht sagen was wird, wie sich meine Gefühle entwickeln, doch es ist alles zu kompliziert.

Weißt du, was für ein Leben ich führe, Lorena? Ich fliege heute noch weg und rein theoretisch besteht immer eine Chance, dass ich den nächsten Deal nicht überlebe, dass etwas passiert. Ich bin nicht in der Lage, richtige Verantwortung zu übernehmen und das wollte ich auch nie. Ich wollte nie eine Freundin haben, das war mir schon zu viel Verantwortung, wie soll ich das mit Amalia und dir machen?

Wenn ich Scheiße baue, dann verletze ich nicht nur dich, sondern wahrscheinlich auch die Kleine. Was ist, wenn sie sich an mich gewöhnt und dann bin ich weg, weil ich es doch vermassele? Ich habe schon so viel mitgemacht, so viel gesehen, musste so viele Entscheidungen treffen, Lorena, doch ich bin ganz ehrlich, noch niemals hatte ich so viel Respekt wie vor dieser Sache.«

Lorena kann nicht anders, Tränen verlassen ihre Augen und Jomar fängt sie mit seiner Hand ab und wischt sie ihr aus dem Gesicht. »Bitte denke nicht, dass ich dich nicht will, Lorena.« Sie nickt, denn auch wenn es sie verletzt, sie versteht ihn vollkommen.

»Im Grunde weiß ich ja, dass du recht hast. Ich habe mit Babsi gesprochen und wenn ich daran denke, wie ihr lebt, es ist sicherlich alles andere als das Leben, was man mit einem Baby führen sollte. Eigentlich müsste ich hier stehen und ganz klar nein sagen, ich sollte Amalia nicht in einer Familia großziehen wollen, man muss es doch so sicher wie nur möglich für ein Baby machen, oder nicht? Ich weiß, was du meinst und ich bin dankbar, dass du so ehrlich bist. Wenn ich nach meinem Verstand gehe, müsste ich auch die Finger davon lassen, aber mein Herz ...« Jomar sieht ihr ernst in die Augen.

»Das bedeutet ja nicht, dass wir keine Gefühle füreinander haben können, nur weiß keiner von uns was sein wird, wenn Amalia da ist. Vielleicht sollten wir einfach ein wenig entspannter sein und das alles auf uns zukommen lassen und abwarten was ist, wenn sie da ist. Ich kann es mir einfach nicht vorstellen, vielleicht ist das auch das Problem. Aber egal was ist oder was kommen wird, ich werde immer für euch beide da sein, selbst wenn wir nicht zusammen sind.«

Lorena nickt. Auch wenn sie beide eigentlich ihre Gefühle füreinander gestanden haben, haben sie beide beschlossen, auf die Vernunft zu hören und ein wenig Abstand zu wahren, sie weiß, dass es das Beste ist, es fühlt sich richtig an und doch tut es weh.

Jomars Handy klingelt. »Cruz wartet. Lass uns nochmal in Ruhe reden, wenn ich wieder zurück bin.« Er küsst ihre Wange und ehe sie beide es verhindern können, finden sich ihre Lippen und noch einmal küsst Jomar sie, doch dieses Mal ist es nicht nur zärtlich, sie beide spüren, wie schwer ihnen diese Entscheidung fällt.

Jomar dehnt den Kuss aus, er beendet ihn erst, als sie beide kaum mehr Luft bekommen und Lorena legt noch einmal ihre Wange an seine Brust, sie stehen noch einen Moment einfach da, traurig über das, was sie beschlossen haben, auch wenn sie wissen, dass es sein muss.

Die ganze Rückfahrt lässt Lorena Jomars Worte noch einmal in ihrem Kopf an sich vorbeiziehen, er nimmt ihre Hand in seine und doch ist es sehr ruhig zwischen ihnen und sie beide scheinen das alles erst einmal verdauen zu müssen.

Jomar fährt zu Lia, Lorena möchte zu ihr und Jomar muss Cruz abholen. Als sie vor der Haustür stehen, hupt er und sieht Lorena noch einmal in die Augen. »Versprich mir, dass du auf euch beide aufpasst. Ich melde mich. Ich lasse dir die Babysachen, die bei mir sind, in deine Wohnung bringen.« Lorena sagt nichts mehr, sie nickt nur und steigt aus.

Sie wusste, dass das Gespräch so endet, es ging nicht anders und auch wenn sie weiß, dass es am besten so ist, verletzt es sie. Cruz kommt und gibt Lorena einen Kuss auf die Wange. »Wie geht es der Kleinen?« Lorena lächelt. »Gut. Die paar Tage haben uns gutgetan.« Er nickt und deutet nach oben. »Lia geht es nicht so gut, sie wollte dich nicht beunruhigen, doch es ist wichtig, dass du jetzt da bist.«

Lorena hat keine Ahnung, wovon er spricht, sie sieht den beiden noch hinterher, wie sie wegfahren und atmet dann tief aus. Es wird nicht die letzte schwere Entscheidung, die sie als Mutter treffen muss und immerhin hat sie den besten Grund dafür. Sie streicht über ihren Bauch und geht dann hoch zu Lia, wo sie endlich erfahren möchte, was los ist.

Kapitel 15

»Manche Entscheidungen tun einem weh, auch wenn man weiß, dass sie sein müssen.« Lorenas Mutter sieht ihr liebevoll in die Augen und Lorena lächelt leicht. Sie weiß, dass die Entscheidung, auf Abstand zu gehen, von Jomar und ihr richtig war, besonders nachdem, was mit Lia passiert ist.

Lorena war völlig schockiert, als sie erfahren hat, dass der alte Präsident Lia zu sich nach Hause gelockt und bedroht hat, um sich an Cruz zu rächen. Es war haarscharf, Cruz und die anderen Männer konnten sie retten, doch es steckt noch in Lias Knochen, sie hat einen Kratzer davongetragen und als Lorena dann ein paar Tage später gleich zwei Nächte bei ihr geblieben ist, hatte sie noch immer Alpträume.

Sie haben viel miteinander gesprochen, Lia wollte Lorena nicht beunruhigen, sie sollte sich weiter bei Jomar ausruhen, deswegen hat sie sie nicht früher informiert. Auch wenn Lorena weiß, wie sehr sich Cruz und Lia lieben, hat sie ihrer Schwester gesagt, dass sie dieses Leben der Nechas nicht unterschätzen darf, sie hat ja jetzt selbst am eigenen Leib gespürt, wie gefährlich das alles sein kann.

Sie sind ganz normale Frauen, die solch ein Leben nicht kennen. Was wäre passiert, wenn Cruz es nicht rechtzeitig geschafft hätte? Wenn der nächste, der sich an Cruz rächen möchte, es wieder über Lia probiert.

Lorena weiß es nicht, sie sprechen viel darüber, sie hat Lia nur gesagt, dass es schön war bei Jomar, sie aber weiter auf Abstand geblieben sind. Sie möchte nicht, dass sie alle Details kennt, weil sie sich jetzt schon Sorgen macht und spürt, dass es Lorena wegen allem mit Jomar nicht gut geht.

Er fehlt ihr, er hat ihr zweimal geschrieben, ob alles in Ordnung ist und Lorena hat nur knapp mit ja geantwortet, sie möchte nicht mehr darüber sprechen, das würde nur noch mehr wehtun.

Sie stürzt sich lieber in die Arbeit, wenn auch verantwortungsvoller. Sie lässt sich mehr Zeit und hat die Preise ein wenig angehoben. Sie lässt sich die neuen Stoffe schon in den Laden schicken, sie beginnen langsam, ihr dort Platz zu schaffen. Außerdem wird bei Lia eine Wohnung frei und ihre Schwester, Stipe und sie fragen jeden Tag beim Vermieter nach, ob Lorena sie bekommen kann.

Es wäre perfekt, sie ist größer und schöner, Lorena wäre bei Lia und Stipe und es ist noch mal ein kleiner Neuanfang. Generell versucht sie gerade, einiges zu ändern, sie ernährt sich gesünder, achtet darauf, sich während der vielen Arbeit im Sitzen auch immer genug zu bewegen und verbringt mehr Zeit mit Lia. Am Wochenende findet die Hochzeit von Mandela statt und Lorena ist überglücklich, dass sie gestern Kata und ihre Mutter wieder zusammenführen konnte.

Es war nicht eine Sekunde merkwürdig, sobald die beiden sich in dem Café gesehen haben, lagen sie sich wieder in den Armen. Sie haben sich lange ausgesprochen und Kata hat ihrer Mutter alles erzählt, auch dass sie sich wegen Wilmer nicht mehr sicher ist und er sie immer mehr einengt und schlechter behandelt. Ihre Mutter hat versprochen, mit ihrem Vater zu sprechen und sie wollen versuchen, dass Kata zu Mandelas Hochzeit mitkommen kann.

Sie muss gucken, wie das mit Wilmers Arbeitsplan zusammenpasst, aber wenn alles gut geht und der Vater Kata am Wochenende verzeiht, hat sie zumindest ihre Eltern wieder hinter sich und wird sich ganz anders fühlen als noch vor einigen Wochen, als sie dachte, sie wäre komplett alleine. Ihre Mutter und Kata haben die Nummern getauscht und Lorena gedankt, dass sie sich so um alles bemüht.

Deswegen konnte sie gar nicht anders, als ihre Mutter hereinzulassen, als sie gerade unsicher bei ihr geklopft hat. Wie soll sie ihrer eigenen Mutter nicht ein wenig entgegenkommen, wenn sie doch sieht, wie gut das Kata und ihrer Mutter tut? Natürlich, bei ihnen sind viel mehr Dinge passiert, trotzdem fühlt es sich gut an, als ihre Mutter sich erkundigt, wie es Lorena geht, ihr mit den Stoffen hilft und beginnt, die leckeren Teigtaschen zuzubereiten.

Sie hat auch einen Mandelkuchen dabei. Lorena hat ihr gesagt, dass Lia gleich kommen wird und sie das ja nutzen können, damit ihre Mutter ihnen endlich mal ihre Sicht von damals erklären kann. In zwei Tagen wird eine große Feier der Nechas sein und Lorena hat ihrer Schwester ein traumhaftes Kleid genäht, das alle anderen neben ihr erblassen lassen wird.

Ihre Mutter fragt auch nach ihrem Liebesleben und Lorena erklärt nur leise, dass sie auf jemanden verzichtet, weil es nicht gut für Amalia wäre, was ihre Mutter völlig versteht. Auch wenn sie ihrer Mutter nicht zu schnell verzeihen sollte, tut es einfach nur gut, sie um sich herum zu haben und sie hofft, dass auch Lia mal ein wenig nachgibt, als sie kurze Zeit später klopft.

»Was soll das?« Sobald ihre hübsche Schwester ihrer Mutter gegenübersteht, reagiert sie so, wie Lorena es erwartet hat. »Unsere Mutter hat beschlossen, für uns zu backen.« Lorena deutet auf den Tisch, auf dem die gefüllten Teigtaschen, drei Gläser und Mandelkuchen stehen.

»Einige Jahre zu spät, würde ich sagen.« Lia kommt an ihrer Mutter vorbei in die Wohnung. »Ich möchte, dass ihr beide mir einfach mal zuhört. Ich weiß, dass vieles nicht richtig gelaufen ist und dass ihr beide mich hasst, doch ich denke, ihr könnt euch wenigstens einmal meine Sicht anhören und wenn ihr mich dann weiter hassen möchtet, bitte.

Ich war gestern bei eurem Vater auf dem Friedhof. Seitdem ihr auch hier in San Juan lebt, kommt das alles in mir wieder hoch und ich denke, ich muss das tun, um endlich mit dieser Zeit abschließen zu können.«

Lia hebt das Kleid an, was Lorena schon über ein Stuhl gelegt hat und nimmt es mit ins Bad, um es anzuprobieren, sie müssen noch Änderungen vornehmen. »Also geht es am Ende doch eigentlich wieder nur darum, was du eigentlich möchtest und dass es dir danach besser geht.« Ihre Mutter blickt sich zu Lorena um. »Sie beruhigt sich schon wieder.« Lorena hofft es zumindest.

Als Lia wieder herauskommt, lächelt ihre Mutter, aber auch Lorena kann nicht fassen, wie gut Lia das Kleid steht. »Du bist unglaublich schön, Lia, das warst du schon immer, genauso wie Lorena. Ihr könntet Topmodels werden und ...« Lia dreht sich, Lorena holt einige Nadeln und steckt noch ein wenig was ab, ansonsten sitzt das Kleid perfekt. »Vielleicht wollen wir solch ein Leben aber gar nicht und sind zufrieden mit dem, was wir haben.«

Nun wird ihre Mutter ein wenig sauer, Lorena hat das Gefühl, dass das alles doch in die falsche Richtung läuft. »Wirklich, Lia? Ich habe dich jetzt zweimal mit Cruz Nechas zusammen gesehen, ist das das Leben, was du führen möchtest? Woher kommt dieser Kratzer auf deinem Arm und wofür ist das Kleid?

Und Lorena ist doch von zuhause abgehauen, um zu modeln und die Welt zu bereisen und stand dann vor meiner Tür. Also seid ihr wirklich so unschuldig, dass ihr nur mit dem Finger auf mich zeigt, ohne euch einmal meine Sicht anzuhören? Ihr seid meine Töchter, ihr werdet genau wie ich kein einfaches Leben haben, weil wir keine einfachen Frauen sind, also setzt euch hin und hört mir zu.«

Lorena und Lia sehen sich einen Augenblick in die Augen, bevor Lia zurück ins Bad geht und sich das Kleid auszieht. Lorena setzt sich neben ihre Mutter und deutet Lia, sich auch zu setzen, als sie wieder aus dem Bad herauskommt. »Lass uns wenigstens zuhören, sie hat recht, wir beide sind nicht gerade die Unschuldigsten.« Lia setzt sich ihrer Mutter gegenüber und nimmt sich eine Teigtasche.

Ihre Mutter räuspert sich und man spürt, wie schwer ihr es fällt, jetzt so vor ihnen zu sitzen.

»Also, wie es dazu kam, dass ich ins Dorf zurück bin und euren Vater geheiratet habe, wisst ihr ja. Ich war so unvorsichtig damals, wollte mein Leben genießen, hatte tausende von Plänen, doch dann war Lia in meinem Bauch und ich musste diesen Weg gehen.

Es ist auch nicht so, dass ich Lia deswegen jemals gehasst hätte, von der Minute an, als sie sich in meinem Bauch zu bewegen angefangen hat, habe ich Lia über alles geliebt. Ich habe mich richtig auf sie gefreut, doch ich wünschte, ich hätte damals die Möglichkeit gehabt, das wie Lorena alleine zu machen, ich war gezwungen, bei einem Mann zu bleiben, den ich kaum kannte und mit dem mich nicht viel verband.

Die ersten Jahre waren trotzdem okay, ich versuchte, mit eurem Vater zu leben, wir kamen zurecht. Euer Vater hat nach außen immer den liebenden Mann und Vater gespielt, doch zuhause war es ein Alptraum mit ihm und es wurde von Jahr zu Jahr schlimmer.

Ich war glücklich, wenn er nicht da war und ich mit euch beiden alleine war. Wisst ihr noch, wie viel Spaß wir hatten? Wie wir gespielt haben und stundenlang spazieren gegangen sind? Bis ans Ende der Welt und zurück ...« Lorena lächelt matt und ihre Mutter streicht sich ihre Tränen weg.

»Ich habe euch immer geliebt und das wisst ihr auch, tief in eurem Herzen wisst ihr das, aber euer Vater war nie zufrieden. Niemals. Er wusste, dass ich andere Pläne gehabt habe mit meinem Leben und auch, wenn ich sie nie wieder erwähnt habe, hat er sie nie vergessen. Euer Vater hat immer viel getrunken und wenn er zu viel hatte, hat er angefangen, sich über mich lustig zu machen, mich zu schlagen, mich zu demütigen. Er hat unser Geld vertrunken und ich musste bei Nachbarn nach Essen fragen, damit ich euch etwas geben konnte und am Abend habe ich Schläge dafür bekommen, dass ich wieder bei den Nachbarn war.

Nach außen sah immer alles so anders aus, ich war die Frau aus der Stadt, die nicht glücklich war, weil sie in dem Dorf leben musste. Nie hat einer bemerkt, dass ich nicht glücklich war, weil ich mit diesem Mann zusammenleben musste.

Ich habe alles probiert, ich wollte umziehen, neu anfangen, selbst arbeiten, euch ein anderes Leben ermöglichen, habe versucht, die beste Ehefrau der Welt zu sein, doch euer Vater hat immer wieder alles kaputt gemacht.

Ich weiß, dass es heißt, ich habe immer mit Männern geflirtet, doch das stimmte nicht. Euer Vater hat das erfunden, um neue Gründe zu haben, mich zu terrorisieren, ich habe es kaum mehr ausgehalten. Er hat mir unser drittes Baby aus dem Bauch geschlagen, es war ein Junge. Ihr hättet jetzt noch einen Bruder gehabt. Ich habe all das immer von euch ferngehalten, zu euch war er auch immer liebevoll und hat sich ganz anders benommen, doch ich war immer mehr sein Feind als seine Ehefrau.

Mehrmals bin ich krank geworden, weil er auf seinen Geschäftsreisen irgendetwas mit anderen Frauen hatte und irgendwann wollte ich nur noch weg. Mit euch ein neues Leben beginnen, ich habe es nicht ausgehalten, jede Nacht diese Angst, wenn er nach Hause kommt, ob er direkt einschläft oder es wieder Ärger gibt.«

Lorena und Lia sehen sich an. Sie müssen beide an die vielen Nächte denken, die sie auf dem Dach verbracht haben, um dem aus dem Weg zu gehen. »Dann kam eine Chance: Die Stromleitungen und Internetverbindungen wurden gelegt und ich lernte einen der Leiter der Baustelle kennen. Er versprach mir dieses bessere Leben, ich wollte einfach nur noch weg.

Wir haben abgemacht, dass ich mit ihm in die Stadt komme, dort suchen wir mir eine Wohnung, ich arbeite bei ihm in der Firma und hole euch beide nach.

Sonst hätte ich euch niemals verlassen, ich wollte euch wenige Tage später nachholen, hätte ich gewusst was passiert, wäre ich niemals gegangen. Es war für mich schwer, euch zurückzulassen, aber euer Vater hat euch über alles geliebt und ich wusste, dass es euch nicht schlecht gehen würde und dass ich euch eh bald nachhole.

Doch der Mann hat mich reingelegt und er war auch nicht der letzte. Ich musste in seinem Haus als Angestellte leben, unter einem Dach mit seiner Frau, er hat mit mir gemacht, was er wollte und mir immer wieder gedroht, meine Kinder nicht nachzuholen, wenn ich nicht gehorche. Fast ein Jahr bin ich in diesem Haushalt geblieben, weit weg von San Juan, ich habe es so bereut, diesen

Schritt gegangen zu sein und mich so sehr geschämt, euch bei eurem Vater zurückgelassen zu haben.

Irgendwann bin ich dort weggegangen, ich habe versucht, eine Wohnung und Arbeit zu finden, ich konnte nicht einmal zurück und euch besuchen, denn ich war am anderen Ende des Landes.

Und die Zeit verging, Monate, dann Jahre. Ich bin immer wieder an falsche Männer geraten, es war keine schöne Zeit und als ich dann vor zwei Jahren nach San Juan zurückkam ... ich habe mich einfach nicht mehr getraut, euch unter die Augen zu treten. Ich wusste, dass ich mich falsch entschieden hatte und was ich euch angetan habe, doch ich wollte all das auch nicht wahrhaben.

Ich bin wirklich sehr gut im Verdrängen, ich habe all das, euch und alles andere weit von mir geschoben. Erst jetzt habe ich langsam ein normales Leben. Ich habe einen tollen Mann kennengelernt, Carlos, er hat mir geholfen, mein Leben in den Griff zu bekommen, doch ich habe ihm nichts von euch und meiner Vergangenheit erzählt. Ich habe es nicht einmal geschafft, darüber zu reden.

Als ich Lia in der Zeitung gesehen habe, dachte ich, ich sehe nicht richtig. Ich wusste sofort, dass du mit Cruz Nechas anbandelst und wollte mit dir reden, dir sagen, dass du nicht auch solche Fehler machen sollst wie ich, gleichzeitig war ich so stolz, wie hübsch und erwachsen du geworden bist. Doch im Dorf ist dann alles schiefgelaufen und ich habe den Hass auf mich zu spüren bekommen. Ihr habt vollkommen recht, mich zu hassen, ich hätte euch niemals dort alleine lassen dürfen, doch damals wusste ich keinen anderen Weg, ich habe es nicht mehr ausgehalten bei eurem Vater.

Als dann Lorena vor mir stand, war ich erst völlig überfordert, all das, was ich so gut verdrängt habe, war nun wieder da. Mein neuer Mann wusste nichts von dieser Zeit meines Lebens und ich hatte Angst, dass alles wieder zusammenbricht. Nach und nach habe ich Carlos alles erzählt und er hat mir geraten, offen mit euch zu sprechen und Schritt für Schritt wieder auf euch zuzugehen.

Ich habe es nicht verdient, dass ihr mir verzeiht, aber vielleicht versteht ihr jetzt wenigstens etwas mehr, wie das damals alles wirklich war. Ich weiß, dass ihr euren Vater sehr geliebt habt und sicherlich ein anderes Bild von ihm habt. Ich möchte auch gar nicht, dass ihr jetzt schlecht von ihm denkt, er war ein guter Vater, aber nicht solch ein guter Ehemann.«

Lorena sieht auf den Boden, sie hat immer gespürt, dass ihre Mutter sie nicht einfach so verlassen hat, doch irgendwann musste sie dem ewigen Schimpfen ihres Vaters glauben und jetzt zu hören, wie es wirklich war, fühlt sich an, als füge sich ein Puzzle zusammen, von dem immer ein Stück gefehlt hat.

Lia sieht ihrer Mutter in die Augen. »Wir wissen, dass er kein Heiliger war, Mama, was denkst du, wie oft ich das alles abbekommen habe? Wie oft ich von ihm geschlagen worden bin, weil er betrunken war.

Wenn du dachtest, dass er schon nicht gut war, als er noch gearbeitet und eine Frau hatte, kannst du dir ja ungefähr vorstellen, wie er war, nachdem du, sein Job, sein Stolz und seine Gesundheit weg waren. Natürlich hat er uns geliebt, doch wir sehen aus wie du und den Hass auf dich haben wir immer zu spüren bekommen. Von dem Zeitpunkt an, als du weg warst, war unsere Kindheit vorbei, ich musste die ganze Familie alleine versorgen, so etwas sollte man einem so jungen Mädchen noch nicht auflasten.

Jetzt ist es das erste Mal, dass wir beide ein wenig frei leben, eigene Entscheidungen treffen und unser eigenes Leben gestalten und jetzt kommst du und tust so, als wären die letzten Jahre nicht passiert, doch sie sind passiert. Keiner von uns hatte eine richtige Mutter, das geht nicht so einfach ungeschehen zu machen.«

Lorena hebt den Blick wieder.

»Lia hat recht, es war sehr schwer für uns. Für fast ein Jahr saß ich jeden Tag vor unserem Tor und habe gewartet, dass du zurückkommst, aber du kamst nicht. Doch ich finde es auch gut, dass du mit uns darüber gesprochen hast und dass wir deine Sicht nun kennen.

Es ist nicht so, dass ich jetzt sage, es ist alles vergeben und vergessen, doch ich denke, die Zeit wird zeigen, wie ernst du das meinst, oder ob du nach ein paar Wochen wieder genug davon hast, Mutter zu spielen.

Wir sind da, wir reden mit dir. Keiner von uns hat dir die Tür vor der Nase zugeschlagen, auch wenn du es vielleicht verdient hättest. Ich werde mich nicht drauf verlassen, aber vielleicht schaffst du es ja, eine bessere Oma als Mutter zu sein.«

Ihre Mutter beginnt zu strahlen, Lorena weiß nicht, ob sie es schaffen wird, jemals ihr volles Vertrauen zurückzugewinnen, doch sie wird ihr die Chance dazu geben, auch Lia ist nicht mehr ganz so aufgebracht. Sie lehnt sich zurück und nimmt sich noch ein Stück Kuchen.

»Und was meinst du mit Cruz? Du kennst ihn doch gar nicht.« Ihre Mutter zieht die Augenbrauen hoch. »Nein, das stimmt, aber ich weiß, wer er ist und ich habe mir sofort Sorgen gemacht, dass du in ein Leben gezogen wirst, was zu gefährlich ist. Wer ist eigentlich der Mann, den ich hier bei dir ab und zu gesehen habe, Lorena? Ich stand oft mit Carlos vor der Tür und habe mich nicht reingetraut.«

Lorena steht auf und geht zur Toilette. »Das ist Cruz' Bruder, Jomar.« Ihre Mutter sieht zwischen Lia und Lorena hin und her und atmet tief ein. »Okay, ich bin die Allerletzte, die etwas wegen Männern sagen sollte, doch ich hoffe, ihr wisst, was ihr da tut.« Nein, wahrscheinlich nicht. Zumindest versucht Lorena jetzt, das Richtige zu tun, doch ihr Herz hasst sie für diese Entscheidung.

Lia geht, sie muss in den Laden, ihre Mutter bleibt noch ein wenig bei Lorena und hilft ihr beim Nähen. Ihre Mutter kann auch sehr gut mit der Maschine umgehen, Lorena weiß noch, dass sie früher immer ihre Kleider genäht hat.

Als sie dann das Kleid von Lia nimmt und sagt, sie wird es ihr im Laden vorbeibringen, ist sich Lorena sicher, dass das wieder besser werden wird, auch wenn es vielleicht einige Zeit dauern kann.

Lia schickt ihr ein Bild von einem Zeitungsartikel, in dem Jomar und Cruz zusammen als sexyste Singles Puerto Ricos gewählt wurden. Sie werden dort als erfolgreiche Geschäftsmänner betitelt und auch ihre Cousins sind mit mehreren Sängern in den Top Ten.

Lorena sieht auf das Bild, das hübsche Gesicht von Jomar, der mit Cruz im Anzug auf einer Feier fotografiert wurde, beide lächeln, beide sind sexy.

Es wird sicherlich nicht lange dauern und Jomar ist über all das hinweg, die Frauen liegen ihm zu Füßen und nur weil es für sie nicht das Richtige war, bedeutet das nicht, dass es nicht für andere das Richtige ist.

Lorena versucht, das alles weit von sich zu schieben, sie beendet alles, was sie noch zu erledigen hat und zieht sich Flipflops über, um noch einmal spazieren zu gehen, bevor sie schlafen gehen wird. Ihr Bauch wächst und wächst, sie trägt heute nur ein einfaches Häkelkleid.

Als sie ihr Handy an sich nimmt, sieht sie, dass sie mehrere Anrufe verpasst hat, von Edmundo und Katas Mutter, sie muss das Handy nach den Bildern von Lia auf stumm geschaltet haben.

Sie bindet sich ihre Tasche um, geht nach unten und will gerade zurückrufen, da hält Edmundos Polizeiwagen genau vor ihr. Neben ihm sitzt Katas Vater und hinten die Mutter, die sie völlig aufgelöst ansieht.

»Ich habe mit Kata telefoniert und plötzlich ist dieser Wilmer früher nach Hause gekommen und hat sie dabei erwischt, ich habe ihn nur schreien gehört und dann war alles leise, seitdem kann ich Kata nicht mehr erreichen. Du musst uns sagen, wo sie wohnt, wir müssen sofort zu ihr.«

Lorena weiß, wie oft Wilmer schon handgreiflich geworden ist und wie sehr er versucht, Kata unter seiner Kontrolle zu halten, sie flucht leise und setzt sich schnell neben Katas Mutter.

»Beeil dich, Edmundo!«

Kapitel 16

Es dauert viel zu lange, bis sie endlich da sind. Edmundo hat in San Juan nicht viel zu sagen, doch er benutzt trotzdem seine Sirene, während Lorena und Katas Mutter immer wieder versuchen, Kata zu erreichen. Als sie dann endlich vor ihrem Haus halten und zum Fahrstuhl rennen, sieht man, wie schockiert die Eltern sind, wo Kata gelandet ist, doch für all das haben sie keine Zeit.

Sobald sie aus dem Fahrstuhl steigen, hämmern Edmundo und Katas Vater gegen die Haustür. Lorena bleibt bewusst mit Katas Mutter ein wenig zurück, da sie nicht einschätzen können, wie Wilmer reagiert, doch zu ihrer Verwunderung öffnet er die Tür und sieht sie ganz ruhig an. »Ich wollte sie nicht verletzen.«

Lorena gefriert das Blut, als sie in sein Gesicht sieht, Edmundo hält seine Waffe auf ihn gerichtet, während der Vater in die Wohnung stürmt. Lorena und die Mutter folgen ihm, es ist vieles umgeworfen, es muss ein richtiger Kampf stattgefunden haben. Eine bedrückende Hitze hängt in den Räumen, wie hält Kata es hier nur aus?

Der Vater beugt sich über etwas am Boden im Wohnzimmer, neben einer zerschmetterten Blumenvase und Lorena eilt zu ihm. Kata liegt am Boden, sie ist bei Bewusstsein, ihr Auge ist zugeschwollen und sie blutet an der Stirn, doch nicht das erschreckt sie, sie atmet schnell und hechelt und dann schreit sie. Das Baby kommt.

Ohne weiter nachzudenken, hebt ihr Vater sie auf den Arm und genauso schnell wie sie gekommen sind, verlassen sie die Wohnung wieder. Wilmer will hinterher, doch Edmundo warnt ihn, es nicht zu wagen. Auf dem Weg nach unten ruft Edmundo in einer Zentrale an und fragt nach dem nächsten Krankenhaus.

Lorena kämpft gegen die Tränen, als sie sich mit Kata nach hinten setzt. Kata liegt und ihr Kopf ist auf dem Schoß ihrer Mutter gebettet, Lorena hat ihre Beine bei sich und versucht, auf Kata einzureden, doch Kata schreit immer wieder auf vor Schmerzen, sie scheint nicht einmal richtig zu realisieren, dass sie alle da sind.

Die nächsten Minuten kommen ihnen allen wie Stunden vor, sie halten vor einem riesigen Hochhaus, wieder trägt ihr Vater Kata in die Klinik und zu einem Raum, wo mehrere Krankenschwestern sie zu der Geburtsstation schicken. Während sie alle völlig in Panik sind, scheint das für die Schwestern nur normaler Alltag zu sein.

Lorena wird übel im Magen.

Überall liegen kranke Menschen auf Liegen herum, überall ist Blut, niemand kümmert sich um die Leute. Das sind also städtische Krankenhäuser. Sie fahren zur Geburtsstation. Auch hier sitzen mehrere Schwestern herum, sie begrüßen sie und sehen zu Kata, bevor sie aber irgendetwas unternehmen, fragen sie, wer für die Kosten der Behandlung aufkommt. Katas Vater war immer einer der Wohlhabenderen des Dorfes und legt einige Scheine hin. Er sagt, dass er den Rest morgen bringen wird, aber dass sich endlich jemand um seine Tochter kümmern soll.

Die Schwestern bringen ihnen ein Bett, in das sie Kata hineinlegen. Sie ziehen Kata aus, mitten auf dem Flur, Edmundo und ihr Vater müssen sich umdrehen. Kata bekommt einen Kittel an und die Schwestern untersuchen sie, dabei schreit Kata wieder vor Schmerzen auf. »Der Muttermund ist noch nicht offen, die Kreissäle sind auch alle belegt, warten sie hier, das dauert noch.«

Lorena wird sauer. »Sie ist geschlagen worden, falls sie das nicht erkennen, sollte nicht einmal ein Arzt kommen und gucken, ob alles in Ordnung ist?« Sie weiß, dass sie das ziemlich wütend sagt, doch sie kann nicht glauben, was hier gerade passiert.

Eine der Schwestern seufzt leise auf und schiebt Katas Bett ein wenig an den Rand, damit sie nicht mitten im Flur stehen. »Ich sage dem Arzt Bescheid, ich kann ihnen aber nichts versprechen.«

Sie warten fast eine Stunde, eine Stunde, in der Lorena immer wieder Schwestern anspricht, in dieser Stunde schreit sich Kata fast die Seele aus dem Leib, zwischen den Wehen schläft sie vor

180

Erschöpfung fast ein, doch sie wissen nicht, ob sie nicht doch etwas hat, ob dem Baby etwas fehlt, sie wissen ja noch nicht einmal, wo sie überall von Wilmer getroffen wurde und als wäre all das nicht schon schlimm genug, taucht der auch noch auf und besteht darauf, Kata zur Seite zu stehen.

Es ist das reinste Chaos, Edmundo muss Katas Vater davon abhalten, auf Wilmer loszugehen, Katas Mutter und Lorena sind damit beschäftigt, Katas Stirn zu kühlen, ihre Hand zu halten, ihr gut zuzureden und zu versuchen, einen Arzt zu bekommen.

Immer wieder kommen neue Frauen, werden auf Liegen gelegt und sich selbst überlassen. Irgendwann sieht Lorena einen jungen Mann mit weißem Kittel und läuft ihm schnell hinterher. Sie hält ihn auf dem Weg zum Fahrstuhl auf. »Sie müssen sich meine Freundin ansehen. Sie wurde von ihrem Freund zusammengeschlagen und liegt in den Wehen. Wir wissen nicht, ob es dem Baby gut geht, bitte sehen Sie sich sie an.«

Der Mann blickt Lorena in die Augen und wer weiß, was er darin sieht, aber er nickt und folgt ihr zu Kata. Plötzlich kommen auch die Schwestern, sie überprüfen die Herztöne des Babys. Der Arzt sieht sich Katas Wunden an und untersucht sie, dann geht alles ganz schnell, sie wird in einen Raum geschoben, die Schwestern stützen sich auf ihren Bauch und sagen Kata, dass sie pressen soll.

Lorena hält den Atem an, auch sie wird bald da durch müssen. Kata schreit, ihr Gesicht wird immer dunkler vor Röte, die Männer mussten draußen bleiben und plötzlich ist da ein greller Schrei und der Arzt legt Kata einen wunderschönen Jungen in die Arme. »Luca.«

Lorena wischt sich die Tränen weg, auch Katas Mutter weint, als sie den wunderschönen Jungen betrachten, der sich friedlich an seine Mutter kuschelt, als wären die letzten Stunden gar nicht gewesen.

Lorenas Herz schlägt schneller und sie weiß, dass genau sie das auch bald haben wird und dass es alles ändert. Sie küsst Katas Stirn und streicht über Lucas dunkles Haar. Das ändert alles.

Sie bleiben zwei Stunden im Krankenhaus, Wilmer darf nur kurz zu Kata und dem Baby, er entschuldigt sich, er weint dabei sogar, doch Katas Vater achtet darauf, dass er Kata nicht mehr zu nah kommt.

Edmundo und er fahren zu Kata nach Hause und holen alle Sachen, die sie dort für Luca hat, dann fahren sie mit Kata und dem Baby ins Dorf, nachdem der Arzt versichert hat, dass alles in Ordnung ist. Wilmer soll sich erst einmal fernhalten.

Lorena ist erst am frühen Morgen zuhause und legt sich sofort schlafen, sie hat Luca lange im Arm gehalten und kann es kaum mehr erwarten, Amalia endlich in den Armen zu halten. Bevor sie einschläft, streicht sie über ihren Bauch. »Dein Freund Luca ist schon da.«

Lorena steht erst spät auf, sie duscht und sieht erst dann auf ihr Handy. Jomar hat ihr geschrieben, sofort beginnt ihr Herz schneller zu schlagen. Er lädt sie zu der Nechas-Feier morgen ein, sehr kalt, wahrscheinlich einfach nur, weil es sich so gehört.

Lia geht auch zu der Feier. Es wirkt nicht so, als würde er sie echt dabeihaben wollen. Wenn sie an die Feier denkt, die sie schon mal miterlebt hat und an all die perfekten Frauen, weiß sie auch, dass sie dort nichts verloren hat.

Sie näht schnell das Kleid fertig, woran sie arbeitet und was gleich abgeholt wird. Als der junge Mann kommt, der schon öfter für seine Chefin etwas abgeholt hat, bittet sie ihn, noch einen Moment zu warten. Sie bringt ihm etwas zu trinken und macht noch schnell eine Änderung am Kleid seiner Chefin. Sie kommen ins Gespräch, der Mann mit den hellbraunen Haaren und den dunklen Augen hat vom ersten Tag einen sehr sympathischen Eindruck auf Lorena gemacht.

Er hat immer einen Anzug an und muss offenbar die Botengänge seiner Chefin machen, deswegen fragt Lorena nach, was er eigentlich tut. Er heißt Garia und ist erst vor Kurzem wegen eines Jobs in einer großen Werbefirma von Chile nach San Juan gezogen.

Er muss noch einen Monat den Boten für die Chefin spielen, dann bekommt er endlich sein eigenes Büro und darf die ersten Aufträge bearbeiten, solange muss er sich noch beweisen. Er erzählt Lorena, wie sehr seine Chefin von Lorena und ihren Arbeiten schwärmt.

Lia ruft an und unterbricht sie. Sie sagt Lorena, dass sie morgen vor der Feier zu einer Kosmetikerin geht und Lorena sie begleiten soll. Lorena sagt sofort, dass sie nicht zur Feier kommen wird, sie sagt, dass sie nicht neben all den anderen Frauen durch die Gegend rollen möchte, das tut sie sich nicht an, aber sie begleitet Lia zur Kosmetikerin und hilft ihr, falls etwas mit dem Kleid ist. Lia ist furchtbar aufgeregt wegen der Feier.

Als sie auflegt, räuspert sich Garia. Lorena ist fertig und legt die Kleider zusammen. »Also, wenn ich meine Meinung sagen darf: Ich finde, dass du dich vor niemandem verstecken musst, im Gegenteil. Ich weiß ja, dass du einen Freund hast, aber ...« Lorena lächelt. »Danke, das ist lieb und nein, ich habe keinen Freund.« Sie überreicht Garia die Kleider. »Ich habe dich doch einmal getroffen, mit diesem Mann, der dich nach Hause gebracht hat.« Jomar. »Nein, das ist nicht mein Freund. Ich bin schwanger und momentan eine feste Beziehung zu suchen, ist wohl ziemlich unvernünftig und schreckt die Männer eher ab.«

Sie muss leise lachen, Garia steht auf und sieht ihr in die Augen. »Also, wie gesagt. Ich sehe das nicht so. Du bist wunderschön und dass du schwanger bist, stört mich gar nicht. Das macht dich ja nicht zu einem schlechteren Menschen und ja, wie gesagt, ich finde, du bist etwas ganz Besonderes. Ich würde dich gerne zum Essen einladen und dir zeigen, dass du auch als Schwangere als ganz normale Frau gesehen werden kannst.«

Lorena ist etwas überrascht. »Ich weiß nicht, ob das der richtige Zeitpunkt ist.« Garia lächelt. »Es ist nur ein Essen. Ich hole dich morgen gegen fünf ab und zeige dir, dass du noch immer eine Frau bist, die ein Mann um jeden Preis haben möchte. Was denkst du?«

Lorena weiß nicht, ob das so eine gute Idee ist, sie sollte sich momentan nicht auf Dates oder noch mehr Gefühlschaos einlassen, doch morgen ist die Party der Nechas, sie weiß, dass Jomar, der beliebteste Single Puerto Ricos, von Frauen heiß umschwärmt sein wird, also wieso soll sie dann nicht auch einfach einen schönen Abend genießen?

»Okay, ein Essen.« Lorena lächelt und Garia sieht sie freundlich an, er ist ein netter Kerl, sie werden einen schönen Abend haben und das wars.

Das erzählt sie auch Lia, Stipe und dem Frisör, bei dem Lia am nächsten Tag zurechtgemacht wird. Stipe hat für Lorena eine Masseurin bestellt, die auf Schwangerenmassagen spezialisiert ist und Lorena kann sich auf kaum etwas anderes konzentrieren. Es tut so gut. Ihr Bauch wächst und wächst und sie bekommt immer schlimmere Rückenschmerzen. Als die Frau fertig ist, lässt sich Lorena ihre Karte geben, das muss sie öfter machen.

Sie ist einfach nur stolz auf ihre ältere Schwester, als sie das Endergebnis sieht. Lia trägt das Kleid, was ihr Lorena auf den Körper geschneidert hat, es hat einen sehr sexy Rückenausschnitt, ihre Haare fallen ihr in weichen Wellen zur Seite, sie ist perfekt geschminkt, ihre Mandelaugen strahlen, sie ist einfach nur perfekt, und Cruz kann verdammt stolz sein, sie an seiner Seite zu haben.

Lia muss schnell losgehen, Lorena ist dran, und während der Freund von Stipe sie schminkt und ihre Haare frisiert, entspannt sie sich so, dass sie fast einschläft, doch Stipe und seine Tipps für ihr Date verhindern das.

Er legt auch ihre Haare, die mittlerweile schon über die Schultern gehen, in weiche Wellen und schminkt sie so perfekt, dass sie noch ganz natürlich und trotzdem wunderschön aussieht.

Lorena wurde schon oft geschminkt in der Zeit als Model, doch der Freund von Stipe schafft es wirklich, dass sie sich begeistert im Spiegel betrachtet. Besonders ihre Augen strahlen, er hat ihr einen Hauch Bräune aufs Gesicht gezaubert und als sie kurze Zeit später wieder zuhause ist und sich mit Stipe ein Outfit aussucht, hat sie wirklich Lust, einen schönen Abend zu verbringen.

Sie zieht ein aprikosenfarbenes Kleid an, was ihr bis zu den Knien geht. Es umspielt ihren Bauch, man sieht ihn nicht unbedingt, doch das Kleid hat einen atemberaubenden Ausschnitt. Lorena ist zufrieden, zusammen mit Stipe wartet sie auf Garia. Stipe mag Jomar, doch er spürt, wie traurig sie diese ganze Sache macht und möchte nur das Beste für sie.

Kata schickt Lorena zuckersüße Bilder von Luca und sie freut sich schon, die beiden morgen auf der Hochzeit wiederzusehen. Als dann auch noch der Vermieter anruft und Lorena sagt, dass es geklappt hat und sie die Wohnung bei Lia und Stipe im Haus bekommen wird, fühlt sich Lorena immer besser, es wird besser, es geht bergauf.

Kurz danach klingelt Garia, nervös steht er in einer feinen Hose und einem Hemd vor der Tür und überreicht Lorena Blumen. Stipe verabschiedet sich augenzwinkernd und Lorena stellt die Blumen ins Wasser.

»Bist du bereit für einen schönen Abend?« Lorena nickt und lächelt. Sie wird versuchen, alles andere auszublenden.

Und das versucht sie wirklich, sie gibt sich Mühe. Sie nehmen nicht Garias Auto, sondern laufen zum Strand, dabei überhäuft er Lorena mit Komplimenten. Als sie sich dann die Schuhe ausziehen und den Strand entlanglaufen, ahnt es Lorena bereits, doch als Garia sie zu dem Restaurant direkt am Meer bringt, in dem sie auch mit Jomar war, seufzt sie innerlich laut auf.

Sie versucht, sich trotzdem nichts anmerken zu lassen, sie setzen sich und Garia beginnt, Lorena über Amalia auszufragen, wie die

Schwangerschaft läuft, was sie sich für Pläne gemacht und was sie schon alles vorbereitet hat.

Genau in dem Moment klingelt Lorenas Handy: Jomar.

Lorena schaltet es auf stumm, nicht jetzt. Doch natürlich hat das ihren Herzschlag sofort verdoppelt. »Erzähle mir doch ein wenig von dir, wo kommst du genau her, wie bist du aufgewachsen?« Lorena lächelt, der Kellner bringt ihnen Pizza und Lorena versucht, sich auf Garia zu konzentrieren, doch ihr Handy leuchtet immer wieder auf, was will Jomar? Er müsste doch auf der Party sein, ob Lia ihm etwas von ihrem Date gesagt hat? Und wenn, das kann ihn doch nicht so aus der Fassung bringen.

Sie macht ihr Handy aus und dann geht es. Garia erzählt ihr, dass er mit seiner Mutter groß geworden ist, sein Vater ist früh gestorben und der neue Freund seiner Mutter hat seinen Platz eingenommen. Wahrscheinlich ist es deswegen gar nicht so abwegig für ihn, eine Frau zu daten, die ein Kind von jemand anderem erwartet.

»Was ist eigentlich mit dem Vater des Kindes?« Die Frage, die Lorena am allermeisten hasst. »Er wollte mir das Baby aus dem Bauch treten und ich weiß ehrlich gesagt nicht einmal, ob er überhaupt noch lebt, deswegen vermeide ich das Thema lieber.« Garia lacht auf, er denkt, sie macht einen Scherz, er ahnt nicht, wie ernst sie das meint.

Sie haben einen schönen Abend, es ist nichts, was Lorenas Herz schneller schlagen lässt, doch Garia gibt ihr ein gutes Gefühl und sie genießt die nächste Zeit, auch wenn sie immer wieder darüber nachdenkt, was Jomar wollte.

Sie sprechen viel über Lorenas Zeit im Dorf, Garia ist ähnlich aufgewachsen, aber auch so verbindet sie viel, doch als sie langsam zurücklaufen, weiß auch er, dass Lorena momentan nicht bereit ist, sich auf etwas einzulassen.

Nicht jetzt, nicht so, nicht wenn ihre Gedanken immer wieder zu Jomar wandern. Garia bringt sie zu ihrer Haustür und wendet sich zu ihr um. Lorena bedankt sich für den schönen Abend und Garia macht Anstalten, sie zu küssen, doch er kommt nicht dazu, mit einem lauten Knall wird eine Autotür geschlossen und Lorena sieht direkt in Jomars wütende Augen.

Kapitel 17

Lorena weiß nicht, ob Garia sie auf den Mund geküsst hätte, sie hätte das gar nicht gewollt, es war nicht der Abend dafür, es war ein Abend für einen Kuss auf die Wange und das Versprechen, dass man im Kontakt bleibt, doch egal was Garia vorhatte, sie wurden laut unterbrochen.

»Was tust du hier?« Lorena ist völlig überrumpelt, als Jomar wütend zu ihnen kommt. »Verhindern, dass du einen Fehler machst.« Er sieht zu Garia. »Du solltest besser verschwinden, Lorena ist nicht ...« Lorena unterbricht Jomar und stellt sich zwischen Garia und ihn. »Stop! Wir waren etwas essen und du hast nicht das Recht, hier aufzutauchen und ihn so anzugehen.« Man sieht, dass Garia einen gehörigen Respekt vor Jomar hat.

»Ist schon gut, Lorena, ich gehe lieber, es ist schon spät. Einen schönen Abend noch.« Schneller als Lorena antworten kann ist er weg und sie sieht Jomar in die Augen. »Du ...!«

Lorena weiß nicht, wann sie das letzte Mal so wütend war. Sie geht die Treppen zu ihrer Wohnung hoch, schließt die Tür auf und will sie hinter sich zuschlagen, doch Jomar steht plötzlich im Türrahmen und funkelt sie böse an. Lorena glaubt das nicht, wie kann er sich das jetzt noch wagen?

Lorena wirft ihre Tasche auf die Couch und gießt sich ein Glas Wasser ein, doch auch das beruhigt sie nicht. Sie dreht sich zu ihm um, nachdem er die Tür hinter sich geschlossen hat und sie von der gegenüberliegenden Wand wütend aber auch abschätzig ansieht.

Lorena sieht ihm in die Augen und alles zieht sich in ihr zusammen. Sie versucht doch wirklich alles, um ihn zu vergessen und ihm aus dem Weg zu gehen. Sie hat keinen Nerv mehr für all das, es tut ihr nicht gut, ganz und gar nicht, und doch kann sie ihm nicht widerstehen.

Sie blickt Jomar in seine dunkle Augen, er trägt eine schwarze Anzughose und ein schwarzes Shirt, er ist frisch rasiert, seine Haare frisch geschnitten, seine Haut glänzt golden, er hat entspannt die Hände in der Tasche, doch Lorena weiß, dass er nicht so entspannt ist, wie er gerade tut.

Sie sieht auf das Kreuz an seinem Hals, muss an seinen Nechas-Schriftzug am Herzen und den darunter stehenden Satz 'Bereue nichts' denken. Sie bereut es, sie bereut, dass sie diesem Mann einfach nicht widerstehen kann und es macht sie noch wütender.

»Wieso hast du das getan?«

Jomar wirft ihr bei ihrer Frage einen wütenden Blick zu, dabei hat er kein Recht dazu. Seine Stimme ist gepresst, weil er versucht, seine Wut zu unterdrücken, Lorena versucht es nicht mehr, es bringt nichts. »Das weißt du.« Lorena wird lauter. »Nein! Das weiß ich eben nicht, Jomar, erkläre es mir. Wieso?«

Jomar sieht sie von oben bis unten an, sagt aber nichts und das macht sie rasend.

»Das ist das Problem, Jomar. Du sagst nichts. Du kommst in mein Leben und verschwindest wieder, einmal bist du da und meldest dich, dann wieder nicht. Du willst, aber irgendwie ist dir das alles doch zu viel. Du kannst auf vieles nicht verzichten und doch willst du das alles gar nicht mehr. DU WEIßT NICHT, WAS DU WILLST!« Jomar deutet zu ihrem Bauch. »Du sollst dich nicht so aufregen. Amalia tut das nicht gut!«

Lorena lacht bitter auf. »Das hier tut ihr nicht gut, dieses ständige Auf und Ab. Ich kann das nicht mehr. Ich brauche eine klare Linie in meinem Leben und das habe ich mit dir nicht. Du willst ja nicht einmal ein Teil von alldem sein und doch tauchst du dann wieder auf und ...« Lorena atmet tief ein.

»Was denkst du denn, Lorena? Dass das hier eine normale Situation ist? Dass ich einfach so mal mein komplettes Leben ändere und ...«, er zeigt zu ihr, »... einfach damit klarkomme? Ich weiß selbst,

190

dass ich nicht weiß, was ich will. Denkst du, mich macht das Ganze nicht wahnsinnig?«

Lorena kann ihre Tränen nicht mehr zurückhalten und zuckt automatisch zusammen, als Jomar lauter wird. »Du tust mir aber nicht gut, das tut mir nicht gut.« Jomar sieht ihr in die Augen, nun funkeln sie wieder böse und er wird lauter. »Weißt du was … dann geh doch zu diesem Typen, wenn es das ist, was du willst und wenn dir das guttut!«

Ohne dass Lorena noch etwas sagen kann, ist Jomar weg und lässt die Tür laut ins Schloss fallen. Lorena beginnt richtig zu weinen. Sie weiß, was für ein stolzer Mann Jomar ist und wie sie ihn treffen kann. Sie weiß, wie verwirrt er ihretwegen ist und dass das alles genauso wenig leicht für ihn ist wie für sie, doch es macht sie verrückt, all das ist wirklich nicht gut für sie.

Sobald Jomar weg ist, schnürt sich ihr Herz zu. Sie weiß einfach nicht, was sie seinetwegen tun soll. Lorena setzt sich auf die Couch, versucht durchzuatmen und streicht über ihren Bauch. Sie muss vernünftig sein, sie kann sich nicht auf solche ungesunden Abenteuer einlassen, nicht mehr. Amalia ist wichtiger. Sie schließt die Augen und denkt über Jomars Worte nach, streicht über ihren Bauch und beruhigt sich trotzdem nicht, noch immer laufen ihr die Tränen über die Wange, und da hört sie, wie es leise an der Tür klopft.

Sie sollte nicht aufmachen, sie sollte es ignorieren und sich schlafen legen, doch sie kann nicht. Sie öffnet die Tür und ehe sie noch einmal darüber nachdenken kann, liegen Jomars Lippen auf ihren und sie schließt die Augen. Wie sehr sie ihn in diesen paar Tagen schon vermisst hat. Auch Jomar zeigt in dem Kuss deutlich, dass ihm all das mehr bedeutet, mehr als es für sie beide gut ist.

Die Tür knallt wieder ins Schloss und Jomar drängt Lorena zu der Couch, doch genau da stoppt ihre Sehnsucht aufeinander wieder. Jomar kann sich nicht auf sie legen, ihr Bauch ist im Weg, der Kuss wird langsamer und Lorena schüttelt den Kopf, sie wissen beide nicht, was sie hier tun.

Jomar hat Alkohol getrunken und das nicht wenig, das spürt man und Lorena hat es auch geschmeckt.

»Sei nicht sauer auf mich, ich konnte einfach nicht zulassen, dass ein anderer Mann dir zu nah kommt.« Er legt sich neben Lorena und zieht sie in seine Arme. »Aber wenn wir uns dazu entschließen, dass das zwischen uns nicht funktioniert, wird es früher oder später dazu kommen, Jomar. Willst du mir sagen, dass du heute und die Tage keinen Kontakt zu anderen Frauen hattest?« Er zieht sie eng an sich und sieht ihr in die Augen.

»Wenn Männer etwas mit Frauen haben, hat das in den seltensten Fällen etwas mit Gefühlen zu tun, wenn du dich aber auf einen Mann einlässt, dann geht das schon eher um Gefühle.« Lorena lacht und Jomar lächelt, während er sie ansieht. »Das ist Unsinn und das weißt du auch.«

Jomar küsst ihre Wange und ihre Stirn. Auch wenn sie sich das letzte Mal ausgesprochen haben, bewirkt der Alkohol, dass er noch einmal ehrlich ist. Er sieht ihr in die Augen. »Ich habe dich vermisst, ich weiß, dass ich nicht hätte herkommen sollen, doch ... na ja ... das Herz.« Natürlich weiß sie, es geht ihr ja genauso.

»Dieses dumme Herz!« Ihre Hand geht an seine Wange und sie küssen sich, langsam und genießend. Als sie den Kuss beenden, sieht er ihr liebevoll in die Augen.

»Ich habe gerade gesehen, dass du zusammengezuckt bist, als ich lauter wurde ... ich weiß, dass du schon so einiges abbekommen hast, Lorena. Aber egal was ist, ich würde niemals, niemals meine Hand gegen dich oder eine andere Frau erheben. Es tut mir weh, wenn du zuckst und denkst, ich könnte das tun ... niemals.«

Jomars Hand schiebt ihr Kleid hoch und er küsst sie erneut. Liebevoll streicht er über ihren Rücken und ihren Bauch und als sie den Kuss langsam beenden, zieht er eine weiche Decke, die über der Couch liegt, zu ihnen hinunter und deckt sie beide zu, Lorena kann zu alldem nichts mehr sagen. »Dieses dumme Herz ... jetzt ist es besser.« Seine Stimme ist nur noch ein leichtes Murmeln, der Alkohol zeigt seine Wirkung. Lorena kuschelt sich so eng wie es geht an ihn und Jomar hält sie fest in seinen Armen.

Kurz danach hört sie seinen gleichmäßigen Atem, lauscht seinem Herzschlag, und auch wenn sie genau weiß, dass es sie wieder zurückwirft, kann sie auch nicht darüber hinwegsehen, dass er da ist, obwohl, er hätte mit irgendwelchen Traumfrauen feiern können und unkomplizierten Sex haben, stattdessen liegt er hier mit ihr zusammen auf ihrer viel zu kleinen Couch und hält sie, als wäre das alles, was er wirklich will.

Lorena schläft gut, sehr gut. Sie wird immer mal wieder wach, weil sie sich nicht viel bewegen kann, doch jedes Mal, wenn sie den Grund dafür sieht, schließt sie wieder zufrieden ihre Augen und schläft weiter. Erst als Jomars Handy sie beide weckt, werden sie wirklich wach.

Er hat seine Waffe und sein Handy auf ihren Wohnzimmertisch gelegt, sie hat das nicht einmal mitbekommen. Nun greift er über sie, wobei er ihre Wange küsst, ihr fällt es schwer, die Augen zu öffnen. Jomar hat eine ganz raue Stimme, er flucht leise, als ihm jemand am Telefon etwas sagt und legt auf. »Ich bin zu spät, die warten bereits alle bei einem Termin auf mich.«

Jomar setzt sich auf und hält seinen Kopf, er hat wahrscheinlich gestern deutlich mehr getrunken, als er sollte. Lorena bleibt liegen, als er sich noch einmal zu ihr umwendet, wieder einmal schlägt ihr Herz schneller, als sie in sein hübsches Gesicht sieht, es ist kein Wunder, dass er Puerto Ricos begehrtester Single ist. Jomar lächelt und beugt sich zu ihr hinunter, um ihr einen Kuss auf den Mund zu geben. »Es tut mir leid, dass ich gestern wieder alles umgeworfen habe.«

Sie weiß nicht einmal, was sie dazu sagen soll. Nicht schlimm, passiert dir sicher nie wieder. Nicht schlimm, sind ja nur meine Gefühle, die immer wieder aufgerüttelt werden. Sein Handy piept und er steht auf. »Willst du etwas essen?« Lorena hat nicht eingekauft, aber ein Frühstück bekommt sie zusammen. »Nein, bleib noch liegen, ich fahre jetzt in ein Café und frühstücke dort. Soll ich dir etwas liefern lassen?«

Sie bleibt wirklich noch liegen. »Nein, nein, das ist nicht nötig.« Jomar geht kurz ins Bad, dann steckt er die Waffe und das Handy ein, sieht Lorena noch einmal in die Augen und räuspert sich. »Ich hätte nicht gedacht, dass es mir so schwerfällt, mich von dir fernzuhalten.« Er wartet keine Antwort ab, er geht und lässt Lorena wie so oft mit völlig gespaltenen Gefühlen zurück.

Doch keine Minute später klopft es und Lorena steht auf, vielleicht hat er doch noch mehr zu sagen. Als sie die Tür dann aber öffnet, steht eine völlig fertige Lia vor ihr.

Lorena kennt ihre Schwester in- und auswendig, sie hat sie schon in so vielen Situationen erlebt, sie weinen und lachen gesehen, doch noch niemals hat sie sie so tief getroffen erlebt wie in diesem Augenblick.

Dieses Mal ist es Lorena, die Lia in den Arm nimmt und sie zu trösten versucht, während ihre ältere Schwester ihr erzählt, dass sie gestern auf der Feier mitbekommen hat, dass Cruz in Mexiko eine Freundin hat, sie war gestern da und er hat Lia nicht als seine Freundin vorgestellt. Cruz behauptet zwar, dass er das nur vorspielt wegen der Geschäfte, doch er verheimlicht Lia vor seiner Familia und sie hat sich getrennt. Es gab einen furchtbaren Streit.

Es dauert eine Weile, bis Lia sich so weit beruhigt hat, dass sie Lorena alles nochmal in Ruhe erklären kann. Auch wenn ihre Schwester wirklich sauer ist, weiß Lorena doch genau, dass Cruz sie liebt und kann nicht glauben, dass er Lia betrügen oder hintergehen würde. Lia will das gar nicht hören, sie fragt, warum Jomar ihr so verwirrt entgegenkam und sieht Lorena an, die noch immer in dem Kleid von gestern vor ihr sitzt.

Lorena erklärt ihr, was sie selbst nicht versteht, von gestern und dass sie sich näher gekommen sind, sie kann es nicht erklären, es ist einfach nicht normal, was da zwischen Jomar und ihr passiert. Genau in dem Moment klopft es erneut und zwei Männer bringen

194

Platten mit Käse und Wurst, Behälter mit warmem Rührei, Gebäck, Marmelade, frisch gepresste Säfte, Croissants und einiges mehr. Sie stellen alles auf dem Tisch ab und gehen wieder.

Lorena atmet tief aus, Lia sieht sie noch verwirrter an und Lorena hebt die Hand. »Wir frühstücken jetzt, dann machen wir uns fertig und gehen auf Mandelas Hochzeit. Wir werden diesen ganzen Wahnsinn hinter uns lassen und das einfache Leben auf dem Dorf genießen, abgemacht?«

Das erste Mal, seit Lia in ihre Wohnung gekommen ist, setzt sich so etwas wie ein Lächeln in ihr Gesicht. »Unbedingt, das ist genau das Richtige!«

Kapitel 18

Und das ist es, für sie beide. Sie essen, machen sich fertig und fahren mit dem Bus ins Dorf, wo sie erst das Grab ihres Vaters besuchen und dann zu Mandela gehen. Sie begleiten sie zur Kirche und feiern danach bis zum nächsten Morgen mit allen Menschen, die sie lieben.

Es ist wunderschön, die Hochzeit ist wunderschön, klassisch, eine Dorfhochzeit und doch so schön. Sie findet in der Stadt statt, doch alle aus dem Dorf sind da. Sie sitzen zwischen Emil, Tabea und allen anderen alten Freunden. Nun erfährt Lia auch das erste Mal alles von Kata, sie hatte mit der Zeit nur mitbekommen, dass Lorena wieder Kontakt zu ihr hat, nun wechseln sie alle sich ab, den hübschen Luca zu halten.

Kata ist froh, zurück zu sein, Wilmer versucht immer wieder, Kontakt aufzubauen, doch Edmundo und Katas Vater schirmen das ab, nächste Woche soll dann ein Treffen stattfinden, wo man sich erst einmal ausspricht. Kata weiß nicht, ob sie Wilmer endgültig verlässt, momentan möchte sie bei ihren Eltern im Dorf bleiben.

Es tut so gut, wieder hier zu sein, es ist wie Balsam für die Seele, selbst Lia lacht inmitten ihrer Freunde, auch wenn sie so verletzt ist. Die Feier dauert lange, Lorena verabschiedet Mandela und auch Antoni, als sie am frühen Morgen in die Flitterwochen aufbrechen und schläft zusammen mit Lia bei ihrer Nachbarin. Ihnen beiden hat die kleine Auszeit gutgetan.

Zuhause verwundert es Lorena nicht, dass Jomar nur hin und wieder schreibt, ob alles in Ordnung ist, sie antwortet irgendwann gar nicht mehr und ist zum Glück während der nächsten Tage gut abgelenkt. Sie kümmert sich um ihre Aufträge und gleichzeitig um den Umzug, denn sie kann schon in ein paar Tagen einziehen und plötzlich gibt es nichts, was sie mehr möchte.

Es soll für sie ein Neustart werden, sie wird ab diesem Zeitpunkt auch anfangen, im Laden zu arbeiten, sie gibt sich viel Mühe, dass der Neustart auch gelingt und ist froh, dass ihre Mutter jetzt wirklich immer öfter vorbeikommt und hilft.

Sie hilft beim Renovieren der Wohnung, hilft Lia im Laden, packt mit Lorena Kisten. Es ist nicht sofort wieder alles gut, doch man spürt, dass ihr Verhältnis besser wird. Die neue Wohnung ist ein Traum, Stipes Wohnung ist eine Etage tiefer, Lias eine höher. Sie hat zwei Zimmer, einen Wohnbereich, eine kleine Küche, ein kleines Bad und auch einen Balkon. Sie ist perfekt.

Lorena durfte während der letzten Tage nicht oft dahin, weil Stipe, Lia, Edmundo und auch ihre Mutter die gesamte Wohnung beige und weiß gestrichen haben. Sie haben einige Farbakzente gesetzt und sie waren ständig einkaufen.

Lorena behält fast nichts aus dieser Wohnung, sie hat schon einige Sachen, alles weitere wird sie nach und nach kaufen. Ihre Mutter schenkt ihr eine fliederfarbene Couch, in die Lorena sich verliebt hat. Sie hat alle Hände voll zu tun mit packen, die Zeit rast, sie beginnen nachdem, ihre geschneiderten Sachen in den Laden zu bringen und sobald diese auch im Schaufenster ausliegen, kommen immer mehr Aufträge herein.

Gestern war Lorena zusammen mit ihrer Mutter in der Klinik, die Jomar bezahlt, damit Lorena dort untersucht wird, sie wollte nicht, doch nachdem sie die Geburt von Kata mitbekommen hat, weiß sie, dass sie das für Amalia tun muss. Sie ist nun bereits im sechsten Monat und alles ist in Ordnung.

Ihre Mutter hat geweint, als sie Amalia gesehen hat und Lorena wurde wieder bewusst, dass sie den richtigen Weg geht, all das tut sie für Amalia und sie ist alle Mühe wert.

Lia ist seit dem Streit viel bei Lorena und hat fast jede Nacht bei ihr geschlafen, auch heute Nacht, und Lorena sieht, wie schlecht es ihrer Schwester geht.

198

»Das kann man ja kaum noch mitansehen.« Lorena wirft Lia eine Decke zu, die sie gerade fertig genäht hat. Sie ist endlich mal wieder dazu gekommen, etwas für Amalia anzufertigen. Lorena hat so viele Aufträge, dass sie kaum noch dazu kommt, doch jetzt hat sie eine wunderschöne kleine Babydecke genäht.

»Mir geht es gut.« Lia nimmt die Decke von sich herunter, steht auf und faltet sie ordentlich zusammen, um sie in den Karton mit den Sachen für Amalia zu legen. »Lia, du schläfst kaum und isst nicht richtig, ich habe dich noch nie so nachdenklich gesehen. Rede mit ihm!« Lia geht zurück in die Küche, wo nicht mehr viel herumsteht und legt die Teller zusammen, die Lorena gehören. »Du brauchst Besteck und Gläser.«

Lia schreibt es auf die Liste mit Dingen, die Lorena noch für die neue Wohnung braucht. »Lia, ich meine es ernst. Dir geht es nicht gut, wieso redest du nicht noch einmal mit Cruz?« Ihre Schwester schließt die Augen, Lorena weiß, dass sie Cruz' Namen am liebsten nicht mehr hören würde. »Es ist erst eine Woche her, es wird besser werden.« Lorena wünschte, sie könnte ihr helfen, gestern hat sie schon geschlafen, als Lia gekommen ist. »Wie war dein Abend gestern mit Stipe? Konntest du dich ein wenig ablenken?«

Lia zuckt die Schultern und schließt die letzten Kisten. »Es war ganz nett, aber mir ist momentan einfach nicht nach feiern. Als ich gerade die Feier für einen Mädchengeburtstag geplant habe, musste mich die Mutter daran erinnern, fröhlichere Farben zu nutzen.« Lorena lacht leise.

»Ich habe mir überlegt, dass ich mit dir mitkomme zur Messe, lass uns ein paar Tage länger dableiben, ich habe schon etwas gesehen, wo wir ein paar Tage bleiben könnten und miete uns das. Das tut uns beiden gut.« Lia sieht zu ihrer Schwester und lächelt.

Ihre Schwester will zu einer Babymesse, um dort Werbung für ihre Baby Showers zu machen und Lorena begleitet sie. »Wir hätten ahnen müssen, dass uns diese Brüder nicht guttun.«

Lorena steht auf und guckt nach, was es noch zu tun gibt.

»Es ist alles fertig für morgen.« Lorena sieht sich in der Wohnung um. »Ich glaube, ich werde die Bruchbude vermissen.« Es ist alles in Kartons gepackt, die morgen von Stipe und Lias anderen Nachbarn zu Lorenas neuer Wohnung gebracht werden. Es gibt nur ein paar Möbel, die Lorena mitnimmt, alles andere will sie nach und nach neu kaufen. Sie wird erst auf einer Matratze schlafen, doch das macht nichts.

Lorena schließt die letzte Kiste und damit ist diese Wohnung hier Geschichte. Lia sieht sich zufrieden um, in dem Moment klopft es. »Ich gehe langsam rüber, du ruh dich noch aus, du hast genug gearbeitet.« Lia schnappt sich ihre Tasche und öffnet die Tür. Lorena will gerade etwas sagen, doch sie stockt, als sie Jomar vor der Tür stehen sieht. Sie hat nur hin und wieder knapp auf seine Nachrichten geantwortet.

»Ähmm, hi. Ich bin weg, Lorena, wenn etwas ist, ruf an.« Jomar gibt Lia einen Kuss auf die Wange und kommt in die Wohnung, doch dann dreht er sich noch einmal zu ihr um. »Lia … rede mit Cruz. Ich weiß nicht, was genau zwischen euch passiert ist, doch er ist sehr mies drauf. Das setzt ihm sehr zu.«

Man sieht Lia an, dass sie das nicht hören will. »Soll er sich an Chloé wenden.« Jomar legt den Kopf schief. »Euer Streit ist wegen Chloé? Lia, mein Bruder liebt dich, er ist sicher nicht jemand, der das so gut zeigen kann wie andere, doch ich habe ihn noch nie so gesehen wie jetzt. Er sagt, dass du nicht mit ihm reden willst, gib ihm die Chance. Ihr liebt euch doch.«

Lorena stellt sich zu Jomar. »Dann muss dein Bruder meine Schwester besser behandeln!« Lia lächelt zu Jomar und zwinkert mit den Augen. »Ich glaube, hier lieben sich einige, doch das bedeutet nicht, dass man immer zusammengehört, oder?« Jomar versteht, dass es als Seitenhieb an ihn gerichtet ist und lächelt auch ein wenig. »Manchmal liegen die Sachen halt komplizierter, als man es möchte.« Lia hängt sich die Tasche um. »Nein, du und dein Bruder macht sie komplizierter als sie sind.« Lorena nickt, wahrscheinlich hat ihre Schwester da wirklich recht. Lia küsst Jomar noch einmal auf die Wange. »Versuch es besser als Cruz zu machen.«

Lorena schließt die Tür, als ihre Schwester weg ist, Jomar sieht sich um. »Was ist hier los?« Er weiß noch gar nicht, dass sie umzieht, wie auch, sie reden ja nicht miteinander. Lorena kann den Zustand, den sie beide haben, nicht einmal beschreiben. »Ich ziehe um, morgen gebe ich die Schlüssel ab.« Jomar sieht sie verwundert an. »So plötzlich? Wohin ziehst du?« Lorena geht in die Küche und holt zwei Dosen Limonade und gibt eine Jomar, der sich immer noch umsieht.

»In das Haus von Lia und Stipe, dort ist ein Wohnung frei, ich arbeite ab jetzt bei Lia im Laden, ja … es gibt einiges, was sich ändert.« Jomar wendet seinen Blick zu ihr. »Ein Neuanfang also? Wieso hast du mir nichts gesagt, ich hätte dir doch geholfen?« Sie nickt. »Ja, ein Neuanfang. Wir haben das gut hinbekommen, wie du siehst.«

Lorena weiß, dass sie sich sehr distanziert anhört, sie zwingt sich dazu, das Gefühl in ihrem Bauch zu ignorieren, die Sehnsucht, die sie verspürt, wenn sie ihm jetzt ins Gesicht sieht. Er merkt das. »Ich war in der Nähe, ich habe gleich ein Treffen hier und dachte, ich gucke mal vorbei, ob alles inOrdnung ist bei euch beiden, du antwortest kaum noch.«

Lorena geht zu den Kartons und legt noch die letzten Küchentücher hinein, die sie von der Wäscheleine nimmt, Hauptsache, sie kann Abstand zu ihm halten. »Ja, ich hatte viel zu tun und …« Sie sieht hoch und trifft auf Jomars Blick. Dieses Mal liegt in seinem Blick etwas Verletztes. »Und was?« Sie zuckt die Schultern und sieht ihn nicht an. »Und wir beide wissen doch, dass es besser so ist. Ich mache jetzt einen Neuanfang und versuche, mich abzulenken.«

Sie ist einfach nur ehrlich, sie ahnt, dass ihre Worte ihn treffen, weil es ihr auch wehtut, sie auszusprechen, doch vielleicht muss sie dieses Mal diejenige sein, die einen Schlussstrich zieht, dass es so nicht weitergehen kann, ist ihnen beiden klar. Jomar sagt nichts, Lorena spürt seinen Blick auf sich, doch sie faltet erst die Handtücher fertig und sieht dann hoch. Es trifft ihn, die Kälte von ihrer Seite trifft ihn, doch es geht nicht anders. »Dann bleibt mir wohl nichts anderes übrig, als dir viel Glück bei deinem Neuanfang zu wünschen.«

Lorena sieht ihm in die Augen, will etwas sagen, doch Jomar geht, die Tür fällt lauter ins Schloss als sie sollte und Lorena schließt die Augen, es tut so weh, auch wenn sie weiß, dass es richtig ist.

Sie schafft es die ganze Nacht nicht, ein Auge zuzumachen, sie geht alles noch einmal durch, jede Begegnung mit Jomar, alles was passiert ist und doch fühlt es sich nach jedem 'es war gut so' einfach nur falsch an.

Am nächsten Tag geht sie erst in ihre neue Wohnung, als sie die Schlüssel beim Vermieter abgegeben hat. Lias Nachbarn und Stipe haben die restlichen Kartons geholt und als Lorena dann die neue Wohnung betritt, treten ihr Tränen in die Augen, sie ist wunderschön geworden.

Die Küche ist schon mit allem bestückt, was man braucht, es stehen Kartons mit neuen Tellern und Besteck da, ein Babyhochstuhl ist da. Neben der neuen Couch, die ihr ihre Mutter gekauft hat, steht ein wunderschöner Tisch, ein riesiger Fernseher hängt und Lorena weiß, dass sie das alles nicht gekauft haben.

Ihre Schwester und Stipe haben ihren Balkon bepflanzt, es ist alles perfekt geworden. Im **Schlafzimmer** steht ein riesiges Bett mit Nachtschränken, ein rundes Babybett ist angebracht, im Bad ist alles eingerichtet, ein flauschiger Teppich, den sie nie gekauft hat, liegt aus, eine schöne grüne Pflanze schmückt das Wohnzimmer, all diese Sachen hat sie nicht gekauft, und als sie in Amalias Zimmer kommt, atmet sie tief ein.

Es ist ein Traum in rosa geworden, das Babybett von Jomar steht da, ihre alte Wickelkommode, der Babykleiderschrank ist schon voll, flauschige Wolkenteppiche liegen aus, ein kleines Indianerzelt mit weichen Kissen ist aufgestellt, dazu eine große Giraffe, die goldenen Schmetterlinge an den Wänden unterstreichen das alles noch einmal.

Lorena kann das nicht fassen. »Jomar ...« Es klopft und sie bekommt einen riesigen Strauß roter Rosen und einen kleinen mit rosafarbenen. Während Lia und ihre Mutter die roten Rosen auf ihrem Couchtisch aufstellt und die kleinen bei Amalia im Zimmer, liest sich Lorena die Karte durch, die drin steckte.

'Ich wünsche dir und der Kleinen alles Gute für euren Neuanfang. Ich wünschte vom Herzen, ich hätte dabei sein können, aber manche Dinge sollen einfach nicht sein. Passt auf euch auf.'

Lorena geht auf den Balkon und ruft ihn an. Er ist mit Cruz auf dem Weg nach Mexiko und die Verbindung ist schlecht. »Danke für alles, ich weiß gar nicht mehr, was ich noch sagen soll, du bist so ...«

Man hört Jomars Lächeln. »Sag gar nichts, ich denke, wir beide wissen, dass dieser Neuanfang wichtig ist und wenn ich jetzt an dich denke und weiß, dass du da in der schönen Wohnung bist und in dem Laden arbeitest, geht es mir gut, weil ich weiß, dass es dir gut geht. Mehr brauche ich nicht. Das macht das alles einfacher ...«

Die Verbindung kippt immer wieder. »Passt auf euch auf!«

Und weg ist er, Lorena lächelt und legt auf. Sie sieht in die Wohnung und atmet tief ein, er hat recht, es wird Zeit für einen kompletten Neuanfang, auch wenn ihr Herz vor Sehnsucht nach Jomar schmerzt, ist da dieses Gefühl, das Beste für Amalia zu wollen, was einfach stärker ist und Lorena zuversichtlich in die Zukunft sehen lässt.

Kapitel 19

Und tatsächlich scheint das auch in den ersten Wochen wunderbar zu funktionieren. Lorena hat so viel zu tun, dass sie es schafft, sich komplett darauf zu konzentrieren. Sie fährt mit Lia auf eine Babymesse, wo auch sie ihre Sachen vorstellt, danach machen beide einige Tage Urlaub und lassen einfach mal die Seele baumeln.

In dieser Zeit hat sich Jomar noch einmal gemeldet, er war bei ihrer Wohnung. Stipe hat ihm gesagt, dass sie im Urlaub ist und danach hat er es auch nicht mehr versucht.

Lorena hat einige neue Aufträge bekommen, viel Zeit genutzt, um sich zu erholen, aber auch, um gemeinsam mit Lia ihrer Mutter wieder näher zu kommen. Lia und Cruz haben wieder zusammengefunden und für Lorena ist er bereits jetzt zu ihrem Schwager geworden.

Lia und er hatten es auch nicht leicht, selbst für Lia, die ja noch nicht die Verantwortung für ein Baby trägt, war die Entscheidung für ein Leben mit dem Anführer der Nechas nicht leicht, doch Cruz hat um sie gekämpft und jetzt haben sich beide dazu entschlossen, ihrem Herzen zu folgen und zusammenzubleiben, sie lieben sich und Lorena ist sich sicher, dass sie es jetzt geschafft haben. Sie haben eine Basis geschaffen, die nicht mehr so leicht zu zerstören ist, besonders seit Cruz nun auch offiziell mit ihr zusammen und kein Single mehr ist.

Lorena versteht sich gut mit Cruz, Lia ist häufig bei ihm, doch wenn sie bei Lia sind, verbringt Lorena auch oft Zeit mit ihm. Er mag sie, er achtet sehr darauf, dass es Amalia und ihr gut geht und er berührt immer ihren Bauch, um die Kleine zu spüren. Es ist völlig normal, dass er vom Hafen frischen Fisch kauft und Lia sagt, dass sie Lorena anrufen soll, weil Fisch für Schwangere so gesund ist.

Lorena ist zufrieden, ihr geht es gut. Natürlich, ihr Bauch wächst und sie ist dauerhaft müde, doch sie genießt die Schwangerschaft und besonders, dass Amalia schon jetzt so auf sie reagiert, wenn sie über den Bauch streichelt. Die Tage verstreichen, die Wochen vergehen und Lorena besucht wieder den Arzt, sie soll öfter kommen, doch es ist ihr auch so schon unangenehm, zu ihm zu gehen und Jomar dafür aufkommen zu lassen, wobei sie beide keinen Kontakt mehr haben.

Als Lorena aber mit Cruz darüber spricht, sagt er ihr, dass es keinen Tag gibt, an dem Jomar nicht nachfragt, wie es Lorena geht. Die Arztrechnungen werden immer über ein Gemeinschaftskonto der Nechas bezahlt, also kommt Cruz auch dafür auf und auch wenn es unsinnig ist, hat Lorena deswegen dann nicht mehr solch ein schlechtes Gewissen.

Sie beginnt, alles für Amalia vorzubereiten, die Wohnung komplett einzurichten, obwohl die Sachen, die Jomar ihr gekauft hat, schon viel geholfen haben. Sie konzentriert sich komplett auf sich, ihr Leben und Amalia und hat fast einen Monat keinen Kontakt zu Jomar. Garia hat sich auch nie wieder gemeldet, wenn seine Chefin jetzt etwas nähen lässt, erledigt das immer ein anderer Mitarbeiter, doch auch das ist im Grunde gut so, denn sie macht sich da auch nichts Falsches vor.

Sie hat sich in Jomar verliebt, wahrscheinlich schon viel mehr als das. Sie hat gelernt, damit umzugehen, dass sie beide nicht zusammen sein können, doch das bedeutet nicht, dass sie nicht jeden Tag an ihn denken muss. Es gibt keinen Tag, an dem ihre Gedanken nicht mindestens einmal zu ihm wandern.

Nachts, wenn sie träumt, dann finden sie zusammen, dann gibt es all die Abers und Bedenken nicht, dann hat sie Jomar wieder an ihrer Seite, genießt seine Nähe, ihn wieder um sich herum zu haben und Zeit mit ihm zu verbringen. Sie liebt es, an seine dunklen Augen zu denken, wie liebevoll er sie immer betrachtet hat, sie weiß, dass ihr nur diese Erinnerungen bleiben, manchmal weigert sie sich, die Augen zu öffnen und denen entrissen zu werden, und das ist oft der Punkt, wo sie sich fragt, ob das jemals zu ersetzen ist?

206

Ob sie irgendwann so über Jomar hinweg sein wird, dass ein anderer Mann in ihrem Leben eine wichtige Rolle einnehmen kann, doch das wird wahrscheinlich nur die Zeit beantworten.

Obwohl ihre Geschwister nun fest zusammen sind, schaffen es Lorena und Jomar, sich eine ganze Weile aus dem Weg zu gehen. Er verbringt eine Zeit in Guatemala und kümmert sich dort um ihre Geschäfte, Lorena lernt immer mehr die Nechas kennen, sie verbringt auch immer mal wieder Zeit bei Cruz mit Lia, lernt Savana kennen, trifft Babsi wieder, bei der es mit Caleb auch ein ewiges Auf und Ab ist. Doch Jomar und sie sehen sich mehrere Wochen nicht.

Das erste Mal haben sie sich dann nach etwas über einen Monat komplettem Kontaktabbruch vor knapp zwei Wochen gesehen, zufällig.

Jomar hat Cruz bei Lia abgeholt und Lorena ist fast in ihn hineingelaufen, als sie die Treppen zu einem Termin heruntergekommen ist. Es war merkwürdig, sie beide haben gestockt, sich in die Augen gesehen und wussten im ersten Moment nicht, was sie sagen sollten. Lorena hat dann ein leises 'Hi' murmeln können. Jomar hat ihr weiter in die Augen gesehen und sie dann in den Arm genommen.

Es ist so krank, wie man wochenlang versucht, etwas zu unterdrücken und dann in zwei Sekunden ist das alles wieder weg. Lorena hat die Augen geschlossen, sich an ihn gelehnt und alles tief in sich aufgenommen. Seinen Geruch, seine Wärme, seine raue Stimme, die durch seinen Körper vibrierte, als er ihren Scheitel geküsst und gefragt hat, wie es ihr geht.

Jomar ist ein mächtiger Mann, ein Mann, der nicht viele Emotionen und Gefühle zeigen darf, er hat gelernt, sie zu unterdrücken, es würde ihn viel zu angreifbar als Anführer der Nechas machen. Doch in diesem Moment hat sie begriffen, dass auch ihm das alles nicht leicht fällt, auch er schien in diesem Augenblick mit seinen Gefühlen zu kämpfen, sie haben die Umarmung auch nicht gelöst, erst Cruz, der die Treppen herunterkam, hat sie unterbrochen. Lorena ist dann schnell gegangen, wieder völlig durcheinander, die

Sehnsucht nach Jomar hat sie den ganzen restlichen Tag wie eine schwere Last begleitet und es war fast zu erwarten, dass er ihr am Abend schreibt und gefragt hat, wie es ihr geht und auch, was mit Amalia ist.

Lorena ist nun schon im achten Monat und es sind nur noch wenige Wochen bis zur Geburt, es sollte doch einfach sein, alles andere beiseite zu schieben und sich nur noch darauf zu konzentrieren, doch mit diesem unerwarteten Wiedersehen sind sie beide an dem Punkt gelandet, wo sie aufgehört haben.

Sie haben sich wieder geschrieben, dann hat Jomar sie gefragt, ob sie etwas zusammen essen gehen wollen, sie haben einen wunderschönen Abend im Restaurant am Strand zusammen verbracht, sie haben sich nicht geküsst, doch Jomar hat ihre Hand gehalten und sie immer wieder in den Arm genommen. Sie haben in der Nacht so viel geredet wie noch nie. Sie sind, nachdem das Restaurant geschlossen hatte, noch am Meer sitzengeblieben, bis die Sonne wieder aufging.

Jomar hat ihr von Guatemala und seinen letzten Wochen erzählt und Lorena ihm, was bei ihr alles passiert ist. Er freut sich besonders darüber, dass sie sich mit ihrer Mutter wieder so gut verstehen und als er sie am Morgen nach einem gemeinsamen Frühstück wieder zuhause abgesetzt und sie mit einem Kuss auf die Wange verabschiedet hat, war ihr klar, dass sie wieder von vorn beginnen.

Wenn sie sich die Geschichte von Caleb und Babsi anhört, denkt sie jedes Mal, das könnte sie nicht, doch nun steckt sie auch mittendrin. Allerdings belassen es Jomar und Lorena dieses Mal komplett freundschaftlich, sie geben sich einen Kuss auf die Wange und keiner wagt es mehr, etwas in die andere Richtung anzusprechen, auch wenn beiden bewusst ist, dass es natürlich in diese Richtung geht, dass sie einfach nur Freunde bleiben, ist zumindest für Lorena gar nicht vorstellbar.

Jomar und sie sehen sich noch einmal zufällig bei Cruz, wo alle zusammen grillen und ein anderes Mal kommt er zu ihr und hilft ihr, ihre Balkonmöbel weiß zu streichen. Nachdem er mitbekommen hat, dass sie das alleine tun wollte, hat er ihr das abgenommen und war noch eine Weile bei ihr.

Sie liebt es, Zeit mit ihm zu verbringen, auch wenn sie dann umso mehr spürt, wie sehr ihr die Zärtlichkeiten zwischen ihnen fehlen. Auch Jomar hält zwar diesen gewissen Abstand zwischen ihnen, doch beim letzten Treffen hat er sie etwas länger gehalten, ein wenig öfter nach ihrer Hand gegriffen und ihr wieder länger in die Augen gesehen.

Lorena weiß, dass sie wieder an dem Punkt sind, wo sie aufgehört haben und sie ist froh, als ihre Mutter Lia und sie fragt, ob sie sie für ein paar Tage nach Mexiko begleiten. Sie trifft das erste Mal nach langer Zeit wieder auf ihre Familie.

Als sie ihre Töchter zurückgelassen hatte und ein neues Leben aufbauen wollte, hat sie auch den Kontakt zu ihnen abgebrochen, weil sie genau wusste, dass niemand diesen Schritt versteht, besonders als alles so schief gelaufen ist, dass sie es nicht geschafft hat, ihre Töchter nachzuholen.

Nun hat sie auch wieder mit ihnen Kontakt aufgenommen, mit ihrer Schwester und einigen Cousinen und möchte, dass Lia und Lorena sie beim ersten Besuch begleiten. Lorena würde gerne, doch sie ist sich unsicher, ob es nicht doch zu früh ist. Lia wird es nicht schaffen, weil sie Termine hat.

Lorena denkt die ganze Zeit darüber nach, ob sie ihre Mutter begleiten soll. Die Tickets sind zurückgelegt und sie kann es sich bis zum Schluss überlegen.

Beim letzten Besuch in der Arztpraxis hat sie eine Hebamme kennengelernt, die sich Zeit genommen und mit Lorena eine Liste erstellt hat, was sie noch alles besorgen muss, bevor Amalia zur Welt kommt und nun ist sie zu einem riesigen Babyfachgeschäft gegangen und besorgt alles. Sie hat auch für Luca eine Kleinigkeit gekauft, sie ist momentan alle paar Tage im Dorf und liebt den kleinen Mann.

Wilmer und Kata kommen sich langsam näher, er darf sie und seinen Sohn sehen, im Dorf, unter den wachsamen Augen der Eltern und Edmundo. Auch wenn es im ersten Moment komisch wirkt, ist es doch niedlich, wie sehr sich alle um Kata und Luca kümmern.

Als sie an der Kasse steht, merkt sie, dass sie mehr gekauft hat, als sie tragen kann. Lia ist bei Cruz, aber vielleicht ist Jomar in der Nähe, er ist in den letzten Tagen ständig unterwegs gewesen. Sie packt die vielen Tüten zusammen und schiebt sie im Einkaufswagen in Richtung Parkplatz, während sie Jomars Nummer wählt.

Es klingelt und eine Frau nimmt das Gespräch an.

Lorena nimmt das Handy vom Ohr und sieht nach, ob sie auch wirklich Jomar angerufen hat, doch das hat sie. »Ähmm, Entschuldigung, ich wollte eigentlich Jomar erreichen.« Die Frau lacht leise auf. »Der schläft noch, soll ich ihm etwas ausrichten?« Das kann doch jetzt nur ein schlechter Scherz sein. Vielleicht hat Jomar sein Handy verloren und die Frau versucht, sie hier gerade auf den Arm zu nehmen.

»Ich möchte Jomar sprechen!« Sie weiß, dass sie sich sehr gereizt anhört und die Frau spürt auch, dass das kein Spaß mehr ist. Als sie dann hört, wie sie jemanden anspricht und kurz danach Jomar völlig verschlafen ans Handy kommt, schließt sie die Augen, das darf nicht wahr sein. Lorena atmet tief ein, sie hat das Gefühl, keine Luft mehr zu bekommen. »Es hat sich erledigt!«

Sie legt auf und hält sich am Einkaufswagen fest, Herrgott, was hatte sie erwartet? Dass Jomar nichts mit anderen Frauen hat? Sie sind nicht zusammen, nicht so wirklich, sie weiß ja nicht mal, ob es einen Begriff gibt für das, was sie verbindet, doch es tut weh.

Das erste Mal spürt Lorena solch eine starke Enttäuschung, dass sich ihr Magen komplett zusammenzieht, dieses Hin und Her, diese ewige Unentschlossenheit, all das war nicht leicht und hat sie verletzt, doch das tut wirklich weh. Lorena fängt mitten auf dem

Parkplatz in der Mittagssonne an zu weinen. Sie kann sich nicht zurückhalten, sie lässt alles heraus.

Es tut so weh, der Gedanke, dass Jomar in dieser Nacht, in der sie noch so naiv von ihnen beiden als Paar geträumt hat, eine andere Frau geliebt hat, sie in seinen Armen gehalten hat … schnürt ihr Herz zu. »Ist bei Ihnen alles in Ordnung? Brauchen Sie einen Arzt?« Eine Frau kommt besorgt zu Lorena, doch sie hört nicht einmal zu.

Jomar hat sie die ganze Zeit nicht als vollständige Frau gesehen, sie sind nie weiter gegangen und gestern Nacht hatte er eine Frau bei sich, er hat sie geküsst und gehalten, wie er sie gehalten hat, nur dass die beiden noch viel mehr geteilt haben.

Lorena weiß, dass sie dazu vielleicht nicht das Recht hat, doch es bricht ihr das Herz und in diesem Moment weiß sie auch, dass sie Jomar liebt, es ist kein Verliebtsein, es ist nicht nur, dass sie ihn gerne um sich herum hat, es ist so viel mehr und sie war so dumm und hat nicht aufgepasst, sie hat nicht verhindert, dass sie ihr Herz an Jomar Nechas verloren hat.

»Geht es Ihnen gut?« Lorena sieht der älteren Frau ins Gesicht. »Ja, ich habe mich nur in einen Mistkerl verliebt.« Die Frau lächelt sie aufmunternd an. »Das machen wir alle, es geht vorbei. Denken Sie an Ihr Baby und vergessen Sie den Mann.« Lorena lächelt matt und bedankt sich, bevor sie ihren Wagen zu einem Taxistand schiebt. Die Frau hat keine Ahnung, wie sehr sie das schon versucht hat.

Lorena lässt sich mit den Tüten nach Hause fahren, was eine Weile dauert, doch in dieser Zeit beschließt sie, all das nun endgültig abzuschließen. Jomar hat ihr die Antwort darauf gegeben, ob das zwischen ihnen jetzt nur eine Freundschaft oder mehr wird.

Sie beide haben schon oft beschlossen, es sein zu lassen, aus verschiedenen Gründen, doch Jomar hat mit diesem Schritt einen endgültigen Schlussstrich gezogen und Lorena muss endlich loslassen. Als sie dann bei ihrer Wohnung angekommen ist und bei Stipe klingelt, ob er beim Hochtragen helfen kann, sagt er ihr, dass Jomar gerade da war und nach Lorena gefragt hat, ihr Handy ist aus.

Sie hat nicht eimal gemerkt, dass sie es ausgeschaltet hat, wahrscheinlich ist es aus Versehen passiert, als sie das Gespräch beendet hat, doch es ist gut so. Sie lässt es aus, erzählt Stipe, der eh alles von ihr und Jomar weiß, was passiert ist und bleibt eine Weile bei ihm in der Wohnung.

Am Abend ruft sie ihre Mutter an und sagt ihr, dass sie mit ihr nach Mexiko kommt, sie braucht das jetzt. Sie sieht, dass Jomar sie versucht hat zu erreichen. Immer wieder.

Als sie bei sich in der Wohnung ist, packt sie alles zusammen, was sie für die Tage in Mexiko braucht, dort findet auch eine Hochzeit statt, also nimmt Lorena auch ein feines Kleid mit. Sie ist morgen mit Lia verabredet, sie wollen gemeinsam zu dem Gemeindezentrum gehen zum Mädchentag, danach hat sie noch ein paar Sachen zu erledigen und wird dann direkt zu ihrer Mutter fahren und zum Flughafen, also lässt sie die Tasche gleich im Laden.

Gerade als sie sich schlafen legen will, klopft es laut an ihrer Tür. Sie atmet tief ein und öffnet die Tür. Es verwundert sie nicht, in Jomars Augen zu blicken, er sieht müde aus, geschafft und sieht sie erleichtert an. »Lorena, ich wollte ….« Lorena hebt die Hand. »Ich will nichts hören, Jomar. Hast du mit der Frau geschlafen?« Er senkt den Blick. »So einfach ist das nicht, ich …«

Lorena hat keine Geduld mehr, überhaupt keine. »Hast du oder nicht?« Jomar sieht ihr in die Augen. »Ja, aber …« Sie schüttelt nur leicht den Kopf, auch wenn sie es genau wusste, kann sie nicht verhindern, dass ihr erneut Tränen in die Augen steigen.

»Ich will nichts mehr hören, damit hast du alles gesagt, was es zu sagen gibt. Verschwinde!« Lorena schlägt lautstark die Tür zu, legt sich ins Bett und kann ihre Tränen nicht mehr zurückhalten.

Alles kommt aus ihr heraus, die Enttäuschung, weil ja doch immer noch ein Funken Hoffnung mitgeschwungen ist, immer, das Gefühl, gar keine richtige Frau mehr zu sein, nicht mehr anziehend genug. Zu wissen, dass sie noch niemals solch starke Gefühle für einen Mann hatte wie für Jomar, doch dass das völlig egal ist, es hat nichts geändert.

Ihr Körper zittert, weil er all diese Gefühle kaum bewältigen kann und sie wünschte sich, sie hätte Jomar Nechas niemals getroffen.

214

Kapitel 20

Eigentlich hat sich Lorena nie besonders viele Gedanken über ihre andere Herkunft gemacht.

Nachdem ihre Mutter sie verlassen hat, hat sie sich niemals Mexiko zugehörig gefühlt. Für sie war immer Puerto Rico ihre Heimat, ihre Familie, selbst als sie noch vor einigen Monaten in Mexiko gelebt hat, hat sie alles Mögliche damit verbunden, aber nie einen Teil von sich selbst.

Es ist vor allem die Ruhe und das vollkommene Ausblenden aller Sachen, die gerade in Puerto Rico vor sich gehen, die Lorena dazu gebracht hat, mit ihrer Mutter diese Reise anzutreten, doch schon nachdem sie gelandet sind, hat Lorena Mexiko das erste Mal mit anderen Augen gesehen. Sie hat das Land mit den Augen ihrer Mutter gesehen.

Sie hat ihr alles gezeigt, wo sie aufgewachsen ist, wo sie zur Schule gegangen ist und plötzlich hat Lorena begriffen, dass auch dieses Land ein Teil von ihr ist, auch das ist ihre Heimat, selbst wenn sie es noch nie als diese gesehen hat.

Sie sind zu der Schwester ihrer Mutter gefahren, die Lorena das erste Mal kennengelernt hat. Sie sagt, sie hat sie als kleines Mädchen gesehen, doch daran kann sich Lorena nicht mehr erinnern.

Es ist merkwürdig, plötzlich dieser Seite der Familie gegenüberzustehen. Die gesamte Familie ihrer Mutter ist heller, sie alle haben hellere Augen, diese helle Bräune, es ist merkwürdig, es fühlt sich gut und vertraut an und doch irgendwie ganz anders. Es ist besonders schön zu sehen, wie ihre Mutter dieses Wiedersehen genießt. Sie bleiben zwei Tage bei ihrer Tante, sie reden viel, sitzen im Garten, gehen spazieren und machen sonst nichts außer sich wieder anzunähern.

Nach den zwei Tagen fahren sie in eine andere Stadt, wo sie auf weitere Verwandtschaft treffen, Lorena lernt auch einige Cousinen von sich kennen, sie feiern eine Hochzeit und zu dem Zeitpunkt hat Lorena schon das Gefühl, dass sie immer mit zu diesem Teil ihrer Familie gehört hat.

Lia muss sie alle auch unbedingt kennenlernen. Es ist, als hätte sie etwas gefunden, nachdem sie zwar niemals gesucht hat, doch jetzt, wo sie all das kennengelernt hat, will sie es auch nicht mehr missen.

Zwei ihrer Cousinen begleiten ihre Mutter und ihre Tante zum Meer. Sie haben dort ein kleines Strandhaus mit Garten und genießen die letzten Tage. Lorena tut diese Ruhe gut, es ist richtig, dass sie ihr Handy in Puerto Rico gelassen hat, es verhindert nicht, dass sie trotzdem ständig an Jomar denkt, doch es hindert sie daran zu sehen, ob er sie zu erreichen versucht oder nicht. Sie kann abschalten.

Lia ruft sie über ihre Mutter an, sie hat allen Kunden eine Nachricht geschrieben, dass sie für zwei Wochen im Urlaub ist und dieses komplette Abschalten von allem tut ihr wahnsinnig gut.

Doch sie merkt auch, dass sie sich einiges vorgemacht hat. Wenn sie gedacht hat, dass sie in Jomar nur leicht verliebt ist und sie über ihn hinwegkommt, wenn sie es nur stark genug versucht, hat sie sich wirklich getäuscht. Der Gedanke, dass Jomar eine andere Frau im Arm hatte, dass er sie geküsst hat, dass er ihr in die Augen sieht und dabei lacht, das alles zerreißt sie.

Sie hat damit nicht gerechnet, ihr war bewusst, dass Jomar ihr etwas bedeutet, doch nicht wie sehr. Dass er sie so verletzen kann, hat ihr die Augen geöffnet. Sie liebt Jomar, sie wollte es nicht, doch es ist passiert und sie hat es erst wirklich begriffen, als alles zu spät war.

Es tut weh, aber es ist auch die beste Methode, sich immer wieder bewusst zu machen, dass er nicht solche starken Gefühle hat, sonst hätte er sich längst trotz aller Bedenken und Hindernisse für sie entschieden und wäre nicht mit einer anderen Frau ins Bett gegangen.

Umso mehr genießt Lorena die Tage in Mexiko, nur ihre Mutter weiß von Jomar, somit kann sie absolut abschalten und hört seinen Namen nicht einmal. Sie spürt aber auch, dass sich bei ihr einiges tut, ihr Bauch senkt sich und dabei hat sie solche Schmerzen, dass ihre Tante sie zu einem Arzt bringt, der Lorena erklärt, dass sich ihr Körper auf die Geburt vorbereitet, sie hat die ersten Senkwehen. In Mexiko beginnt auch der letzte Monat ihrer Schwangerschaft und es ist immer greifbarer, es wird nur noch einige Tage dauern und es ist so weit.

Lorena ist zufrieden, ihr Bauch ist zwar riesig, doch alles andere ist noch wie vor der Schwangerschaft. Ihre Haare sind lang geworden und sie trägt sie immer öfter offen. Ihre Cousine bringt ihr bei, wie sie die Haare mit einem Glätteisen glättet und unten schöne Wellen einarbeitet, sie geht abends mit ihren Cousinen in die umliegenden Cafés und Restaurants. Trotz all der Trauer in ihrem Herzen schafft Lorena es, diese Zeit zu genießen. Als sie zurück nach Puerto Rico fliegen, ist Lorena richtig enttäuscht, sie ist nicht bereit, wieder in die richtige Welt zurückzukehren.

Sie vereinbart mit ihren Cousinen, dass sie sie besuchen kommen, wenn Amalia da ist, dann kann auch Lia endlich mal diesen Teil der Familie kennenlernen. Lorena hat wirklich gar keine Lust auf Puerto Rico, besonders nicht, als Stipe ihr sagt, dass Jomar immer wieder da war und Lorena gesucht hat. Lorena hat keine Lust auf ihn, sie will ihn nicht mehr sehen, sie liest nicht einmal die vielen Nachrichten, die sie bekommen hat.

Lia ist mit Cruz in Barbados. Lorena hat mitbekommen, dass es einige Unruhen bei den Nechas gab, aber was genau wollte Lia erst erzählen, wenn sie sich wiedersehen, momentan freut sich Lorena, wenn sie nichts aus dieser Richtung erfährt. Sie geht einfach zu ihrer Schwester in die Wohnung, um nicht auf Jomar zu treffen.

Lorena klärt genau ab, was sie noch alles für Aufträge vor der Geburt erledigen kann und beginnt mit den letzten Sachen. Sie verbringt viel Zeit an der Nähmaschine, die Stipe ihr in Lias Wohnung stellt, da sie den Laden räumen müssen.

Ihnen war klar, dass das nur auf Zeit ist, da der Vermieter andere Pläne mit dem Geschäft hat, doch genau jetzt hätte sich Lorena gewünscht, den Laden noch etwas mehr nutzen zu können. Stipe und die anderen Mitarbeiter von Lia haben sich aber schon etwas überlegt. Stipe möchte Lorena unterstützen, ihr Geschäft noch weiter auszubauen, doch erst wenn Amalia da ist und sie einschätzen kann, wie viel sie mit Baby arbeiten kann.

Jetzt möchte sie erst einmal alles beenden, sie hat für die ersten Wochen genug Geld zur Seite gelegt und hat ja auch noch das Ersparte von ihrem alten Haus, deswegen macht sie sich keine Sorgen.

Ihre Mutter und Stipe kümmern sich viel um sie und Lorena könnte eigentlich rundum zufrieden sein, wäre da nicht der Name in ihrem Herzen, der sie immer wieder in der Nacht aufwachen und einige Tränen verlieren lässt, warum musste sie ihr Herz ausgerechnet an ihn verlieren?

Lorena hat für den Laden am Strand so viel im Voraus genäht, dass einige Teile auch ins Lager kommen, so sollte bis einen Monat nach der Geburt so viel vorrätig sein, dass immer etwas von ihr da ist. Sie hat sich schon lange nicht mehr mit der Besitzerin unterhalten und sie setzen sich entspannt vor das Geschäft in die Abendsonne.

Die Besitzerin überschüttet Lorena mit Komplimenten, sie mag es, wie Lorena die Haare jetzt trägt, sie sagt, ihre Augen glänzen wie verrückt. Lorena hat in Mexiko ein wenig mehr Farbe bekommen und trägt heute nur eine schwarze Leggins und ein schwarzes Top, sie hat Goldschmuck angelegt, trägt roten Lippenstift und hat ihre Wimpern getuscht.

Auch wenn sie sich Mühe gibt, sich zurechtzumachen, fühlt sich Lorena nur noch wie ein riesiger rollender Ball. Deswegen lächelt sie nur müde über die Komplimente und erzählt von Mexiko. Lorena hat sich einige neue Ideen dort geholt und möchte, wenn sie es schafft, noch ein paar Kleider in mexikanischem Stil herstellen. Die Besitzerin hat natürlich Interesse daran.

Das Café, in dem Jomar öfter zu sein scheint, ist in derselben Straße, doch bisher hat Lorena ihn nie getroffen, als sie hier war. Doch heute sitzen sie lange zusammen, es ist schön mild und Lorena genießt die frische Brise vom Meer, als sie allerdings mehrere laute Motoren hört, weiß sie, dass sie früher hätte gehen sollen.

Sie sieht zu den Autos, die vor dem Café halten, es sind drei. Sie sieht Caleb und Babsi aussteigen, aber auch noch einige andere Männer und Frauen, doch nicht das ist es, war ihr Herz schneller schlagen lässt. Jomar steigt aus einem weißen Porsche und sieht sie an.

Er hat sie entdeckt, kein anderer, aber seine dunklen Augen liegen auf ihr. Es bildet sich eine Gänsehaut unter seinem intensiven Blick, selbst über so eine Distanz schafft er es, ihr in die Augen zu sehen. Er schließt die Tür zu seinem Wagen und lässt sie nicht aus den Augen.

Lorena hasst ihn dafür, dass sich alles in ihr nach ihm sehnt, gleichzeitig würde sie ihn am liebsten anschreien und doch am liebsten nie wieder mit ihm reden, alles auf einmal. Er hat sie verletzt, wirklich verletzt. Jomar trägt eine hellblaue Jeans und ein weißes Shirt, seine goldbraune Haut sticht heraus, alles an ihm zieht sie an, natürlich, er sieht aus wie Puerto Ricos beliebtester Single.

Lorena atmet tief aus und wendet sich an die Besitzerin, es kommen gerade wieder Kunden in den Laden. »Ich gehe auch langsam los.« Lorena steht auf, sie umarmen sich und Lorena muss versprechen, sich zu melden, sobald es so weit ist. Als sie sich umdreht, wartet Jomar bereits an der Ecke auf sie. Lorena hat jetzt keine Kraft dafür, sie sieht Jomar nicht einmal richtig an, sie geht einfach an ihm vorbei.

»Du musst mir wenigstens die Chance geben, dir das alles zu erklären, Lorena.« Sie sieht ihn nicht an, sondern geht weiter, natürlich ist sie nicht schnell genug und er hält locker mit ihr Schritt. »Ich muss gar nichts! Du hast mit ihr geschlafen, ich möchte keine Details dazu.« Jomar greift nach ihrem Arm. »Lorena, ich habe einen Fehler gemacht. Aber ich weiß jetzt auch, dass ...« Lorena hebt die Hand.

»Stop! Ich will das nicht hören, Jomar! Nichts von alledem. Der Arzt hat gesagt, ich brauche Ruhe und darf mich nicht aufregen, respektiere das bitte. Außerdem, was sollen die Leute denken. Jomar Nechas, Puerto Ricos Single Nummer eins versucht hier eine Frau ...« Nun ist es Jomar, der sie unterbricht. »Mich interessiert es nicht, was die anderen denken. Du bist nicht irgendeine Frau, du bist die Frau, die ich liebe.«

Lorena stockt, sie bleibt stehen und sieht ihm in die Augen. »Ich meine es ernst, Lorena, mir war das noch niemals so klar wie jetzt. Ich liebe dich, ich habe all das nur nicht zugelassen, doch ich möchte für dich und Amalia ...«

Lorena atmet schneller, sie spürt, wie ihr Tränen die Wange herunterlaufen und sieht, dass es Jomar wehtut, sie so zu sehen, nun sieht sie ihm wirklich in die Augen. »Wie kannst du es wagen, von Liebe zu reden, wenn du mit einer anderen im Bett warst, du hast nicht mal halb so viele Gefühle für mich wie ich für dich und keine Vorstellung, wie sehr du mir wehgetan hast damit!« Lorena geht die letzten Schritte bis zu ihrer Wohnung.

»Es tut mir leid, Lorena ...« Sie sieht ihn nicht mehr an. »Ich will nichts mehr hören, lass mich einfach, Jomar!« Mit diesen Worten geht sie in ihren Hausflur und ist froh, dass er das wirklich respektiert und ihr nicht folgt. Sie hört es draußen vor dem Haus laut scheppern, doch das ist nicht ihr Problem.

Sie ist völlig aufgelöst, als sie oben angekommen ist, wie kann er es wagen, nach alldem ihr noch zu sagen, dass er sie liebt? Lorena hätte nie geglaubt, dass es sie mal so wütend machen würde, das von einen Mann zu hören, den sie ja auch liebt. Lorena geht duschen und will nur noch schlafen, doch natürlich kann sie das nicht. Jomar hat mal wieder alles aufgewühlt und Lorena verflucht ihn dafür.

Am nächsten Morgen fühlt sich Lorena merkwürdig, sie hat wenig geschlafen, doch sie beginnt ihre Wohnung zu putzen. Sie möchte, dass alles fertig ist, wenn Amalia kommt und beginnt, alles sauber zu machen, die Fenster zu putzen, alles zu waschen und zu sortieren. Sie frühstückt noch nicht einmal richtig und mitten in ihrer Arbeit klopft es. Ein Mann steht vor der Tür, er hat einen riesigen Strauß Rosen im Arm und ein Paket aus der Bäckerei, in der Jomar und sie waren, als sie die Nacht durchgemacht haben.

Lorena nimmt alles entgegen und sieht auf die Karte. 'Es tut mir wirklich leid, ich liebe dich. Jomar'. Am liebsten würde Lorena die Augen verdrehen. Denkt er, er kann so alles ungeschehen machen? Lorena stellt die Blumen in eine Vase, öffnet das Paket und isst die vielen Leckereien, während sie den Rest der Wohnung putzt.

Sie ist erst am Nachmittag fertig und so erschöpft, dass sie sich für zwei Stunden schlafen legt. Sie hat gesehen, dass Jomar ihr eine Nachricht geschrieben hat, doch sie hat sie erst gar nicht gelesen und wird erst wach, als es wieder an ihre Haustür klopft.

Ein anderer Mann steht davor, mit einer Tüte mit mehreren Kartons und einem Strauß weißer Rosen. Will Jomar sie jetzt auf den Arm nehmen?

Lorena nimmt alles an, die Boxen enthalten Salat und ihre Lieblingsnudeln, sie stellt die Blumen in eine Vase und isst das Essen, während sie die Nachricht von Jomar liest. 'Lass mich dir wenigstens alles erklären, Lorena, wenn du danach immer noch sagst, du willst mich nicht mehr sehen, dann akzeptiere ich das, aber gib mir die Chance, alles zu erklären'.

Lorena seufzt leise aus. 'Als du mit der Frau ins Bett gegangen bist, hast du damit schon genug erklärt. Taten wiegen manchmal mehr als Worte. Hör auf, mir die Sachen zu schicken, ich habe nicht mal mehr Vasen!'

Lorena legt das Handy weg und beginnt alles zu beenden, was sie noch bis zur Geburt schaffen wollte, und da sie viel gearbeitet hat, ist das nicht mehr viel. Bis zum späten Abend hat sie alles geschafft und sieht sich erleichtert um. Es ist alles erledigt.

Sie will sich gerade gemütlich vor den Fernseher legen, da klopft es erneut. Wieder ein Mann, mit Pizza, rosa Rosen und einer Vase. Lorena fragt, ob sie das zurückgehen lassen kann, doch der Mann verneint.

Lorena nimmt wieder alles, verstaut die Blumen und liest sich die Nachricht von Jomar durch, die schon vor einigen Stunden kam. 'Ich werde dich und das, was wir haben, nicht aufgeben'. Lorena lacht leise auf. Alles, was sie haben, ist das reinste Chaos.

Die Pizza, alles, was sie den ganzen Tag über getan hat und die kühle Brise, die von ihrem offenen Balkon hereinströmt, bringt sie dazu, schnell einzuschlafen, doch sie wird in der Nacht wach. Sie hat wieder Schmerzen, es sind andere Schmerzen als die, die sie sonst immer hatte, sie läuft ein wenig umher, schafft es aber wieder einzuschlafen.

Am nächsten Morgen sind die Schmerzen noch nicht besser geworden, doch sie sind auszuhalten. Lorena geht duschen, zieht sich ein weißes Sommerkleid an, Flipflops, bindet sich einen Zopf und bringt alles, was sie jetzt noch in der Wohnung hat, zu ihren Kunden.

Sie hat keinen Appetit und trinkt nur viel, doch auch, wenn sie den ganzen Mittag unterwegs ist, tut ihr die Bewegung gut und sie geht sogar noch zur Bank, um all das Geld einzuzahlen, nun ist wirklich alles erledigt. Lorena überlegt, ins Dorf zu Kata und Mandela zu fahren, doch als sie zuhause ist und sich kurz hinlegt, kommen die Schmerzen wieder, stärker als vorher, und Lorena beginnt heftig zu atmen.

Vor ihrer Haustür stand ein weiterer Strauß lilafarbener Rosen. Sie sieht gar nicht erst nach den Nachrichten, sondern versucht alles, damit die Schmerzen nachlassen.

Es sind noch knapp zwei Wochen bis zur Geburt, es werden sicher wieder Senkwehen sein. Sie steht auf, sie muss sich wieder bewegen, dadurch wird es besser. Sie beschließt, ans Meer zu gehen und läuft fast in Jomar hinein, als sie aus der Haustür geht.

»Lorena, ich ...« Lorena atmet tief ein. »Ich muss mich bewegen.« Er nickt. »Okay, ich begleite dich. Ist alles in Ordnung?« Sie sieht einmal an ihm hoch und herunter. Sie hat ihn unheimlich vermisst, sie sieht in seine dunklen Augen, auf sein hübsches Gesicht, seine breite Brust, an die sie sich schon so oft gelehnt hat und schließt die Augen. »Nein, ist es nicht!« Sie geht die Treppen hinab und wirklich, kaum bewegt sie sich wieder, wird es besser.

»Hör zu, Lorena, ich weiß, dass du jeden Grund hast, auf mich sauer zu sein. Ich weiß, dass ich schon viel früher hätte auf meine Gefühle hören sollen und nicht immer dieses Hin und Her hätte abziehen sollen ...«

Sie treten aus Lorenas Haus und sie läuft einfach ohne Ziel die Straße hinunter. »Nein, das ist es nicht, Jomar. Das ist völlig in Ordnung. Das ist keine leichte Situation und jeder versteht, dass man da nicht einfach voreilig entscheiden kann, auch ich war immer hin- und hergerissen. Doch als du dann mit der Frau ins Bett gegangen bist, hast du dich endgültig entschieden.«

Er schüttelt den Kopf. »Nein, Lorena, ich habe schon lange vorher gemerkt, dass ich dich liebe. Ich dachte wirklich immer, dass das schon vorbeigeht. Dass ich meine Gefühle wieder in den Griff bekomme, dass ich das mit dir und Amalia nicht hinbekomme und ich wollte alles, aber niemals dir wehtun, Lorena.«

Lorena bleibt stehen und atmet tief ein, als sie ein noch heftigerer Schmerz durchfährt. »Das hast du aber, Jomar!« Er bleibt vor ihr stehen.

»Ich weiß, nach unserem Gespräch habe ich versucht, Abstand zu halten, mal wieder, aber ich habe dich sehr vermisst. Da habe ich gemerkt, dass alles, was wir beschlossen hatten, schwachsinnig ist. Ich habe mich schon längst richtig in dich verliebt. Ich war so sauer auf mich selbst, ich habe immer alles unter Kontrolle, doch das mit dir hatte ich nie wirklich im Griff. Ich weiß, dass Amalia und du es mit mir nicht leicht haben würdet und ihr etwas Besseres verdient, doch allein beim Gedanken, dass dich ein anderer Mann im Schlaf im Arm hält ...«

Lorena geht weiter, sie hält die Schmerzen kaum noch aus.

»Da kannst du dir ja vorstellen, wie es mir geht mit dem Gedanken, dass du mit der anderen Frau geschlafen hast.« Er läuft wieder neben ihr. »Ja, natürlich kann ich das. Ich war betrunken, wollte mir beweisen, dass ich das alles noch im Griff habe, Lorena, doch keine Sekunde mit der Frau hat mir etwas bedeutet. Im Gegenteil, ich wusste, dass ich einen Fehler gemacht habe und habe da gespürt, wie sehr ich dich bereits liebe. Ich weiß, dass sich das krank anhört, doch so ist es und ...«

Lorena greift nach Jomars Arm und hält sich daran fest, dabei packt sie fest zu und er hört auf zu reden. »Hast du starke Schmerzen?« Sie nickt und er dreht sie um, es scheint ihm nichts auszumachen, dass sie ihm wehtut. »Ich fahre dich ins Krankenhaus.« Lorena bleibt wieder stehen und atmet ein. »Nein, ich ...« Jomar nimmt ihre Hand in seine.

»Ich weiß, dass ich einen Fehler gemacht habe, Lorena, aber ich werde jetzt für Amalia und dich da sein und ich würde all das auch nicht machen, wenn ich nicht genau wüsste, dass auch du solche Gefühle für mich hast. Es tut mir leid, aber ich werde dir beweisen, dass ich anders sein kann. Dass ich weiß, was ich will und dich nicht mehr in Stich lasse, versprochen. Es wird alles gut.«

Lorena kann nichts mehr sagen, die Schmerzen überrollen sie wieder und sie drückt Jomars Hand fest, um ein Ventil zu haben, diesen Schmerz verarbeiten zu können.

»Schaffst du es zum Auto?« Er deutet zur anderen Straßenseite, sie nickt, doch sieht in dem Moment zu ihren Beinen, wo alles nass wird. Auch Jomar sieht das und blickt ihr verwundert in die Augen.

Lorenas Herz beginnt zu rasen, sie dachte, das wären normale Senkwehen, jetzt bekommt sie Panik. »Meine Fruchtblase ist geplatzt, es geht los! Amalia kommt!«

Kapitel 21

Jomar wird ganz blass und kommt näher zu Lorena, er legt seine Hand auf ihren Bauch. »Was soll ich jetzt machen? Was brauchst du? Willst du dich hinlegen?« Lorena sieht zu ihren Beinen. »Ich brauche nur etwas zum Abwischen. Das bedeutet nicht, dass sie sofort kommt. Es kann sogar noch einen Tag dauern, aber ich sollte schnell zu einem Arzt.« Jomar zieht sein Shirt aus und gibt es Lorena. »Ich habe noch eins im Auto, soll ich dich tragen?«

Lorena lächelt matt, auch wenn sie noch sauer auf ihn ist, er ist niedlich, so überfordert und blass, wie er gerade zu ihr sieht. »Nein, alles gut.« Eine neue Schmerzwelle übermannt sie und Lorena beißt die Zähne zusammen.

»Okay, komm, ich bringe dich zum Krankenhaus.« Jomar lässt ihre Hand nicht los, Lorena wischt sich die Beine ab und geht die paar Schritte zum Auto. Sie legt das Shirt sicherheitshalber unter sich, Jomar geht an den Kofferraum, zieht ein neues über und in der nächsten Sekunde gibt er Gas.

»Es ist noch nicht die Zeit für die Geburt, oder?« Er sieht besorgt zu Lorena. »Für Amalia offenbar schon.« Sie lehnt sich zurück und schließt die Augen. Es sind ganz andere Schmerzen als die, die sie bisher hatte, noch nie hat sie etwas Vergleichbares gespürt, es fühlt sich an, als würde sie innerlich zerrissen werden.

Am liebsten würde sie laut losschreien, doch sie kann nicht, sie ist ganz still und atmet in sich hinein, schließt die Augen und konzentriert sich auf den Schmerz, so vergeht er am schnellsten.

Jomar sagt noch etwas zu ihr, doch Lorena kann sich darauf nicht konzentrieren, erst als er am Krankenhaus hält, öffnet sie die Augen wieder richtig. Jomar steigt aus und ruft etwas zu einer Krankenschwester, die gleich einen Rollstuhl holt und zum Auto kommt.

Jomar hilft Lorena beim Aussteigen und erst jetzt kann sie wieder ein bisschen klarer denken. Sie hat gerade keine Schmerzen und vielleicht wird es nun besser. Sie gibt Jomar ihren Schlüssel.

»Du musst meine Tasche holen, da ist alles drin, was ich brauche. Es ist eine rosa Tasche, sie steht neben der Couch und du musst meine Mutter anrufen, hier ist mein Handy.« Jomar nimmt alles an sich, doch er schüttelt den Kopf. »Ich lasse dich jetzt nicht alleine.«

Die Krankenschwester lächelt mild. »Keine Sorge, das kann noch dauern und wenn nicht, haben wir Ihre Nummer und rufen an.«

Jomar sieht unsicher zu Lorena, sie sagt ihm, dass sie die Tasche wirklich braucht und er setzt sich wieder ans Steuer und ruft dabei von ihrem Handy ihre Mutter an. Gerade als die Krankenschwester mit dem Rollstuhl losfährt, kommt die nächste Schmerzwelle. Lorena schließt die Augen und atmet sie weg, doch sie dauert lange und Lorena holt danach tief Luft. Die Schwester bringt sie in einen Untersuchungsraum. »Ich weiß nicht, ob ich das noch länger aushalte.«

Die Krankenschwester sieht ihr ins Gesicht. »Das wird schon, legen Sie sich hin, wir hören erst einmal die Herztöne ab, eine Ärztin kommt gleich.« Lorena hat keine Kraft mehr aufzustehen und die Schwester hilft ihr. Gerade als sie sich auf das Bett gelegt hat, kommt die nächste Schmerzwelle. Lorena schließt die Augen und beginnt zu atmen, es wird immer schlimmer, sie hört, wie die Tür aufgeht und jemand etwas zu der Schwester sagt, doch erst, als der Schmerz langsam abklingt, kann sie die Augen wieder öffnen.

Eine Ärztin lächelt sie an und zieht sich Handschuhe über. »Hallo, ich untersuche Sie jetzt und gucke, wie weit der Muttermund schon geöffnet ist, so kann ich auch besser einschätzen, wie viel Zeit noch ...« Sie stockt, als sie mit der Untersuchung beginnt und sieht zur Schwester.

»Holen Sie alles, der Kopf ist schon zu spüren.« Die Schwester sieht überrascht zu ihr. »Sie war ganz ruhig.« Die Ärztin achtet nicht weiter auf sie, sondern sieht Lorena in die Augen, als die nächste Schmerzwelle kommt.

»Okay, pressen sie, wenn sie das Gefühl haben, pressen zu müssen.« Die Krankenschwester geht schnell aus dem Raum. Lorena schließt die Augen und presst und es ist so befreiend, dass sie, nachdem es vorbei ist, geschafft den Kopf zurücklegt. Die Ärztin hat ihre Beine angewinkelt und lächelt. »Beim nächsten Mal ist der Kopf draußen, das machen sie wunderbar. Das Baby hat viele dunkle Locken.« Lorena lächelt, sie wird gleich Amalia sehen, ihr Herz rast und der Gedanke lässt sie noch einmal Kraft schöpfen. Die Krankenschwester kommt mit Handtüchern und anderen Sachen zurück.

»Wir haben den Vater angerufen, er kehrt sofort um.« Lorena kann nicht mal darauf reagieren, da rollt die nächste Schmerzwelle an, und dieses Mal presst Lorena so stark wie sie kann und die Ärztin strahlt. »Der Kopf ist da.« Lorena lehnt sich zurück und atmet tief aus. Die Ärztin merkt, dass Lorena nicht mehr kann, sie hat keine Kraft mehr. »Noch einmal pressen, Sie machen das wunderbar, nehmen Sie noch einmal alles zusammen und dann ...«

Lorena hebt ihren Oberkörper, stützt sich auf und presst, sie hat das Gefühl auseinanderzureißen, doch im nächsten Moment ertönt ein Schrei und Lorenas Herz schwillt an vor Liebe. »Herzlichen Glückwunsch, sie haben ein wunderschönes Mädchen.« Die Krankenschwester schiebt Lorena ein bequemes Kissen in den Rücken und legt ein großes Handtuch über ihre Beine, danach breitet sie noch eine Decke über ihre Beine aus.

Die Ärztin reicht ihr ein weiches Handtuch und darin liegt Amalia. Lorena hat nicht geahnt, wie sehr man lieben kann, doch als sie Amalia in ihre Arme nimmt, weiß sie, dass sie noch niemals jemanden so sehr geliebt hat wie sie. »Sie ist so wunderschön.« Lorena küsst die weichen Wangen ihrer Tochter, sie hat die Augen geschlossen und weint leicht, doch ihre Stimme ist noch ganz zart und schwach.

Sie ist wunderschön, sie hat herzförmige Lippen, die sich in dem Moment an Lorenas Schulter saugen, sie hat dunkle Locken und ein ganz feines Gesicht. »Mein Engel.« Lorena küsst immer wieder die weichen Wangen, diese Nähe scheint Amalia zu beruhigen, sie hört auf zu weinen und saugt weiter an Lorena herum.

Auch die Krankenschwester hält ein und sieht Amalia verzaubert an, in dem Augenblick kommt Jomar ins Zimmer. »Was?« Er sieht verwundert zu Lorena. Durch das Handtuch und die Decke über ihren Beinen sieht er nichts, außer Lorenas Oberkörper und Amalia.

Lorena lächelt, als er zu ihr kommt und verwundert zu Amalia blickt. »Es tut uns leid, aber sie war so schnell, wir haben es nicht mal in den Kreißsaal geschafft.« Jomar lächelt und streicht mit seinem Finger über Amalias Wange. »Sie sieht aus wie du.« Er beugt sich zu Lorena und küsst sie auf die Stirn, Lorena atmet erschöpft aus und küsst Amalia, sie kann gar nicht aufhören, ihre Tochter anzusehen.

Die Ärztin beobachtet das alles, Lorena kommt es nur wie Sekunden vor, sie kann nicht aufhören, Amalia an sich zu drücken und sie zu küssen. Jomar setzt sich zu ihr und sieht auch ganz verliebt auf den kleinen Engel, auch er küsst immer wieder Amalias Wangen, irgendwann öffnet sie ihre Augen und Jomar lächelt, als sie sehen, dass sie schon jetzt grün schimmern. Auch die Ärztin sagt, dass das selten ist, aber vorkommen kann, dass man das Grün schon so früh erkennt.

Irgendwann sagt die Krankenschwester, dass sie Amalia untersuchen werden, Jomar kann sie begleiten. Lorena muss noch zu Ende versorgt werden. Lorena würde Amalia am liebsten nicht aus den Armen geben, aber sie ist froh, dass Jomar da ist und Amalia das erste Mal vorsichtig in seine Arme nimmt.

Es sieht sehr niedlich aus, als er das Handtuch mit Amalia an sich drückt und sie küsst, er sieht ganz verliebt auf sie hinab und bringt sie zusammen mit der Krankenschwester aus dem Raum. Lorena weiß, dass Jomar auf sie aufpassen wird.

Die Ärztin gibt ihr noch einige Anweisungen, sie erklärt ihr, dass nichts gerissen ist und alles gut verheilen wird, was sie jetzt noch erwartet, doch Lorena ist so verliebt in Amalia, dass sie auf ganz anderen Wolken schwebt.

Als sie fertig sind, kann sie vorsichtig aufstehen und duschen gehen. Alles aber mit Hilfe einer Krankenschwester. Lorena beeilt sich, sie zieht eine Jogginghose und ein Top über und streicht verwundert über ihren Bauch, der schon jetzt kleiner ist, es ist ein merkwürdiges Gefühl, dass Amalia nun nicht mehr darin ist. Eine starke Sehnsucht bricht in Lorena aus, sie möchte unbedingt zu ihrer Tochter.

Die Schwester bringt sie in ein Zimmer, es ist eines der großen Luxuszimmer, in denen sie schon gelegen hat. Dieses Mal steht ein weißes Bett neben ihrem Bett. Jomar liegt im Bett ohne Shirt und Amalia liegt auf seiner Brust, eine dünne Decke ist über sie gelegt und es wirkt fast so, als würde Jomar schlafen. Lorena muss lächeln, als sie die beiden entdeckt.

Sie geht zu ihnen und legt sich daneben. Er öffnet die Augen. Lorena legt sich erschöpft neben die beiden und beobachtet sie einen Augenblick. Jomar ist so vorsichtig und liebevoll, er betrachtet Amalia, als hätte er niemals etwas Schöneres gesehen. »Sie haben gesagt, ich soll sie auf meine Brust legen, die Babys brauchen diese Körpernähe, ich glaube aber, sie hat Durst.«

Amalia hat die Augen geschlossen und saugt in der Luft, dabei bilden ihre hübschen Lippen ein Herz. Lorena nimmt sie vorsichtig an sich, die Krankenschwester kommt noch einmal und bringt einiges an Stramplern, Windeln und anderen Sachen.

Jomar zieht sein Shirt wieder über und setzt sich auf die Couch neben Lorenas Bett, während die Schwester Lorena zeigt, wie sie Amalia am besten anlegt, doch das ist nicht schwer und Amalia trinkt sofort selig ihre Milch. Eine dünne Decke liegt so, dass Jomar das nicht genau sieht und als Lorena zu ihm blickt, sieht auch er ziemlich geschafft aus, sie will etwas sagen, doch da geht die Tür auf und ihre Mutter kommt außer Atem herein.

Sie sieht überrascht zu Lorena, bevor sie zu strahlen beginnt. »Ich bin zu spät, wie schnell hast du die Geburt geschafft?« Lorena und ihre Mutter sind sich im Mexiko-Urlaub wieder näher gekommen, sie würde nicht sagen, es ist alles gut zwischen ihnen, als wären die Jahre, die sie weg war, niemals gewesen, doch es fühlt sich gut an, sie jetzt zu sehen.

Lorena liebt es, dass ihre Mutter sie machen lässt, sie weiß, dass es nicht leicht zwischen Jomar und ihr ist und sieht im ersten Moment auch verwundert zu ihm, doch sie sagt nichts, würde sie niemals, sie vertraut darauf, dass Lorena die richtigen Entscheidungen trifft.

Ihre Mutter küsst Lorena und nimmt Amalia an sich. »Sie sieht aus wie du als Baby, Lorena, ich komme mir gerade vor, als wäre ich zurück in die Vergangenheit gereist.« Ihre Mutter setzt sich neben Jomar auf die Couch, Amalia in ihren Armen und begrüßt ihn mit zwei Küssen auf der Wange. Jomar und ihre Mutter sehen völlig fasziniert zu Amalia und Lorena muss lächeln.

Ihr Engel hat jetzt schon alle um den Finger gewickelt. Sofort macht sich diese starke Sehnsucht in Lorena breit, sie würde Amalia am liebsten wieder bei sich haben, doch sie lässt auch ihre Mutter die Kleine genießen, während Jomar erzählt, was die Ärzte mit Amalia gemacht haben und was sie gesagt haben.

Sie ist ja etwas zu früh auf die Welt gekommen und ein wenig zarter und kleiner, doch das ist kein Problem, ansonsten sind alle Werte gut und sie scheint kerngesund zu sein. Lorena lehnt sich zurück, sie beobachtet ihre Mutter mit ihrer Tochter und ist einfach nur zufrieden.

Es kommt eine Krankenschwester und bringt etwas Essen und Obst für alle, immer wieder werden Lorena und die Kleine untersucht, aber alles scheint in Ordnung zu sein.

Amalia trinkt sehr viel, jede Stunde schreit sie leise auf und trinkt, sonst schläft sie oder versucht, ein wenig die Augen zu öffnen. Ihre Mutter setzt sich zu Lorena ans Bett, wenn sie stillt und irgendwann schläft Jomar auf der Couch ein. Er ist erschöpft, auch Lorena sollte müde sein, doch gerade fühlt sie sich so, als könnte sie einen Marathon laufen. Die Krankenschwester sagt, das liegt an den Glückshormonen, die durch die Geburt freigesetzt wurden.

Erst als ihre Mutter am späten Abend geht, hat Lorena das Gefühl, langsam doch etwas Ruhe vertragen zu können. Jomar schläft auf dem Sofa halb im Sitzen und Lorena beobachtet ihn eine Weile. Sie hat nicht die Kraft, über sie beide nachzudenken, sobald sie das tut, beginnt es in ihrem Kopf zu pochen und sie möchte sich diesen Tag nicht verderben lassen.

Sie hält Amalia im Arm, die wach ist und immer wieder kurz die Augen öffnet. Lorena küsst ihre kleine Tochter immer wieder, riecht an ihr, sie könnte sie einfach komplett aufessen, so verrückt ist sie nach ihr. Amalia wird langsam müde und auch Lorena will sich zurücklehnen, da öffnet sich die Tür: Lia und Cruz kommen ins Zimmer.

Sie waren einige Tage verreist und da Lorena davor in Mexiko war, haben sie sich eine Weile nicht gesehen. Lia hat Tränen in den Augen, als sie Amalia an sich nimmt. Man sieht, dass Lia Amalia genau wie alle anderen von der ersten Sekunde an liebt, auch Cruz nimmt sie in den Arm und genau wie Jomar sieht es zu süß aus, wie liebevoll und vorsichtig sie mit Amalia umgehen.

Lia wäre so gern bei der Geburt dabei gewesen, ihre Mutter hat sie angerufen und sie sind sofort zurückgeflogen. Lorena erzählt den beiden, wie die Geburt verlaufen ist und dabei wird auch langsam Jomar wach, Cruz setzt sich zu ihm.

Lia lächelt, als Amalia die Nase im Schlaf kräuselt. »Und wie geht es dir? Hast du Schmerzen?« Lorena lehnt sich wieder ein wenig zurück. »Es geht, ein wenig, aber ich hatte ja eine sehr schnelle Geburt und es ging alles gut. Beim Laufen ein wenig und wenn sie trinkt an der Brust noch, aber die Ärztin sagt, das legt sich. Sie ist zwar etwas früh dran, aber wiegt fast drei Kilo und alles ist in Ordnung. Sie war einfach ungeduldig, so wie wir.«

Lia lacht leise und sieht weiter auf ihre kleine Nichte, während Lorena ihre Schwester genauer ansieht. »Was trägst du für einen Ring und was ist an deiner Schulter passiert?« Lia trägt ein größeres Pflaster. »Wir haben uns heute verlobt und ich bin angeschossen worden.«

Lia sieht nur kurz von Amalia auf und Lorena glaubt, sich verhört zu haben. »Wie bitte, angeschossen?« Lorena kneift ihr in den Arm und Lia lacht auf. »Was? Bist du … Du bist angeschossen worden? Wieso bist du angeschossen worden und wieso weiß ich nichts davon und wieso habt ihr euch verlobt? Ohne mich?« Sie sieht zu Jomar. »Ohne uns?«

Lia sieht nun doch hoch und Lorena in die Augen. Lorena weiß, dass Lia sie besonders in der Schwangerschaft schützen wollte, deswegen hat sie ihr nichts erzählt. Doch nun kommt sie nicht mehr drumherum. Sie erklärt, dass die Nechas angegriffen wurden. Eine andere Familia hat sie in einen Hinterhalt gelockt, Lia, Savana und Babsi wollten gerade zu Cruz' Haus, als die Familia aus dem Auto schießend in das Gebiet eingedrungen ist.

Sie sind geflüchtet, Lia wurde am Arm getroffen und Savana noch schlimmer, sie musste notoperiert werden, hat es aber überlebt. Babsi hat sich ein Bein gebrochen und hat Caleb und Puerto Rico nach alldem verlassen.

Lorena sieht schockiert zwischen allen hin und her. Natürlich weiß auch Jomar davon, hat ihr aber nichts gesagt, um sie nicht zu beunruhigen. Sie streicht über Lias Pflaster am Arm.

»Wir wollten dich nicht beunruhigen, du warst in Mexiko und keiner wollte es riskieren, dass du dich aufregst und Amalia zu früh kommt.« Lorena schüttelt nur den Kopf, sie weiß nicht einmal, was sie dazu sagen soll, Cruz reibt sich müde die Augen, als Lorena noch einmal wegen der Verlobung nachfragt.

»Ich habe das ehrlich gesagt ziemlich spontan gemacht, und wie wir alle wissen, war auch nicht klar, wie Lia reagieren wird.« Lorena lacht und sieht zu Lia. »Da lässt man dich einmal aus den Augen und du wirst angeschossen und bist verlobt.« Sie greift nach Lias Hand und sieht sich den Ring an. »Und du bekommst einfach dein Baby ohne mich!« Lia kneift Lorena auch leicht in den Arm, aber nur ganz sachte und sieht aber sofort wieder zu Amalia. Wie sehr Lorena ihre Schwester vermisst hat.

Lias Handy klingelt in ihrer Tasche, doch sie ignoriert das alles. Auch Lorena hat nur kurz ein Bild von Amalia an alle geschickt und das Handy ausgeschaltet. Amalia wird ein wenig unruhig und Lia legt sie Lorena auf die Brust. Lorena umfasst vorsichtig den Körper ihres Engels und atmet tief ein. Sie hat es geschafft.

»Wir lassen euch beide mal zur Ruhe kommen!« Cruz steht auf und auch Jomar erhebt sich. Cruz küsst Lia, die neben Lorena auf dem Bett liegt, gibt Lorena einen Kuss auf die Wange und küsst auch Amalia auf den Kopf. Jomar küsst Lias und Lorenas Wange und Amalia küsst er auf ihre weiche Babywange, bevor sie sagen, dass sie morgen wiederkommen werden und das Zimmer verlassen.

Lorena sieht den beiden hinterher, während Lia sich ganz zu ihnen ins Bett legt. »Was ist mit Jomar, habt ihr euch wieder vertragen? Was genau läuft da jetzt?« Lorena streicht über Amalias zarte Babyhaare. »Ich weiß es nicht, Lia. Ich weiß es wirklich nicht. Nachdem er mit der anderen Frau geschlafen hat, wollte ich ihn nicht mehr sehen, doch er war so hartnäckig und hat mir dann auch gesagt, dass er mich liebt, aber dass er mit der ganzen Situation einfach nicht umgehen kann. Er hat noch nie so für eine Frau empfunden, doch dass ich schwanger war und nun Amalia habe … Er weiß nicht, wie er sich verhalten soll und ob er damit klarkommt. Er fängt gerade an, sich wirklich zu bemühen, er scheint es versuchen zu wollen, doch ich weiß nicht, ob es dafür nicht schon zu spät ist. Ich habe aber auch momentan nicht die Lust und die Kraft, mich damit zu beschäftigen.«

Lia nickt. Amalia wird unruhig und Lorena setzt sich mehr auf und legt ihre kleine Tochter an ihrer Brust an. Sie beginnt sofort zu saugen und Lorena sieht glücklich auf sie. »Es ist noch viel schöner, als ich es mir vorgestellt habe, Lia. Ich bin so glücklich.« Lia legt sich noch näher an sie heran und beobachtet Amalia. »Sie ist das Beste, was uns beiden je passiert ist, sieh doch … sie ist perfekt! Ich bin so stolz auf dich, Lorena.« Ihre Schwester sieht zu ihr und lächelt, Lorena bedeuten die Worte von Lia sehr viel, weil sie weiß, dass sie es aus vollem Herzen auch so meint.

»Und du willst wirklich heiraten? Ich meine, ich weiß, dass du Cruz liebst, doch ich hatte meine Zweifel, ob du diesen Schritt gehst.« Es ist so friedlich und ruhig. »Ich liebe Cruz und ich will mit ihm zusammen sein, für immer. Da ist es doch egal, ob wir heiraten oder nicht. Ich will ihn, da bin ich mir absolut sicher und das heißt ja auch nicht, dass wir morgen heiraten.« Lorena lacht leise. Lia sieht ihrer Schwester beim Stillen zu. »Hat Jomar irgendetwas gesehen? Also, als er gekommen ist, ich meine, so weit wart ihr ja noch nicht …«

Lorena schüttelt den Kopf. »Nein, gar nichts. Wenn ich gestillt habe, habe ich ein Tuch über Amalia getan, sodass er nichts gesehen hat. Das wärs noch, das hätte ihn wahrscheinlich noch mehr irritiert und er hätte sich erst einmal nicht mehr gemeldet. Ich bin wirklich gespannt, wie er sich jetzt verhält. Jetzt ist Amalia da, ich bin nicht mehr schwanger … es war so komisch … als alle ihn angesprochen haben wegen Amalia, weil sie dachten, er ist der Vater, hat er niemanden korrigiert und erklärt, dass er es nicht ist.

Ich wollte das schon fast machen, doch hab es dann auch sein lassen. Und er war wirklich so niedlich, Lia. Er hatte Amalia lange auf seiner Brust. Sie saßen hier im Bett neben mir und er hat sie so gehalten und angesehen, als hätte er sich in sie verliebt.

Du hättest mal sehen sollen, wie liebevoll und vorsichtig er war, jedes Mal, wenn sie ein Geräusch gemacht hat, hat er sofort nachgesehen, ob alles in Ordnung ist. Ich mag ihn. Ich mag ihn wirklich und ich habe mir in dem Moment gewünscht, er wäre der Vater, dann wäre vieles nicht so kompliziert, doch so ist unser Leben nun mal. Leicht geht nicht!« Sie lacht und auch Lia lächelt.

Amalia ist an der Brust eingeschlafen und Lorena legt sie sich wieder auf ihre Brust und den Bauch. Lia deckt die beiden zu. »Brauchst du noch etwas?« Lorena schließt die Augen, auch Lia kann ihre kaum noch aufhalten. »Nein, ich war noch nie in meinem Leben so zufrieden und glücklich wie gerade.« Lia lächelt und schließt die Augen, auch Lorena möchte schlafen, doch ihr fällt etwas ein.

»Weißt du noch, früher? Wie oft haben wir davon geträumt, dass wir beste Freunde oder Brüder heiraten und nebeneinander wohnen, unsere Kinder zusammen aufwachsen, Papa mal bei dir mal bei mir ist und all diesen Blödsinn ... Ich musste gerade, als wir vier hier saßen, daran denken.« Auch wenn sie Lia nicht sieht, hört sie ihr Lächeln.

»Ja, irgendwie ist es ja fast so, als hätte sich dieser Wunsch ein wenig erfüllt. Zumindest zum Teil. Ich bin mir sicher, Jomar und du, ihr bekommt das auch hin. Das dauert einfach nur etwas. Sieh dir mal an, wie lange es mit Cruz und mir dieses Hin und Her gab, bevor wir jetzt an diesem Punkt angekommen sind. Gute Dinge brauchen meistens etwas mehr Zeit, versuch es einfach mal so zu sehen.«

Lorena öffnet ihre Augen nicht mehr, auch ihre Stimme wird immer leiser. »Ich denke nicht, dass es noch etwas wird. Es ist nur wichtig, dass Jomar und ich aufpassen, dass wir das alles nicht ins Gegenteil verwandeln. Cruz und du heiratet, damit werden Jomar und ich immer irgendwie etwas miteinander zu tun haben. Wir sollten deswegen aufpassen, wie wir mit alldem umgehen.«

Lia legt sich näher an ihre Schwester und küsst noch einmal Amalias Wange.

»Vertrau mir, Lorena, da ist noch nicht das letzte Wort gesprochen. Wie oft hast du mir das mit Cruz gesagt und ich habe immer gesagt, nein, das wars ... und nun sieh den Ring an meinem Finger. Jetzt musst du mir vertrauen. Gib euch beiden einfach die Zeit, die ihr braucht, auch bei euch ist noch nicht das letzte Wort gesprochen.«

Kapitel 22

Lorena hätte nicht gedacht, dass sie die erste Nacht mit Amalia so gut schlafen würde.

Amalia wird nur einmal wach und schläft an der Brust wieder ein. Lorena legt sie nicht ins Bett, sie lässt sie auf ihrer Brust und ihrem Bauch schlafen. Am nächsten Morgen bekommt sie mit, wie Lia aufsteht und Amalia mit hinausnimmt, damit Lorena noch etwas schlafen kann.

Sie hört auch ihre Mutter auf dem Flur, doch sie schläft wirklich noch ein wenig weiter, bis eine Krankenschwester hereinkommt. Lorena geht duschen, sie zieht sich eine graue Jogginghose und wieder ein weißes Top an. Ihr Bauch ist ein wenig zurückgegangen, Lorena fasst automatisch darüber, es ist merkwürdig, dass Amalia jetzt nicht mehr darin ist.

Als sie in das Zimmer zurückkommt, ist ein Arzt da, er gratuliert Lorena und hat zwei Tüten mit Produkten, Geschenken und Proben für frisch gewordene Mütter dabei. Dann untersucht er sie und sagt, dass alles gut ist. Sie soll sich zwei Wochen schonen und den Wochenfluss abwarten. Lorena fragt, ob sie nach Hause kann und der Arzt sagt, dass es kein Problem ist. Das Krankenhaus würde dann jeden Tag einen Arzt und eine Hebamme für die nächsten Tage zu Lorena nach Hause schicken.

Lorena möchte unbedingt nach Hause und geht zusammen mit dem Arzt hinaus, um es allen zu sagen. »Dann muss ich mir nur noch die Kleine ansehen, danach mache ich die Papiere fertig.«

Lorena sieht verwundert auf ihre Mutter, Stipe und Jomar. Sie alle sind schon da. Jomar hat Amalia im Arm, überall stehen Geschenke und Blumen, die von den Krankenschwestern in Vasen in ihr Zimmer gebracht werden.

Lorena muss lachen, als Stipe zu ihr kommt und sie durch die Luft wirbelt. »Wie hast du es geschafft, so etwas Süßes zu produzieren? Ich fresse sie auf und wenn ich mal Kinder haben will, bringst du sie zur Welt, verstanden?« Lorena lacht und bedankt sich für die Blumen, die er ihr mitgebracht hat.

Sie begrüßt ihre Mutter und geht dann zu Jomar, gibt ihm einen Kuss auf die Wange und nimmt ihren Engel wieder zu sich. Wie kann man jemanden so schnell so sehr vermissen.

Lia räuspert sich. »Was für Papiere, was ist los?« Lorena geht mit Amalia zurück in ihr Zimmer, wo alle Blumen und der riesige Teddy gerade verteilt werden. Sie setzt sich auf das Bett und zieht ein rosa Tuch über Amalia und ihre Schulter und niemand sieht, wie sie ihr darunter die Brust gibt. Der Arzt sagt, dass er dem Kinderarzt Bescheid geben wird und verabschiedet sich schon mal.

»Ich bin gesund, sie haben alles untersucht. Jetzt sehen sie sich nochmal Amalia an und dann gehe ich nach Hause.« Stipe bekommt große Augen. »Warum so früh, du bekommst hier alles und kannst dich ausruhen, bleib doch lieber noch ein paar Tage und genieße das.«

Lia setzt sich neben Stipe und haut ihm auf die Schulter. »Heeey, wir sind doch da. Sie muss zuhause auch nichts machen. Du kennst das doch, sie bleibt zwei Wochen zuhause und wir erledigen alles für sie. Wozu soll sie hier bleiben?«

Auch ihre Mutter winkt ab. »Ich bin immer direkt wieder gegangen, Lorena habe ich ja noch nicht einmal im Krankenhaus bekommen. Es ist nicht gut für ein Baby, hier zu sein, immerhin sterben hier auch Menschen.« Stipe verzieht das Gesicht und sieht zu ihr.

»Na dann holen wir unsere beiden Hübschen nach Hause, hast du den Kinderwagen dabei?« Stipe klatscht in die Hände und Lorena schüttelt den Kopf. »Nein, es war gar nicht geplant, dass ich jetzt hier liege.« Stipe hebt die Hand. »Stimmt.« Jomar hat sein Handy in der Hand und hat bis gerade eben noch etwas eingetippt. »Ich fahre sie nach Hause, sobald der Arzt da war.«

Genau in dem Moment geht die Tür auf und Edmundo und ihre Nachbarin kommen mit Luftballons und Geschenken herein. Auch sie sind sofort in Amalia verliebt, sie alle sitzen noch eine Stunde zusammen, nur Jomar geht hin und wieder in den Flur zum Telefonieren, der Kinderarzt war kurz da, doch dann kam ein Notfall in die Klinik und er musste nochmal weg.

Als Stipe zur Arbeit losgehen muss, machen sich auch Edmundo und ihre Nachbarin wieder auf den Weg, sie sagen, dass morgen Kata und Mandela kommen wollen. Auch Lias Mutter steht auf und sagt, das sie schon mal vorgehen will in Lorenas Wohnung, um ihren berühmten Eintopf zu machen, damit sie gleich richtig Mittag essen können. Lia begleitet ihre Mutter. Sie nehmen einige der Geschenke und Blumen schon mit, alles wird sonst nicht ins Auto passen.

Als sie alleine sind, legt sich Lorena zurück im Bett, sie fühlt sich doch erschöpfter, als sie es gedacht hat, doch sie darf auch nicht vergessen, dass sie eine Geburt hinter sich hat, auch wenn diese ziemlich schnell ging. Jomar räuspert sich und kommt zu ihr ans Bett. Er legt sich neben sie und nimmt Amalia auf seine Brust. In dem Augenblick, als er an ihrem Köpfchen riecht und sie zärtlich küsst, weiß Lorena, dass er Amalia liebt.

Wie er es ihr gesagt hat, hat er sich schon längst in sie verliebt und wenn man es recht bedenkt, hat er ja irgendwie auch einen Großteil der Schwangerschaft mitbekommen.

»Geht es dir gut?« Jomar dreht seinen Kopf zu Lorena und sie sieht ihm in die Augen. »Ja, es ist merkwürdig, dass jetzt kein Baby mehr in meinem Bauch ist, aber ich war noch niemals so glücklich wie jetzt.« Jomars große Hände umfassen vorsichtig Amalia.

»Was hältst du davon, wenn du zu mir kommst? Du weißt, dass du dich dort um nichts kümmern musst und dich ausruhen kannst. Ich hätte Amalia und dich gerne bei mir ... und das nicht nur für kurze Zeit.«

Lorena trennt den Augenkontakt, weil sie erkennt, wie ernst er die Worte meint und auch, wie sehr er sicherlich einiges bereut, was zwischen ihnen passiert ist. »Du weißt, dass sich die ersten zwei Wochen meine Familie um mich kümmert ... ich weiß, was du mir gestern sagen wolltest und ich ... ich muss erst einmal gucken was passiert, Jomar. Ich konzentriere mich jetzt auf Amalia, alles andere wird sich mit der Zeit zeigen.«

Er nickt. »Ich werde einfach da sein.« Lorena kennt diese Seite an Jomar nicht, er wirkt so sicher, als würde er es nicht in Frage stellen, wo er doch sonst immer sehr unsicher war, was sie beide betrifft und Lorena fragt sich, wie lange das halten wird.

Der Kinderarzt kommt und untersucht Amalia noch einmal, dann kommen auch Caleb und Dariel, sie gratulieren Lorena und nehmen Amalia auf den Arm. Sie haben Geschenke dabei und bringen Jomar einen rosafarbenen Kindersitz.

Er muss sie angerufen und darum gebeten haben. Zusammen mit Jomar bringen sie alle Blumen und Geschenke zum Wagen, danach kommt nur noch Jomar zurück, er nimmt Amalia, die Lorena angezogen und in eine rosa Decke gepackt hat, in seine Arme und sie verlassen die Klinik.

»Es ist merkwürdig, gestern um die Zeit hätte ich nie gedacht, dass sich mein Leben in den nächsten 24 Stunden komplett ändern wird.« Lorena sieht aus dem Fenster, während Jomar sie nach Hause fährt. Sie hat ihn noch nie so langsam und vorsichtig fahren gesehen.

Als sie nach Hause kommen, ist schon alles vorbereitet, Lia hat alle Blumen in Vasen gesteckt, ihre Mutter kocht. Lorena legt sich auf die Couch und Lia zeigt Amalia die Wohnung. Sie haben unten schon die ersten Baufahrzeuge gesehen. Lorena erklärt, dass in ungefähr einer Woche die vielen Arbeiten hier im Haus beginnen sollen. Der Vermieter will ja einige Wohnungen erneuern und auch den Laden unten.

Es wird sicherlich sehr laut werden. Lorena hat schon versucht, mit ihm zu sprechen, ob er das nicht verschieben kann, wenigstens ein paar Wochen, bis Amalia etwas größer ist, doch das geht nicht. Es ist schon alles bezahlt und geplant.

Jomar setzt sich zu ihr. Er bietet ihr erneut an, dass sie dann mit Amalia zu ihm kommen kann. Lia ist gleich nebenan bei Cruz und auch ihre Mutter wohnt nah am Nechas-Gebiet.

Lorena findet es schön zu sehen, wie sehr er sich jetzt bemüht, doch das macht das, was alles passiert ist, ja nicht ungeschehen. Sie sagt, dass sie erst einmal abwarten sollten, wie schlimm der Lärm wirklich wird.

Lia wickelt Amalia und legt sie das erste Mal in ihr Bett, wo sie friedlich schläft, die Zeit nutzen sie und essen. Als dann Cruz kommt und Torte mitbringt, wirkt es einen Moment fast so, als wäre die Familie vollständig.

Er hat auch eine Puppe für Amalia mitgebracht und das erste Mal gratuliert nun auch ihre Mutter Lia und Cruz richtig zur Verlobung. Sie schneiden die riesige Erdbeertorte mit dem Schriftzug 'Willkommen Amalia' mit rosa Zuckerschrift und Pistazien an. Lorena bedankt sich bei ihrem zukünftigen Schwager mit einem Kuss auf die Wange.

Es wird wirklich gemütlich, sie sitzen alle zusammen und unterhalten sich. Lia und Lorena sehen sich einen Augenblick in die Augen, genau das war es doch, was sie immer wollten und auch wenn sie wissen, dass es nicht so perfekt ist, wie es momentan scheint, genießen sie den Augenblick.

Kurz danach brechen die beiden aber auch wieder auf, weil sie einen Termin haben. Jomar gibt allen einen Kuss auf die Wange, auch Amalia. Er sagt Lorena, dass er sich melden wird und sie ist wirklich gespannt, was die nächste Zeit mit sich bringen wird, denn nur das wird zeigen, ob Jomar und sie jemals wieder eine Chance haben werden.

Sie weiß gar nicht genau, was sie sich vorgestellt hat, wie die erste Zeit mit Baby wird, sie hat nicht wirklich darüber nachgedacht, doch selbst wenn, konnte sie niemals erahnen, wie schön es ist. Lorena liebt es, jede Sekunde.

Sie wollte nicht so früh Mutter werden, doch seit Amalia da ist, ist es für sie das schönste Gefühl der Welt.

In den ersten Tagen bleibt sie komplett zuhause, sie liegt noch viel, es ist immer ihre Mutter oder Lia bei ihr und sie bekommt jeden Tag Besuch. Kata und Mandela kommen mit Emil und Luca. Ihre Nachbarin aus dem Dorf und Edmundo kommen, einige Kunden kommen ebenfalls vorbei, Stipe ist fast jeden Tag da und alle verlieben sich sofort in Amalia.

Sie ist so ein liebes Baby, sie schreit nicht viel, nur wenn sie Hunger hat oder sie zu lange von Lorena weg ist. Man kann förmlich zusehen, wie sie wächst, sie öffnet immer länger ihre schönen grünen Augen mit den langen Wimpern und ihre feinen Gesichtzüge werden immer definierter.

Sie ist zuckersüß, Lorena könnte sie den ganzen Tag einfach nur ansehen und nimmt sich auch die Zeit. Sie macht sich keinen Stress. Wenn kein Besuch da ist, schläft sie viel und genießt die Zeit mit Amalia.

Während der ersten Tage kamen jeden Tag ein Arzt und eine Hebamme, der Arzt hat sich jeden Tag Amalia und Lorena angesehen und die Hebamme hat Lorena viele Tipps gegeben und mit ihr Übungen gemacht, damit sich alles zurückbildet, und wirklich, die Geburt liegt nun etwas über zwei Wochen zurück und Lorena hat langsam das Gefühl, wieder die alte zu sein.

Dadurch, dass sie nur an ihrem Bauch zugenommen hat, war auch nur er es, der sich nach der Geburt zurückbilden musste und klar, es ist noch kein Waschbrettbauch, aber man würde nicht unbedingt denken, dass sie noch vor zwei Wochen solch eine Kugel vor sich hergetragen hat. Das liegt aber auch viel daran, dass Lorena stillt und Amalia sehr viel Hunger hat. Lorena pumpt die

Milch auch ab, sodass auch Lia und ihre Mutter die Kleine manchmal nachts füttern können und Lorena so etwas mehr Schlaf bekommt.

Sie ist glücklich und sie hat in diesen zwei Wochen auch ganz genau darauf geachtet, was mit Jomar ist. Von ihr aus ist nichts gekommen, sie ist viel zu abgelenkt von Amalia, doch Jomar scheint es dieses Mal wirklich ernst zu meinen. Er kommt jeden Tag mehrmals vorbei. Sie sind nie alleine, doch das macht ihm nichts aus. Er bleibt bei ihr, bringt Essen vorbei, Kuchen, nimmt Amalia auf den Arm, er ist jeden Tag da, ohne sich mal eine Zeit nicht zu melden, so wie es vorher immer war.

Auch Cruz kommt jeden Tag vorbei, Amalia mag Jomar und Cruz schon sehr, besonders bei Jomar beruhigt sie sich sofort, wenn er sie auf den Arm nimmt. Wahrscheinlich liegt das daran, dass er sie kurz nach der Geburt schon so nah bei sich hatte, sie liebt es, bei ihm zu schlafen, Jomar geht auch immer sicherer mit ihr um.

Er war sogar dabei, als sie das erste Mal gebadet wurde, beide Brüder verwöhnen die kleine Prinzessin schon jetzt. Ständig bringen sie etwas mit, Lorena weiß gar nicht, wohin das noch führen soll.

Lia, ihre Mutter und sie beobachten das alles immer nur lächelnd. Savana hat sie auch besucht, auch einige der Cousins und engeren Mitglieder der Nechas kommen mal mit Jomar oder Cruz vorbei. Jomar bleibt nie bei ihr, es ist entweder immer Lia oder ihre Mutter da, erst jetzt langsam, nachdem der Wochenfluss gestoppt ist und Lorena immer mehr auf den Beinen ist, hat sie die erste Nacht alleine mit Amalia verbracht. Jomar und Cruz sind gerade für zwei Tage weg gewesen.

Natürlich hat sie gemerkt, dass er mit ihr alleine sprechen wollte, sicherlich auch darüber, was jetzt ist, doch Lorena ist froh, dass sie nicht einmal allein waren und die Möglichkeit hatten, es war wichtig für sie, diese zwei Wochen Jomar und sein Verhalten zu beobachten, ob er doch wieder unsicher wird, ob er einknickt, wenn nicht alles sofort so funktioniert, wie er es gerne hätte, doch er hat sie wirklich überrascht. Er bemüht sich und scheint sich absolut sicher zu sein, dass er diese Beziehung möchte.

Auch wenn Lorena ihn nun jeden Tag sieht, vermisst sie die Nähe, die sie ausgetauscht haben, außer einem Kuss auf die Wange und dass er sich neben sie setzt und den Arm um sie legt, passiert nicht viel, weil sie niemals alleine sind. Lorena denkt immer wieder an die Worte kurz vor der Geburt, als er ihr gesagt hat, dass er sie liebt.

Gestern haben sie sich nicht gesehen, weil er verreist ist, aber er hat ihr geschrieben, dass er Amalia und sie vermisst. Auch für Lorena war es sofort komisch, dass Jomar nicht gekommen ist, doch das macht ihr auch gleichzeitig Angst. Es geht so schnell, dass sie sich daran gewöhnt, dass er jetzt immer da ist. Was ist, wenn er seine Meinung wieder ändert oder sie am Ende doch nicht zusammenfinden?

Lorena hat es in den Tagen gut verdrängt, doch langsam beginnt sie, sich immer mehr Gedanken darüber zu machen.

Ihre Cousinen und ihre Tante aus Mexiko waren für zwei Tage da und sie hat es so genossen, sie alle haben die Tage sehr genossen. Die drei haben bei ihrer Mutter geschlafen, sie waren aber die ganze Zeit bei Lorena zuhause und abends auch mit Lia weg. Lorena war noch nicht fit genug, doch sie haben verabredet, dass sie in einigen Wochen wieder nach Mexiko kommen.

Lorena hat sich sehr schnell an das Leben mit Amalia gewöhnt, sie liebt es und genießt jede Sekunde mit ihr.

Die Nacht war sehr ruhig, Amalia ist nur zweimal wachgeworden und schläft schon den ganzen Vormittag. Lorena hat es geschafft, zwei Oberteile zu nähen, nach denen sie von einer guten Kundin gefragt wurde. Solange Amalia noch schläft, geht sie schnell duschen und zieht sich eine Jeansshorts und ein rotes Top an. Sie lockt ihre Haare durch, trägt ein wenig Schminke auf und sieht zufrieden in den Spiegel. Auch wenn ihre Augen viel heller sind als vor der Schwangerschaft, ist so langsam die alte Lorena zurück.

Die Bauarbeiten haben schon begonnen, anfangs war es gar nicht so schlimm, doch seit heute morgen ist es so laut, dass Amalia auch jetzt wieder wach wird.

Lorena möchte unbedingt aus der Wohnung heraus und stillt sie noch einmal. Sie zieht ihr etwas Leichtes an und bindet sich das erste Mal das Tragetuch mit Amalia um. Ihr scheint es zu gefallen, es ist heute zwar warm aber bewölkt, und Lorena möchte ein wenig zum Strand frische Luft schnappen und dem Baulärm entkommen.

Sie läuft fast in ihre Mutter hinein, die zu ihr wollte. Lia ist zu Cruz gefahren, der ja heute zurückkommt, um ihn zu überraschen. Ihre Mutter begleitet sie zum Strand und sagt ihr, dass sie doch zu ihr ziehen soll mit Amalia, bis der Baulärm vorbei ist, doch Lorena ist so in ihre Gedanken vertieft, dass sie gar nicht richtig bei der Sache ist, sie muss immer wieder über Jomar und sich nachdenken, das scheint auch ihre Mutter zu spüren.

»Weißt du, als Lia und du euch letztens über Jomar unterhalten habt und dass du nicht weißt, ob seine Veränderung auch so bleibt, habe ich mich zurückgehalten, doch ich … ich sehe, wie er dich ansieht, Lorena, er liebt dich und auch Amalia. Ich weiß nicht, was er alles für Fehler begangen hat, ich bin mir auch sicher, dass das nicht die letzten gewesen sein werden, doch … er ist da. Jomar müsste nicht da sein, verstehst du das?«

Sie bleibt stehen und sieht Lorena in die Augen. »Du hast von einem anderen Mann ein Kind bekommen, da wären die meisten Männer schon lange weg, doch auch wenn er Fehler gemacht hat, war Jomar immer da. Er war bei der Geburt für dich da und seitdem bemüht er sich um dich. Er müsste das nicht tun, er könnte schon längst irgendwo eine andere haben, doch er ist da und bemüht sich.

Ich habe auch Bedenken wegen dem Leben, was Cruz und er führen und dass das nicht ungefährlich ist, doch was ich sehe ist, dass die beiden auf Lia und dich aufpassen wie auf ihre teuersten Schätze, ich denke, mehr kann ich als Mutter nicht wollen.

Ich weiß, dass du jetzt mit Amalia viel mehr auf alles achten musst und nichts überstürzen solltest, doch ich denke, du solltest euch beiden, oder euch dreien, zumindest eine Chance geben, wie gesagt, er wäre nicht da, wenn er das nicht wirklich wollen würde.«

Lorena hat ihre Mutter nie nach ihrer Meinung gefragt, doch als sie ihr diese jetzt gesagt hat, ist sie dankbar dafür und denkt über ihre Worte nach, natürlich hat sie recht.

Sie laufen noch ein Stück und dann langsam zurück zum Haus, wo die Bauarbeiten immer lauter werden und an einem silbernen Maybach Jomar angelehnt steht und auf seinem Handy etwas eintippt. Er wird hier auf sie warten, sie hat ihr Handy zuhause gelassen.

Als ihre Mutter und sie jetzt auf ihn zukommen mit der schlafenden Amalia im Tragetuch, lächelt er und Lorena sieht ihn noch einmal von oben bis unten an. Sein hübsches Gesicht, seine dunklen Augen, die goldbraune Haut, der durchtrainierte Körper, er hat die Haare geschnitten und sich frisch rasiert, all die Macht, die er ausstrahlt. Lorena liebt diesen Mann, auch wenn sie nicht genau weiß, ob das ihr Glück oder ihr Verderben werden wird.

Ihre Mutter hat recht, er müsste nicht hier sein, doch er ist da, deswegen sieht ihm Lorena auch in die Augen, nachdem er ihre Mutter begrüßt und Amalias Kopf geküsst hat.

»Wie sieht es aus? Steht dein Angebot noch, dass Amalia und ich für einige Tage bei dir bleiben können?« Das Lächeln, das sich dann auf Jomars Gesicht zeigt und das Lorena schon so sehr lieben gelernt hat, ist Antwort genug und zeigt ihr, dass es wahrscheinlich wirklich so weit ist und sie dem Ganzen noch eine Chance geben sollte.

Kapitel 23

Ein paar Tage bei Jomar unterzukommen, bedeutete bisher höchstens, ein paar Klamotten und Schminksachen dabeizuhaben, nun steht Lorena in ihrer Wohnung und überlegt mit ihrer Mutter, was alles mitgenommen werden muss. Lorena packt Kleidung ein, die Milchflaschen, Windeln, Spucktücher, ein wenig Kosmetiksachen für sie, einige Decken. Als sie das Beistellbett abmachen will, sagt Jomar, der Amalia auf dem Arm hat, dass sie einfach zu einem Babyfachgeschäft fahren und die Sachen nochmal besorgen werden.

Erst ist Lorena dagegen, doch sie werden auch nicht alles transportieren können, deswegen bringt Jomar drei Taschen und den Kindersitz hinunter und Lorena und ihre Mutter folgen mit Amalia. Sie fahren zu einem riesigen Babyfachgeschäft, Jomar kauft ein Beistellbett und eine Wickelkommode, Lorena sagt ihm, dass es nicht nötig ist, doch er besteht darauf.

Er lässt die Sachen zu sich liefern, sie kaufen noch ein paar Bettsachen und ein paar Kleinigkeiten. An der Kasse bringt Jomar noch eine große, dicke Krabbeldecke in rosa. An den Seiten sind knisternde Blätter und Tiere aufgenäht.

Lorena lächelt, sie liebt es, wie er sich um alles bemüht. Er sagt, dass Amalia ja im Garten im Schatten auf der Decke liegen kann. Auf dem Weg zum Auto wird Jomar immer wieder begrüßt, er trägt Amalia, ihr Kopf liegt auf seiner Schulter, sie liebt es, so bei Jomar zu liegen und schläft tief und fest. Zwei Männer bleiben stehen und reden mit Jomar.

Lorena hört die Frage, ob Amalia seine Tochter ist, sie gratulieren ihm und Lorena geht weiter, sie will die Antwort gar nicht hören, diese Situationen sind für sie komisch, wie sollen sie erst für Jomar sein?

Bevor sie ins Nechas-Gebiet einfahren, bringen sie ihre Mutter nach Hause, sie wird sie morgen besuchen kommen. Es ist eine

Weile her, seit Lorena hier war. Lia hat ihr erzählt, dass es jetzt einige neue Sachen gibt, neue Sicherheitsvorkehrungen, weil die andere Familia es geschafft hat, hier einzudringen.

Das gesamte Gebiet umgibt jetzt eine hohe weiße Mauer, auf der Mauer befinden sich Stacheldraht und Kameras, hier kommt niemand ungesehen herein oder heraus. Ein riesiges Eisentor öffnet sich und sie fahren weiter, bis sie zu dem alten Wachhaus und der Schranke kommen.

Die Männer begrüßen sie und Lorena sieht sich beeindruckt um. »Ihr habt euch wirklich um die Sicherheit gekümmert.« Jomar sieht sie durch den Rückspiegel an, da sie hinten bei Amalia sitzt. »Natürlich, hier leben Frauen und Kinder und wir haben das alles so gut es machbar ist geschützt.«

Lorena sieht sich dieses Mal das Gebiet mit ganz anderen Augen an, wahrscheinlich sieht sie die ganze Welt mittlerweile aus einer völlig anderen Perspektive. Sie bemerkt die Frauen, die hier zusammen herumlaufen, die Gärten, in denen Schaukeln stehen, es ist nicht ausgeschlossen, dass man mit einem Mann der Nechas eine Familie gründen und ein relativ normales Leben führen kann.

Sie fahren zu Jomars Haus, was Lorena nicht mehr fremd ist, Jomar bringt die Taschen nach oben und Lorena zieht sich erst einmal in den Garten in einen der gemütlichen Sitzsessel zurück und stillt Amalia. Fast zur selben Zeit kommen auch die Möbel an und Jomar bringt sie nach oben. Die Fahrer werden sie dort aufstellen.

Lorena bleibt eine Weile mit Amalia im Garten sitzen. Als die Arbeiter gehen, bringt Jomar die Decke in den Garten und legt sie aus. Lorena muss lachen. »Dein Haus wird zum Babyparadies.« Er kommt zu ihr und nimmt Amalia an sich, er legt sie vorsichtig auf die Decke und lächelt. Lorena steht auch auf und stellt sich zu ihm, beide sehen verliebt auf Amalia hinab, die in einem süßen rosa Kleid auf der viel zu großen Decke liegt und sie ansieht, dabei formen ihre Lippen ein Herz und sie sieht einfach nur zu süß aus. »Da muss sie noch reinwachsen.«

Lorena nickt und atmet zufrieden ein. »Es ist so schön friedlich bei dir. Ich mag es, hier zu sein. Ich fühle mich immer sehr wohl.« Jomar wendet sich zu ihr um. »Das sollst du auch, es hat sich nichts geändert, also doch, klar ... natürlich hat sich alles geändert, aber ich meine bei uns. Ich weiß, dass wir nicht darüber reden konnten, doch ich möchte das alles noch immer und ...«

Es klopft, Jomar seufzt genervt aus und im selben Augenblick kommen Cruz und Lia herein. »Sieh an, sieh an. Jetzt lebt meine kleine Prinzessin nebenan.« Cruz kommt in den Garten, gibt Lorena einen Kuss und hebt Amalia hoch.

»Wieso lasst ihr sie auf dem Boden liegen?« Lorena lächelt, diese Männer hier benehmen sich wie Löwen, die ihr Kind beschützen, wenn es um Amalia geht.

Lia kommt auch zu ihnen. »Wie schön, dass du hier bist, ich war vorhin nur kurz zuhause und bin gleich geflüchtet, es ist nicht zum Aushalten. Ich habe wahnsinnigen Hunger, Savana will auch gleich vorbeikommen. Grillen wir?«

Lorena hat auch Hunger, sie sieht zu Jomar, der nickt. »Okay, ich gucke aber erstmal, ob oben alles verstaut ist. Ich habe auch Hunger. Mama kommt morgen her.« Die Männer sagen, sie kümmern sich um alles, während Lia und Lorena nach oben gehen. Cruz behält Amalia auf dem Arm.

Lorena geht erst in Jomars Schlafzimmer, dort sind ihre Sachen auf der anderen Seiten des Kleiderschrankes verstaut, auch einige Sachen von ihrem ersten Besuch hängen dort noch.

Es gibt eine Verbindungstür, die offensteht, man kommt durch die Tür ins Nebenzimmer, genau an der Tür steht das Beistellbett und Lorena sieht in das andere Schlafzimmer, in dem die Wickelkommode steht. Im leeren Kleiderschrank hängen die ganzen kleinen Sachen von Amalia, auch die Decken und Spucktücher hat Jomar hier hingelegt. Als wäre das jetzt hier ihr Zimmer.

»Wie praktisch, das könnte Amalias Zimmer werden, direkt neben eurem Schlafzimmer.« Lia lacht leise und sieht sich um. Sie ist davon überzeugt, dass Jomar und Lorena zusammenkommen. Es ist nur eine Frage der Zeit.

Lorena geht zurück zum Beistellbett, was genau zwischen beiden Räumen steht. »Und er überlässt dir die Entscheidung, wo du schlafen möchtest.« Lorena sieht ihrer Schwester in die Augen.

»Ich weiß nicht, ob ich das schon entscheiden kann. Ich habe Angst, dass, wenn ich wieder einen Schritt auf Jomar zugehe, er zehn zurück macht, wie die ganze Zeit zuvor.« Lia lächelt und schiebt Lorena wieder zurück in den Flur. »Du musst dem aber noch eine Chance geben, vielleicht hat er es nun wirklich verstanden. Wenn du es nicht ausprobierst, wirst du es nie erfahren. Lass dein Herz entscheiden, es wird schon die richtige Entscheidung treffen.«

Lia hat recht, Lorena wird alles auf sich zukommen lassen. Sie gehen nach unten, wo Caleb, Dariel und Savana gerade kommen. Lorena genießt die nächsten Stunden sehr, sie mag die Familia von Jomar und jetzt mit Lia mit ihnen hier zu sein, fühlt sich fast genauso vertraut an, als würden sie mit den Leuten aus ihrem Dorf zusammensitzen.

Sie essen, reden, lachen, dabei wird leise Musik gespielt. Jeder hat Amalia auf dem Arm und auch ihr kleiner Engel scheint sich sehr wohl zu fühlen. Lorena sitzt die ganze Zeit neben Jomar, doch außer dass er immer darauf achtet, dass es Amalia und ihr gut geht, dass sie viel miteinander lachen und sprechen, haben sie natürlich keine Möglichkeit, sich alleine zu unterhalten, doch je später es wird, umso näher rücken Lorena und Jomar auch zusammen.

Irgendwann gehen Cruz, Lia und Savana, die Cousins bleiben noch. Amalia schläft wie so oft auf Jomars Schultern und auch Lorena lehnt sich an ihn, bis Amalia wach wird und Hunger hat. Sie nimmt ihren kleinen Engel und geht schon mal nach oben, es ist so schön ruhig hier im Haus. Man hört noch ein klein wenig die Stimmen aus dem Garten, doch ansonsten ist es friedlich und ruhig.

Lorena geht in das Zimmer, in dem der Wickeltisch steht. Sie wickelt Amalia, zieht sie um und macht dabei nur ein leicht gedimmtes Licht an. Als sie dann zum Beistellbett geht, schließt sie die Augen, atmet tief ein und schiebt es an Jomars Bett. Sie muss es einfach noch einmal wagen, sie liebt ihn und würde sich immer fragen, ob er diese letzte Chance nicht doch verdient hätte.

Wird er ihr wieder wehtun? Es kann sein, doch sie wird das Risiko eingehen müssen.

Lorena legt sich in das weiche Bett, sie lehnt sich an die vielen Kissen und legt Amalia an ihre Brust. Sie liebt es, sie dabei zu beobachten, wie sie trinkt, immer wieder streicht sie mit dem Finger über ihre Wange und es dauert nicht lange und Amalia ist eingeschlafen.

Statt sie ins Bett zu legen, legt sie sich Amalia auf die Brust und den Bauch und schläft selbst sehr schnell ein. Irgendwann spürt sie weiche Lippen an ihrer Schulter, schläft aber weiter. Mitten in der Nacht wird sie wach, weil Amalia wieder Hunger hat.

Auch Jomar neben ihr wacht auf, er nimmt Amalia hoch, bringt sie ins Nebenzimmer und wickelt sie. Das hat er schon ein paar Mal getan, es macht ihm nichts aus, sie zu wickeln. Als er Amalia zurückbringt, legt Lorena sie an. Jomar schläft weiter und sie muss lächeln, es fühlt sich so natürlich an, dabei ist die Situation, dass sie hier zusammen liegen, alles andere als eine Selbstverständlichkeit.

Am nächsten Morgen ist Lorena als Erstes wach, sie lässt Amalia bei Jomar im Bett und geht duschen. Als sie aus der Dusche kommt, wird auch Amalia langsam wach. Lorena zieht sie leise an und stillt sie, Lia schreibt ihr eine Nachricht, dass sie herüberkommen soll, ihre Mutter ist auch da.

Es ist so praktisch, Lorena zieht sich nicht einmal Schuhe an, sie nimmt Amalia auf den Arm und geht ins Haus nebenan, wo Lia, ihre Mutter und Cruz zusammen frühstücken. Cruz fragt nach Jomar und Lorena sagt, dass er noch schläft, sie haben offenbar einen Termin. Während sie frühstücken, kommt Jomar dann aber doch. Er begrüßt alle und schon jetzt fühlt es sich anders an, Jomar anzusehen. Diese vertraute Nacht hat auch das Gefühl zwischen ihnen wieder inniger werden lassen.

Lorena hat nur eine Shorts und ein Shirt an, Jomar trägt eine Anzughose und ein weißes Shirt. Er sieht so gut aus, und als er ihr einen Kuss auf die Wange gibt, ist das schon sehr nah wieder am Mund dran. Auch Jomar isst etwas und dann gehen die Brüder. Sie sagen, dass sie abends zurückkommen werden.

Lia, ihre Mutter und Lorena bleiben im Haus. Ihre Mutter ist das erste Mal hier und man sieht, dass es ihr gefällt, wie sollte es auch nicht?

Sie verbringen den Vormittag im Garten, Lorena und Lia gehen auch in den Pool und das erste Mal seit der Geburt hat Lorena wieder einen Bikini an. Es ist noch nicht perfekt, aber sie weiß, dass sie froh sein kann, dass ihr Körper die Schwangerschaft so gut überstanden hat.

Am Nachmittag fahren Lia und Lorena für ein paar Stunden ins Dorf. Sie bitten ihre Mutter mitzukommen, doch sie fühlt sich noch nicht so weit. Es ist komisch, mit einem von Cruz' Autos ins Dorf zu fahren, sie halten vor dem Friedhof und das erste Mal bringen sie Amalia zu ihrem Opa.

Auch wenn Lorena weiß, dass er sauer auf sie wäre, weiß sie auch, dass er Amalia lieben würde.

Sie besuchen ihre Nachbarn und Edmundo und treffen sich dann mit Lorenas Freundinnen Kata und Mandela am Fluss unter dem Kletterbaum, wo sie große Decken auslegen und den Tag im Schatten mit ihren Freundinnen ausklingen lassen.

Luca und Amalia liegen nebeneinander und Lorena ist dankbar und glücklich, dass sie es geschafft haben, dass sie nun neue Leben in der Stadt haben und gleichzeitig immer wieder hierher zurückkommen und Amalia dieses Leben auch kennenlernen wird. Sie hätte niemals gedacht, dass sie eines Tages deswegen so glücklich sein wird.

Als sie zuhause ankommen, ist Jomar schon da, er ist allerdings auf dem Bett eingeschlafen. Sie haben Cruz gesehen, und auch er sah müde aus, er hat erwähnt, dass sie morgen sehr früh wieder wegmüssen, deswegen ist Lorena leise, macht sich und Amalia fertig und legt sich zu ihm ins Bett.

Doch diese Nacht ist nicht so leicht, Amalia wird immer wieder wach, sie hat ständig Hunger, Lorena hat gelesen, dass es wahrscheinlich ein Wachstumsschub ist. Deswegen schläft sie kaum und als sie dann schläft und wach wird, ist Jomar schon wieder weg.

Offenbar ging der Schub nur eine Nacht, Amalia ist am nächsten Morgen wieder ruhiger, sie frühstücken, gehen in den Garten und Lia kommt zu ihr herüber. Als sie Lorenas Müdigkeit bemerkt, geht sie nach oben, holt ein paar Sachen von Amalia, mehrere Flaschen Milch und Amalia und sagt, dass Lorena mal ein wenig schlafen soll, sie macht sich heute einen Tante-Nichte-Tag.

Lorena weiß, dass Amalia es liebt, bei Lia zu sein, doch sie sagt, dass Lia sie sofort bringen soll, wenn Amalia unruhig wird. Natürlich weiß sie, dass sie Lia Amalia blind anvertrauen kann, doch es fühlt sich trotzdem komisch an, als sie sich zurück ins Bett legt und seit ihrer Geburt das erste Mal richtig von Amalia getrennt es.

Sie schläft zwar trotzdem wieder ein, doch nicht so ruhig wie sonst und als sie nach zwei Stunden Lia eine Nachricht schickt und nachfragt, ob alles in Ordnung ist, schickt ihre Schwester ihr nur ein Bild von Amalia auf ihrem Arm und dass sie beide sich gerade ausruhen, Lorena soll weiterschlafen.

Lorena geht aber lieber in Ruhe duschen, sie genießt die warmen Strahlen und bleibt lange unter der Dusche. Seitdem Amalia auf der Welt ist, hat sie sich eher immer nur schnell abgeduscht, um sofort wieder bei ihr zu sein. Sie cremt sich ein, bindet sich ein Handtuch um und verlässt das Badezimmer, weil sie unten Geräusche hört. Jomar ist gekommen.

Lorena geht zurück ins Schlafzimmer, um sich etwas anzuziehen, doch da ist er auch schon oben und sieht sich verwundert um. »Wo ist Amalia?« Lorena öffnet den Dutt, den sie sich gebunden hatte, damit ihre Haare nicht nass werden. »Die ist bei Lia drüben, ich habe geschlafen, die Nacht war nicht so leicht.«

Er nickt und sieht ihr in die Augen. »Ich weiß, ich habe es mitbekommen.« Er sieht auch sehr müde aus. »Entschuldige, das nächste Mal gehe ich ins andere Zimmer, damit du …«

Er unterbricht sie. »Nein, das ist kein Problem, ich möchte, dass ihr bei mir im Bett schlaft.« Lorena muss lächeln und atmet tief aus. Sie sieht ihm in seine schöne Augen und spürt sofort, wie geborgen sie sich fühlt.

»Also du möchtest das wirklich?« Es war nicht geplant, dass sie jetzt darüber sprechen, doch es geht gar nicht anders. Er weiß auch sofort, wovon sie spricht.

»Ja, natürlich! Ich liebe dich und auch Amalia. Ich möchte für euch da sein und ich werde dir nie wieder wehtun. Ich war mir noch nie einer Sache so sicher wie mit dem zwischen uns. Mag sein, dass es länger gedauert hat, doch dafür bin ich mir nun absolut sicher.«

Lorena erkennt, dass er es ernst meint, doch die letzten Wochen lassen sie trotzdem zweifeln. Das spürt er natürlich. »Und denkst du, du kannst uns beiden noch einmal eine Chance geben?« Jomar kommt zu ihr, seine Hände legen sich an ihre Taille, die nur von dem weichen Handtuch bedeckt ist.

»Ich denke, ich habe keine andere Wahl. Du warst ja nicht der Einzige, der gezweifelt hat, ich war mir selbst auch immer unsicher, doch als ich die andere Frau gehört habe … es hat mir so wehgetan, als ich daran gedacht habe, dass du sie geküsst hast, berührt hast, da habe ich erst wirklich begriffen, dass ich dich bereits liebe, wirklich liebe und es mehr ist, als einfach nur Gefühle für jemanden zu haben.

Ich habe keine Zweifel an meinen Gefühlen, sondern eher, ob du das auch wirklich ernst meinst, nicht nur heute und morgen und es keine anderen Frauen geben wird und ...« Jomar sieht ihr in die Augen. »Das wird nicht mehr passieren, Lorena. Du bist die erste Frau, die ich wirklich liebe und ich weiß jetzt, dass ich alles von dir will, Lorena. Weißt du noch, am Fluss, wo ich nicht wusste, ob ich es schaffe, mit Amalia und dir eine Zukunft zu haben, wo ich mir das nicht zugetraut habe?

Ich werde alles tun, damit ihr hier zurechtkommt, damit ihr mit mir leben könnt und nicht in Gefahr seid. Seit die Sache mit Lia passiert ist, tun Cruz und ich alles dafür, dass es hier so sicher wie möglich ist und ihr ganz normal weiterleben könnt. Ich werde alles dafür geben.

Ich will nichts anderes, ich möchte deine Vergangenheit, das jetzt und ich möchte deine Zukunft sein, mit Amalia und den Kindern, die wir noch bekommen werden.« Lorena muss leise lachen und auch er lächelt sie liebevoll an.

»Ich weiß, dass sie rein theoretisch nicht meine Tochter ist, doch es fühlt sich so an und wenn mich jemand fragt, sage ich das auch, weil es für mich ... einfach so ist. Amalia ist meine Tochter. Es ist doch völlig egal, ob sie so entstanden ist, wenn ich sie von Geburt an als meine Tochter sehe und genauso liebe.«

Bei seinen Worten kommen Lorena die Tränen, natürlich musste auch sie die letzten Tage, wann immer er Amalia im Arm gehalten oder mit ihr auf der Brust eingeschlafen ist, daran denken, was wäre, wenn er der Vater wäre? Jedes Mal wenn jemand gefragt hat, ob Amalia seine Tochter ist, hat Lorena eine Gänsehaut bekommen und bei seinen Worten gerade ist ihr bewusst geworden, wie sehr sie das beschäftigt.

Jomar legt seine Hand an ihre Wange und küsst sie, nur kurz, ein einfacher Kuss auf die Lippen, doch Lorena schließt die Augen und spürt, wie die Sehnsucht sich in ihren Magen gräbt, wie sehr sie ihn vermisst hat und auch Jomar scheint es so zu gehen. Er legt seinen Stirn an ihre und sie hört an seiner Stimme, dass er mit seinen Gefühlen kämpft.

»Sie ist meine Tochter und du die Frau, die ich liebe und alles was ich möchte ist das, was wir jetzt gerade haben. Ich gebe das nicht mehr auf. Du fehlst mir in meinem Leben, bei allem!«

Seine Hand geht in ihren Nacken und zieht sie so eng an sich, wie es nur geht. »Ich liebe dich, Jomar.« Lorena kann zu alldem nichts mehr sagen, es ist so, sie weiß nicht, ob alles gut wird, doch das zwischen ihnen fühlt sich so richtig an, dass sie sich weigert, daran zu zweifeln, auch wenn sie es nach den letzten Wochen müsste.

Jomar vereint ihr Lippen erneut, der Kuss wird sofort fordernder, sie haben so viel zusammen durchgemacht und erlebt, doch noch nie sind sie weiter gegangen, sind sich körperlich so nahe gekommen, wie sie es sich gewünscht hätten.

Als Jomar nun ihr Handtuch löst und Lorena nackt vor ihm steht, fühlt sich das nicht mehr falsch an. Sie sind sich schon viel zu vertraut dafür. »Du bist wunderschön.« Jomar küsst sie erneut, ihre Hände umfassen seine Schultern und er dirigiert sie zum Bett, wo er sie langsam hinablässt.

Sie küssen sich und auch wenn ihre Körper längst mehr wollen, fällt es beiden schwer, den Kuss zu beenden. Jomars Lippen wandern ihren Körper hinab, er kniet sich hin und lässt seinen Blick über ihren Körper wandern. Ihrer beider Atem geht schneller.

Lorena hat ein Baby bekommen, doch sie schämt sich nicht unter seinem Blick, im Gegenteil, alles was sie in seinen Augen lesen kann, ist Lust und Liebe und als er sein Shirt und seine Hose auszieht und sich über sie legt, wird sie immer ungeduldiger.

Auch sie sieht ihn nun das erste Mal komplett und kann den Blick nicht von ihm wenden. Sie streicht über seine perfekte Brust, das Kreuz an seinem Hals, das 'Bereue niemals' an seinem Herzen, sie liebt alles an ihm und hat nicht geahnt, dass sie sich so sehr nach dieser Nähe gesehnt hat, als sie es jetzt spürt. Lorena hat all das lange verdrängt, doch nun ist es nicht mehr möglich.

Jomar möchte das alles genießen, während Lorena ungeduldig ist. Er liebkost sie zärtlich, lernt ihren Körper kennen, er nimmt sich viel Zeit dafür, Lorena seufzt immer wieder auf unter seinen erfahrenen Lippen.

Als diese ihre Oberschenkel entlangfahren, schließt Lorena die Augen. Er weiß genau, was er tut und doch weiß Lorena, dass es auch für ihn etwas ganz Besonderes ist. Jomar verwöhnt sie und Lorena hat noch nie etwas Intensiveres gespürt. Als er dann wieder zu ihr kommt und ihre Lippen vereint, sieht sie die Liebe in seinen Augen. Sie glaubt ihm, dass alles, was er bisher mit anderen Frauen hatte, ohne Liebe war.

»Versprich mir, dass wir das schaffen.« Lorenas Stimme ist ganz leise, Jomar liegt über ihr und küsst ihre Stirn. »Ich schwöre es dir. Ich liebe dich.« Lorena lächelt, als sie spürt, wie bereit er für sie ist, seufzt sie ungeduldig auf. »Ich dich auch.«

Er vereint ihre Lippen erneut mit so viel Sehnsucht und Liebe, dass es Lorena einen Moment den Atem raubt. Sie hätte sich nie träumen lassen, dass es sich so anfühlt, einen Menschen zu lieben, ganz zu lieben, mit allem, was dazugehört.

Sie hat nicht geahnt, dass es sich so anfühlen kann, als Jomar in sie eindringt und in ihr zu bewegen beginnt. Sie verschmelzen ineinander, werden eins und genießen sich lange und immer wieder.

Lorena hält sich an ihm fest, kann kaum glauben, dass sie nun hier sind. Nach diesem langen Weg. Sie beide sind außer Atem, völlig überwältigt von den Gefühlen, die auf sie einstürzen, keiner lässt den anderen auch nur eine Sekunde los und immer wieder sehen sie sich in die Augen und genießen es, sich endlich für eine gemeinsame Zukunft entschieden zu haben.

Lorena weiß in diesem Augenblick, dass alles gut wird, das Leben hat sie gelehrt, nicht daran zu glauben und doch vertraut sie in diesem Moment der Liebe in seinen Augen.

Lia behält Amalia eine ganze Weile bei sich, als würde sie genau wissen, dass Jomar und Lorena das gebraucht haben, um die letzten Schritte aufeinander zuzugehen, und als sie am späten Nachmittag in den Garten von Cruz kommen, wo Lia, ihre Mutter, Savana, Cruz, Caleb und Dariel zusammensitzen, sehen alle sofort, dass sie sich endlich gemeinsam entschlossen haben, zusammen in die Zukunft zu gehen.

Es verwundert keinen, allen war das wahrscheinlich schon klar und doch merkt man, dass sie sich von Herzen freuen.

Sie bleiben bis zum späten Abend zusammen im Garten sitzen, essen, reden und lachen viel und dann kommt dieser Moment, in dem Lorena sich umsieht.

Sie sieht zu Lia und Cruz, ihrer Mutter, Savana und den anderen, zu Jomar, an den sie gelehnt liegt mit Amalia an ihrer Schulter und der die Arme um sie geschlungen hat und gerade aus vollem Herzen über eine alte Geschichte von Dariel lacht.

Sie weiß, dass sie noch niemals in ihrem Leben so glücklich war wie jetzt und dass sie alles dafür tun wird, dass das genauso bleibt.

Jomar beugt sich zu ihr und küsst ihre Wange. »Ich liebe dich.« Lorena streicht zärtlich über seine Wange und flüstert. »Du hast keine Vorstellungen, wie sehr ich dich liebe.«

Noch einmal küsst er sie und Lorena kuschelt sich noch enger an den Mann, den sie so sehr liebt, küsst ihren kleinen Engel im Arm und sieht in die glücklichen Augen ihrer Schwester und den zufriedenen Blick ihrer Mutter.

Für ihr Glück brauchte Lorena Mut, Geduld und Hoffnung und das erste Mal versteht sie das 'Bereue nichts' auf Jomars Brust.

Sie musste diesen Weg gehen, um jetzt hier zu sitzen und dieses Gefühl des Glückes genießen zu können.

Sie hatte gedacht, dass sie dieses Glück niemals verspüren wird, doch hier und jetzt atmet sie zufrieden aus und weiß, dass sie noch niemals so glücklich war wie in diesen Moment und dass sie dieses Glück mit all ihrer Kraft festhalten wird.

»Was ist in dem Paket, was du Lia gerade gegeben hast?«

Jomar küsst ihre Schulter. Amalia schläft in ihrem Kinderwagen neben ihnen und Lorena hat sich an Jomar gelehnt und sieht weiter auf das traumhafte Bild, was sich ihnen bietet.

Nun ist die Sonne untergegangen und der Himmel färbt sich dunkel, doch davor war es wirklich der schönste Fleck der Erde, sie hat noch nie etwas Schöneres gesehen und die Worte des Priesters sind ihr tief unter die Haut gegangen.

»Ich habe auch erfahren, dass ihr alle heute geliebte Menschen nicht dabei haben könnt. Deine Eltern Cruz, dein Vater Lia … einige Menschen verlassen uns viel zu früh, doch ich weiß, dass sie in solchen Momenten vom Himmel auf uns herabschauen und zufrieden über uns wachen. Sie sind gerade bestimmt sehr stolz auf euch beide.«

Einen Moment war es ganz still, sie alle haben auf das Bild gesehen, was sich ihnen geboten hat. Diesen schönsten Fleck auf der Erde, dieses traumhafte Meer, die Felsen, die Delfine die freudig aus dem Wasser springen, als wollten sie Lia und Cruz zu dieser traumhaften Hochzeit gratulieren.

Sie alle wissen, dass sich hier und heute zwei Menschen vor Gott das Jawort geben, die zusammengehören und die nichts mehr trennen kann und darf.

Es war und ist so friedlich, so wunderschön und obwohl sich der Tag gerade dem Ende zugeneigt hat, schienen in diesem Moment noch einmal einige kräftige Strahlen auf sie herab, als wären es wirklich Grüße aus dem Himmel.

Lorena hat eine Gänsehaut bekommen, genau wie jetzt, als Jomar sie liebevoll erst auf die freie Schulter und dann auf die Wange küsst.

Die letzten Wochen, seit sie endgültig zusammengefunden haben, waren einfach nur wunderschön. Auch wenn Lorena und Jomar lange gebraucht haben, um am Ende doch zusammenzufinden, so ist es jetzt umso fester und ohne Probleme.

Es gibt keine Zweifel, keine Bedenken mehr, es tut ihnen beiden einfach nur gut, endlich diesen Schritt gegangen zu sein, auf ihr Herz gehört zu haben und den anderen an seiner Seite zu wissen.

Lorena ist komplett bei Jomar eingezogen, sie haben nicht darüber gesprochen, doch wenn Lorena mal gesagt hat, dass sie vielleicht mal wieder in ihre Wohnung sollte, hat Jomar jedes Mal nur gefragt wozu und Lorena wusste keine Antwort darauf.

Es sind kleine Dinge, die Jomar immer wieder macht und Lorena somit zeigt, wie sehr er sie und auch Amalia liebt. Er hat einfach angefangen ein Zimmer für Amalia herzurichten.

Nun hat sie ihr eigenes Zimmer in Jomars Haus, auch wenn er nicht müde wird, es ihr Zuhause zu nennen und wenn Lorena ehrlich ist, fühlt es sich auch schon so an.

Es ist ein traumhaftes Prinzessinnenzimmer mit weißen Wolken, er hat sich viel Mühe gegeben. Doch natürlich schläft sie noch bei ihnen im Schlafzimmer und Jomar hat noch nie etwas gesagt, wenn Amalia sie nachts wach hält, im Gegenteil, er steht immer wieder auf und trägt sie im Haus umher, bis sie sich an seiner Schulter wieder beruhigt hat.

Er ist immer da, wenn Amalia nachts wach wird und schreit, wenn sie nachmittags quengelig ist oder, als Lorenas Brust sich entzündet hat und sie zwei Tage im Bett liegen musste. Im Gegenteil.

Er holt Amalia ganz selbstverständlich nachts zu ihnen ins Bett. Er trägt sie liebevoll auf seinen Armen, wenn sie unruhig ist und hat sich zwei Tage komplett um sie gekümmert, sodass sich Lorenas Körper ausruhen konnte.

Er hat sie ihr nur gebracht, wenn sie trinken wollte, sonst war er da und das ist er immer. Er sagt nichts dazu, dass sich weiche Teddybären und Krabbeldecken in seinem Haus ausbreiten.

Er beachtet die Rasseln und Spielzeuge gar nicht, wenn er mit seinen Männern am Tisch sitzt und etwas Wichtiges bespricht. Für ihn ist es selbstverständlich, einen Zaun um den Pool errichten zu lassen und gleichzeitig einen kleinen Minipool für Amalia zum Planschen bauen zu lassen, den sie natürlich erst nutzen, wenn sie sitzen kann.

Savana hat eine rosafarbende Rutsche gekauft die auch jetzt schon in seinem Garten steht, obwohl es noch einige Zeit dauern wird, bis Amalia so weit ist, doch er geht fest davon aus, dass sie dann noch hier und bei ihm sind und auch Lorena möchte nichts anderes mehr.

Sie genießt es, genießt Jomar, ihre Liebe, diese Verbundenheit, wie er sie jede Nacht in seinen Armen hält und ihr sagt, dass er sie liebt und vor allem, dass sie wirklich weiß, dass es so ist.

»Ich denke, du wirst Onkel.« Lorena beobachtet, wie Cruz die kleinen Socken in der Hand hält, die sie heute noch schnell besorgt haben, um Cruz zu überraschen. Ihr Schwager küsst Lia gerührt und Lorena lächelt.

»Wirklich? Erst vor zwei Tagen hat Cruz mir gesagt, dass er sich nie vorstellen konnte, Kinder zu bekommen und jetzt mit Lia möchte er unbedingt welche. Er hat sich sehr verändert durch diese Liebe.«

Lorena wendet sich zu ihm um. »Das tun wir alle, wenn man den richtigen Menschen gefunden hat, fühlt sich auf einmal vieles richtig an, was man vorher vielleicht nie gewollt hat und man kommt zur Ruhe.«

Jomar küsst sie und lächelt. Er will etwas sagen, doch in dem Moment geht ein wunderschönes Feuerwerk los und Lorena wendet sich dorthin.

Wieder legt Jomar seine Arme um sie und einen kurzen Augenblick genießen sie diesen schönen Anblick.

Lorena hat sich immer die schönsten und teuersten Hochzeiten ausgedacht, sich Bilder davon angesehen und davon geträumt, mal so zu heiraten, doch hier und jetzt weiß sie, dass das hier perfekt ist, einfach weil die Liebe zwischen Lia und Cruz echt ist.

Sie träumt vor sich hin, bis sich Jomar zu ihrem Ohr beugt.

»Noch bevor ich Onkel werde, möchte ich, dass du und Amalia meinen Namen tragt. Heute ist nicht unser Tag und ich werde mir nach alldem etwas ganz Besonderes einfallen lassen, doch ich möchte, dass du weißt, dass das mein größter Wunsch ist.«

Nun wendet sich Lorena doch wieder zu ihm um und sieht ihm in seine schönen dunklen Augen. Durch das Feuerwerk wird alles in buntes Licht getaucht.

»Meinst du das ernst?« Jomar nickt.

»Amalia und du gehören zu mir und das nicht nur für eine gewisse Zeit. Ich wünsche mir, dass ihr meinen Namen tragt und dass ich bald noch Verstärkung bekomme, männliche Verstärkung bei meinen zwei Prinzessinen. Ich denke da ähnlich wie Cruz. Ich wollte das alles nie, doch jetzt mit euch beiden möchte ich gar nichts anderes mehr.«

Lorena spürt, dass sie zu strahlen beginnt.

Sie muss an den Tag denken, als sie Jomar das erste Mal getroffen hat. Lia und Lorena haben ihren ersten heimlichen Ausflug nach San Juan gemacht.

Lorena war unheimlich aufgeregt und glücklich und wusste sofort, dass Jomar etwas ganz Besonderes ist, als sie fast in ihn hin-eingelaufen wäre und sich gewundert hat, wieso ihre Schwester so nervös wurde.

Er hat ihr von Anfang an gefallen, doch niemals hätte sie damals gedacht, dass sie jetzt hier stehen würden und er ihr sagt, dass er sie heiraten möchte.

»Ich liebe dich, Jomar, mehr als alles andere.« Er sieht, wie glücklich sie ist und küsst ihre Lippen zart, dann ihre Stirn.

»Ich liebe dich auch, und auch wenn der Weg bis hierher sehr schwer war, bereue ich keinen Schritt davon, denn alles, was nun für uns kommen wird, wird dafür umso schöner werden. Amalia und du, ihr seid das Beste was mir passieren konnte.«

Er flüstert die letzten Worte nur noch und vereint sanft ihre Lippen, Lorenas Herz schlägt wild in ihrer Brust, sie schmiegt sich so eng sie kann an Jomar und ist einfach nur dankbar für das Glück, was sich in ihr ausbreitet, für das, was sie jetzt zusammen haben und freut sich auf alles was kommen wird.